Sita

An Illustrated Retelling of the Ramayana

インド神話物語 ラーマーヤナ

下

by Devdutt Pattanaik
デーヴァダッタ・パトナーヤク
［文・画］
沖田瑞穂
［監訳］
上京 恵
［訳］

Illustration by the author

原書房

インド神話物語　ラーマーヤナ　下

下巻　目次

第六巻　救出

【凡例】
文中［　］内は訳注
脚注は監訳注

上巻　目次

第五巻

期待

「彼女の忍耐は信頼から生まれた」

木の中の猿

父はかつて、シーターはたとえ一人きりであっても決して寂しくならないと言った。でも、それは間違いだった。シーターは寂しかった。満開の花を咲かせて愛を高らかに告げるアショーカの樹は、シーターをあざ笑っているかのようだ。周りの女たちは彼女を憐れんでいる。シーターは自分を苦しめる男との間に二枚の草の葉だけを置いて岩のごとく強固に立っているが、心は平静さを失いつつあった。ラーマはいつ来てくれるのだろう?

彼女は赤ん坊のように小さく体を丸めて眠り、父のこと、母のこと、彼らの賢明な言葉すべてを思い起こした。賢者たちの優しさを思い起こした。彼女の世界がこれほどまでに残酷になり、一つの家からは追い出されて別の家からは無理やり連れ出されることになるなど、誰も教えてくれなかった。「愛があるからこそ苦痛もあるのです」かつて賢者ヤージュニャヴァルキヤは言った。今シーターは苦痛を感じている。ラーマを愛しているからだ。それは悪いことなのか? 解放してほしい。ラーマはいつ来てくれるのだろう?

「彼はあなたなんて忘れてしまったのよ」シュールパナカーは言った。「もうすぐ、私を受け入れる気になるわ。あなたが私の兄を受け入れる気になるようにね」シーターは答えなかった。雨季が訪れるのを見、終わるのを見た。雨の中を旅する者はいない。それでも彼女のラーマは、洪水や泥の中でもシーターを捜してくれるはずだ。だけど、ラーマはいつ来てくれるのだろう？

　すると突然、夜、秋の月が空高くに出ているとき、何かが聞こえた。虫の声や風のそよぎとはまったく異なる音だ。

「ラーマ、ラーマ」

　そう、聞こえたのはまさにそんな声だった。これは夢？　シーターの想像力が、聞きたいことを作り上げているのか？

　顔を上げると、奇妙なものが見えた。銀色の猿がラーマの名を唱えている。猿は掌を開いて何かを地面に落とした。指環だ。シーターは瞠目した。あれはラーマの指環だ。シーターが見上げると、猿は下りてきて人間の声で話した。「私はラーマ様の使者、ハヌマーンと申します。あなたを捜すために遣わされました」

　シーターは訝しがってあとずさった。これもラーヴァナの偽計なのか？

　彼女の不安を感じ取ったハヌマーンは言った。「私はラークシャサではありません。猿族ヴァーナラです。我々は北部のダンダカと南部のランカーの間に位置するキシュキンダーに住んでいます。ヤクシャやラークシャサと同じく、我々もブラフマーの子孫で、プラスティヤから生まれた者です。私の母はア

ヒリヤーの娘アンジャナーであり、私は風の神ヴァーユの思し召しによって生まれました。父は、ヴァーナラの王リクシャに仕えたケーサリンです。私はリクシャのご令息、スグリーヴァ様にお仕えしております。太陽の神スーリヤは、私の師です。そしてラグ族の気高き王子、お父君の約束を守るため隠者として森で流浪しておられるラーマ様は、私に知的な刺激を与えてくださる方です。我々は、あなたがラーヴァナの空飛ぶ戦車から落とした宝飾品を森の地面で見つけ、海の真ん中にある島のこの庭園にあなたがおられるのを突き止めました」

その言葉、その口調、そのような行動の際立った大胆さゆえに、疑念は信頼へと変わった。ラーマはこの猿を通じてシーターに救いの手を差し伸べてくれたのだ。心に安堵が満ち溢れ、ついにシーターは微笑んだ。

Column

❖ シーターが拉致されてからハヌマーンと会うまでは、少なくとも一度の雨季を経ている。彼女がさらわれたのは雨季の前の夏、ラーマがラーヴァナと戦ったのは秋だった。雨季のあと、この戦いを記念してダシェラという祭が行われる。

❖ ハヌマーンとシーターの出会いの様子はさまざまな描かれ方をしている。ヴァールミーキの『ラーマーヤナ』では、シーターが屈服しなければ殺すとラーヴァナが彼女を脅したあと、ハヌマーンがシーターのもとへ行く。テルグ語の『ラーマーヤナ』では、ハヌマーンは彼女が自殺を図っているところを発見する。マラーティー語の『ラーマーヤナ』では、シーターは猿がラーマの名前を唱えているのを耳にする。オリヤー語の『ラーマーヤナ』では、見張りが一日中シーターを怖がらせたりなだめたりするのに疲れて眠り込んだ隙に、ハヌマーンが指環を落としてシーターの注意を引く。

❖ヴァールミーキの『ラーマーヤナ』で、ハヌマーンは彼女に神の言語デーヴァ・ヴァチャスすなわちサンスクリット語で話しかけるべきか、あるいは人間の言語マヌシュヤ・ヴァアチャスすなわちプラークリット語（タミル語という説もある）*で話しかけるべきかと迷う。どちらにしても、猿がなぜ言葉を話せるのかとシーターが不思議がるのは避けられない。

❖この会話は、シーターが疑念を抱き、ハヌマーンが外交手腕によって徐々に彼女の信頼を勝ち得る様子を描いている。

❖ヴァールミーキの作品において、神性については正面から論じられない。ラーマは自らの神性を察知するが、それは背景に留まっている。時代が進むにつれて、ラーマの神性は前面に押し出されていき、彼の名前がマントラとして唱えられるようになった。

❖ラーマがヴィシュヌと同一視されていくにしたがって、ハヌマーンはシヴァと関係があるとされ（シヴァの化身ルドラ、もしくはシヴァの息子）、シーターは女神とされるようになった。このように、『ラーマーヤナ』を通じて、シヴァ、ヴィシュヌ、シャクティをそれぞれ信奉するヒンドゥー教の三大宗派が現れるのである。

❖サンスクリット語による『ハヌマーン・ナータカ』は、神ルドラには一一の姿があるとしてい

＊ サンスクリット語がパーニニという文法家によって固定化され文学など書き言葉として用いられたのに対し、同じインド・アーリヤ系のプラークリット語は民衆の言語として用いられた。

る。そのうち一〇はラーヴァナの一〇個の頭を守っているが、一一番目はハヌマーンの姿を取っている。

❖シーターに渡されたラーマの紋章付き指環には、彼の名が刻印されていると言われている。現在サンスクリット語、ヒンディー語、マラーティー語、グジャラート語で用いられるデーヴァナーガリー文字がインドで使われるようになったのが約一〇〇〇年前であるのに対して、『ラーマーヤナ』は二〇〇〇年以上前に成立している。そのため学者は、ラーマの物語が言葉で書き記されるようになったのは、物語ができてからかなりあとのことだと結論付けている。

ヴァーナラたちの物語

キシュキンダー王国のヴァーナラたちが北へ向かっているとき、一羽の鷹の鳴き声が聞こえた。彼らはラーヴァナの剣がジャターユスの翼を切り裂き、ジャターユスが地上へ落下するのを見た。その後空飛ぶ戦車は南へ向かった。女性の悲鳴があたりに響き渡った。彼女は上空から宝飾品を落として、自分の痕跡を残していった。ヴァーナラたちは森に落ちた宝飾品を集めてスグリーヴァに渡し、スグリーヴァは何の騒ぎだったのかと訝った。

「スグリーヴァ様はキシュキンダーの王で、私はその王にお仕えしております。ラーマ様と出会ったとき、スグリーヴァ様も兄弟の問題によって追放生活を送っておられました」ハヌマーンは説明した。

そしてシーターに、ヴァーナラたちの争いについて話した。
ブラフマーの息子カシュヤパにはヴィナターという妻がいた。彼女は鳥たちの母だった。あるとき、ヴィナターは卵を二つ産んだが、卵はなかなか孵化しなかった。苛立った彼女は片方の卵を割った。そうして生まれたのが夜明けの神アルナだが、下半身がまだ出来上がっていなかったため、性別は不明だった。

アルナは太陽の神スーリヤの戦車の御者となった。スーリヤの最大の敵は、華やかな空の神、稲妻によって雲に雨を降らせるインドラだった。彼らが対立する理由は単純である。地上の人々は太陽が最も明るいとき降雨を求めてインドラに祈り、インドラが最も強力なとき乾燥を求めてスーリヤに祈るのだ。
ある日、アルナはスーリヤに黙ってインドラの宮殿に入り込み、アプサラスたちによる秘密の官能的な舞踏を見ようとした。そのためには女性の姿を取る必要がある。見慣れぬアルナの顔は、配下のアプサラス全員をよく知るインドラの興味を引いた。彼はアルナに歩み寄って一緒にいることを楽しみ、ついには愛を交わした。その結果アルナはヴァーリという息子を授かった。デーヴァ神族の常で、出産は交合の直後だった。アルナは賢者ガウタマとその妻アヒリヤーに子どもの世話を託した。

インドラとの逢引でアルナは遅刻したが、理由を話すとスーリヤは非常に関心を持った。女性の姿になるようアルナに要求し、それを見た途端に魅了された。スーリヤもアルナと愛を交わし、アルナは即座にスグリーヴァという息子を産んだ。その息子もガウタマとアヒリヤーに託された。

ガウタマとアヒリヤーには、すでにアンジャナーという娘がいた。アンジャナーは父親に、彼が留守のときインドラがアヒリヤーを訪ねたことを告げた。それでアヒリヤーは、告げ口した娘を呪って猿に変えた。ガウタマは二人の息子も猿に変える呪いをかけた。彼らがガウタマにアヒリヤーのことを報告しなかったからだ。その後、アヒリヤーを岩に変える呪いをかけたガウタマは、母を失った猿たちが可哀そうになった。いったんかけた呪いを解くことはできないので、三匹の猿を、子がなかったキシュキンダーの王リクシャに与えた。

子どもたちが成長すると、リクシャは三匹を結婚させた。アンジャナーはケーサリンと、ヴァーリはターラーと、スグリーヴァはルマーと。死ぬ前にリクシャは、王国は平等に分けるようヴァーリと

スグリーヴァに言い残した。

キシュキンダーではすべてが順調だった。ヴァーリがドゥンドゥビという悪魔を殺すまでは。

ドゥンドゥビの息子マーヤーヴィンはキシュキンダーに入り、父の仇を討つためヴァーリに決闘を申し込んだ。森では、決闘は権威への挑戦であり、決して断ることはできない。スグリーヴァの見守る前で、ヴァーリとマーヤーヴィンは激しい戦いを始めた。それは凄絶な戦いだった。最初はお互いに石や木を投げ、その後は殴ったり蹴ったりし合った。戦いは何日も続いた。ついにマーヤーヴィンは戦いを放棄して洞窟に逃げ込んだ。

勝利を決定的なものにしたかったヴァーリは、マーヤーヴィンを殺そうと決意し、追いかけて洞窟に入った。スグリーヴァは洞窟の入り口で見張りを務めた。「やつが私から逃げたり私を殺したりしたら、洞窟を出るところで必ず殺してくれ」ヴァーリはスグリーヴァに命じた。数日が経過した。戦う彼らのすさまじい咆哮は洞窟の入り口にまで響いた。スグリーヴァは決闘が終わるのをじっと待った。やがて不気味な静寂が広がり、勝利の雄叫びは聞こえなかった。

ヴァーリは死んだのか？　声高に勝利を告げないのは、ヴァーリらしくない。ヴァーリが殺されたのではと危惧したスグリーヴァは、洞窟の出口を封印して、兄を殺した者を殺そうとした。

それは間違いだった。

ヴァーリはまだ生きていたのだ。彼はマーヤーヴィンを殺したものの、疲れ果てていたため勝利の叫びをあげられなかった。実のところ、マーヤーヴィンの首の骨を折ったあと、ヴァーリがしたかったのは眠ることだけだった。深い眠りから覚めて洞窟から出ようとしたとき、出口が巨岩で塞がれて

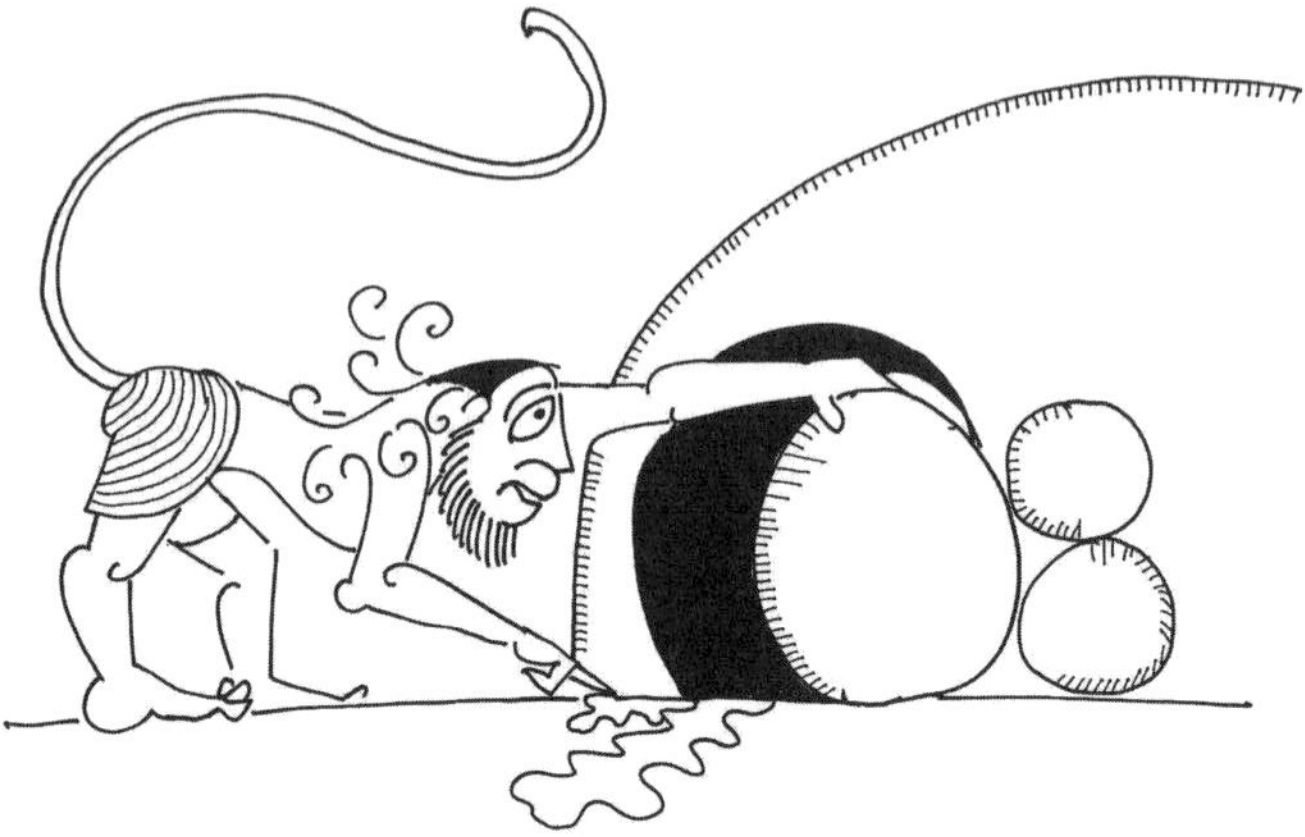

いるのがわかった。

大変苦労して岩を押しのけたヴァーリがキシュキンダーに戻ってみると、スグリーヴァが玉座に就き、ルマーとターラーの二人を妃にしてキシュキンダーの果実を楽しんでいた。「裏切り者！　卑劣漢！」ヴァーリは叫びながら、充血した目で牙をむき、スグリーヴァを殺そうと突進した。

スグリーヴァは命からがら逃げ出した。ヴァーリは何年もの間、追跡を続けた。やがてスグリーヴァはリシュヤムーカ山の頂に避難した。そこには隠者マタンガの庵があった。ヴァーリは山に足を踏み入れようとしなかった。ドゥンドゥビを殺したあと、ヴァーリが空中に蹴り上げた死骸が、マタンガの庵に落ちたのだ。怒ったマタンガは、「この死骸を我が庵に蹴り込んだ者は、我が庵のある山に足を踏み入れたなら死ぬ」との呪いをかけていた。

スグリーヴァはヴァーリが怖くて、リシュヤムーカ山を離れられなかった。だからハヌマーンに、悲鳴をあげた女性を乗せた空飛ぶ戦車について調べるよう命じた。

「なんと短気なのでしょう」ヴァーナラの話を聞いたシー

ターは言った。「スグリーヴァはどうしても、兄が殺されたと信じたかったのでしょう。ヴァーリは怒り狂っていたため、弟の行動について好意的に解釈できなかったのでしょう。短気は賢明さの敵です。短気により人は結論に飛び付き、相手を理解するのではなく批判し、非難するのです」

「あなたが小屋から姿を消したと知ったとき、ラーマ様は一瞬たりとも、あなたが自ら逃げたとは思われませんでした。ラーマ様はあなたを信頼しておられます。だから辛抱強く、あなたが不可解にも小屋から消えた理由を見出そうと調べておられるのです」ハヌマーンは言った。

「あなたはどうしてそれをご存じなのですか？」シーターは尋ねた。

するとハヌマーンは、ラーマと出会ったいきさつを話した。

Column

❖ヴァーナラは〝人間以下〟を意味するヴァ・ナラ［va-nara］と解釈することも、〝森の人々〟を意味するヴァナ・ナラ［vana-nara］と解釈することもできる。ヴァールミーキは彼らをカピすなわち猿とも書いている。合理的に考えれば、彼らは猿を祖先として崇拝する、森に住む種族であろう。だがそれでは、彼らに尻尾がある理由は説明できない。

❖ジャイナ教版『ラーマーヤナ』は、言葉を話す猿という概念を否定した最古の『ラーマーヤナ』である。ヴィムラスリーはハヌマーンをヴィディヤーダラ＊、つまり特別な階層の存在として描

＊ 神話に登場する半神族のひとつ。

いている。おそらく猿を旗印とした種族にヒントを得たのだろう。

❖プラーナによると、あらゆる生きものはブラフマーの子孫である。ブラフマー自身に妻はいないが、彼の精神から生まれた息子たちには妻がいる。それぞれの息子が種々の生きものを生み出した。これを、魚類、鳥類、爬虫類、天空の生きもの、地中の生きもの、人間といった多様な種の創造、と客観的に考えることもできる。あるいは、さまざまな考え方を持つ人間の誕生、と考えることもできる——自分には特権があると考える人々（デーヴァ）、騙されたと感じる人々（アスラ）、奪う人々（ラークシャサ）、貯め込む人々（ヤクシャ）、そして芸術的な気質のある人々（ガンダルヴァ）。

❖ブラフマーは大地も植物も創造していない。彼が創造したのは、鳥類、魚類、動物、人間など地上に住んで動くことのできる生きものだけである。

❖ヴィナターの長男が性別不明の不完全な存在だったという物語はプラーナに由来する。アルナは神、ウシャスは女神で、二人とも夜明けを体現している。どちらも太陽の神の御者を務め、ヴィナターの完璧な形の息子である鷲の王ガルダと同一視されることも多い。

❖文学において、昼は男性、夜は女性とされるが、黄昏時は男女どちらとも決められず曖昧なまま残されていて、類別を拒んでいる。

❖『アディヤートマ・ラーマーヤナ』や一部の地方の物語では、猿の王リクシャ自身が魔法の池に落ちたとき女性に変わり、スーリヤとインドラの両方が彼と恋に落ちたとしている。そうしてスグリーヴァとヴァーリが生まれる。

❖ヴァーナラが住むキシュキンダーは、人間の住むアーリヤーヴァルタと悪魔の住むランカーの中間にある。この位置取りは地理的なものであると同時に、心理的な意味もある。

❖デカン高原地方にある現在のカルナータカ州とアーンドラ・プラデーシュ州のいくつかの地域が、キシュキンダーだとされている。

ラーマの苦悩

ハヌマーンがスグリーヴァの命令に従って蜂に変身し、急いで北へ向かうと、ジャターユスが横たわっていた。木の一番高い枝に止まったハヌマーンは、一人の苦行者――のちにラーマだと判明した――が失恋した恋人のように野営地の周りを歩いて、岩、木、鳥、野獣に話しかけるのを目撃した。

「私のシーターを見なかったか？」彼は尋ねていた。「ここに座って日没を見ながら歌をハミングしていた、優しい娘を見なかったか？」

岩は無言だった。

「我々の妹のためにお前が捕まえに行った、黄金の鹿はどこだ？」木々が質問した。

「あれは鹿ではなかった。マーリーチャという、変身する悪魔だった。やつは私の声をまねてラクシュマナをおびき出したのだ。やつは囮だった。シーターの身に何か恐ろしいことが起こったのではと心配だ」

「そんなに大切に思っているなら、我々の妹を一人で放置してはいけなかった。ジャングルは捕食動物だらけなのだぞ」木々は容赦なく言った。

「もしかすると」ついに岩が言った。「彼女は森で追放生活を送るのに疲れて、逃げ出せるようお前たちの気をそらしたのかもしれない」

「違う、私はシーターがどんな女性かを知っている」ラーマは反論した。

すると一羽の鳥が言った。「私はその人が誰と一緒にいるか知っているけれど、教えてあげない」ラーマが鳥の首を強くつかんだので、首は長く伸びた。ラーマが手を離すと、怯えた鳥は飛び去った。

別の鳥が言った。「けだものが獲物を捕らえるのに文句を言う動物はいません。だったら、あなたはどうして文句を言うのです？」激怒したラーマは、この鳥が永遠に夜にはつがいの相手と離されているよう呪いをかけた。鳥が謝ると、ラーマは呪いを修正し、夜に連れから引き離された鳥が夜明けには再会できるようにした。

その後ラーマは泣き出した。涙が草に落ちると、草は訝しんだ。「この王子は妻を思って泣いているのかしら、それとも自分を憐れんで？」

「そこに違いがあるのか？　二人一緒にいられない苦痛を感じているのは、私も彼女も同じだ。シーターがいなければ、私が生きていることに意味はない。そして私がいなければ、シーターが生きていることにも意味はない」ラーマは答えた。

「あなたは決め付けすぎている」藪が叫んだ。「シーターはあなたを必要としていない。あなたが彼女を必要としているだけだ。シーターは自由だ。あなたはかつて、彼女を自分のものにした。今度は別の者が彼女を自分のものにしているんだ」

「誰もシーターを自分のものにできない。大地と同じく、私のシーターは、誰のものにもならない。私が彼女を自分のものだと言うことを許してくれているだけだ。彼女は、私にはその値打ちがあると思ってくれた。私は彼女を失望させない。必ず見つける。我々は再び会うのだ」

「そんなに自信を持てるのは愚か者だけだ」木々が声をそろえた。

「では、私はシーターの愚か者だ。彼女は私を微笑ませ、笑わせてくれた。思考が悲劇すら喜劇に変えられることを教えてくれた」そこでラーマは悲しみに打ち震えた。

　彼の愛を感じた木々は喜び、幹を揺らした。

　そのときハヌマーンは、別の苦行者――のちにラーマの弟ラクシュマナだと判明した――がラーマを戒める声を聞いた。「そんな態度は兄上らしくありません。兄上はアヨーディヤーの王、ラグ王家の後裔なのですよ」

　ラーマは直ちに嘆くのを止めた。深呼吸をし、自己憐憫から脱却して堂々とした戦士の姿勢に戻った。「私の苦痛などどうでもいい。最も大切なのはシーターを発見することだ」

　空での騒ぎを聞きつけた多くの賢者とそ

の妻が、何ごとかとゴーダーヴァリー川のほとりまでやって来た。ラーマの身に起こったことを聞いて、彼らはラーマを慰めようとした。だがハヌマーンは、ラーマがあとずさりするのを見た。「私は触れられたくない。私を慰めるのはシーターただ一人です」そして、彼らの悲しげな顔を見て言った。「私が来世にクリシュナとして降臨したときには、愛情を込めて私を抱擁してください。私も必ず抱擁を返します。しかし、今の私はラーマであり、親しく接する相手は我がシーターだけです。彼女はどこなのだ？」

ラーマはシーターの小屋の周囲を回り続けた。その輪をどんどん大きくしていくと、やがてジャターユスに出会った。ジャターユスは翼を失って森の地面に落ち、大量に出血していた。年老いた鳥はいまわの際に、事の次第をラーマに話した。「奥方様は、ラークシャサの王ラーヴァナによって、空飛ぶ戦車で南のほうへ連れていかれました。あの卑怯者は、あなたがやつの妹を傷つけたことへの罰だと言いました。私はやつを止めようとしたのですが、悪魔めは剣で私の翼を切り落としました」

ハヌマーンが見ていると、ラーマは鳥を慰め、やがて鳥は息を引き取った。するとラーマは鳥を荼毘に付す準備を始めた。

「そいつはただの鳥ですよ」ラクシュマナは言った。

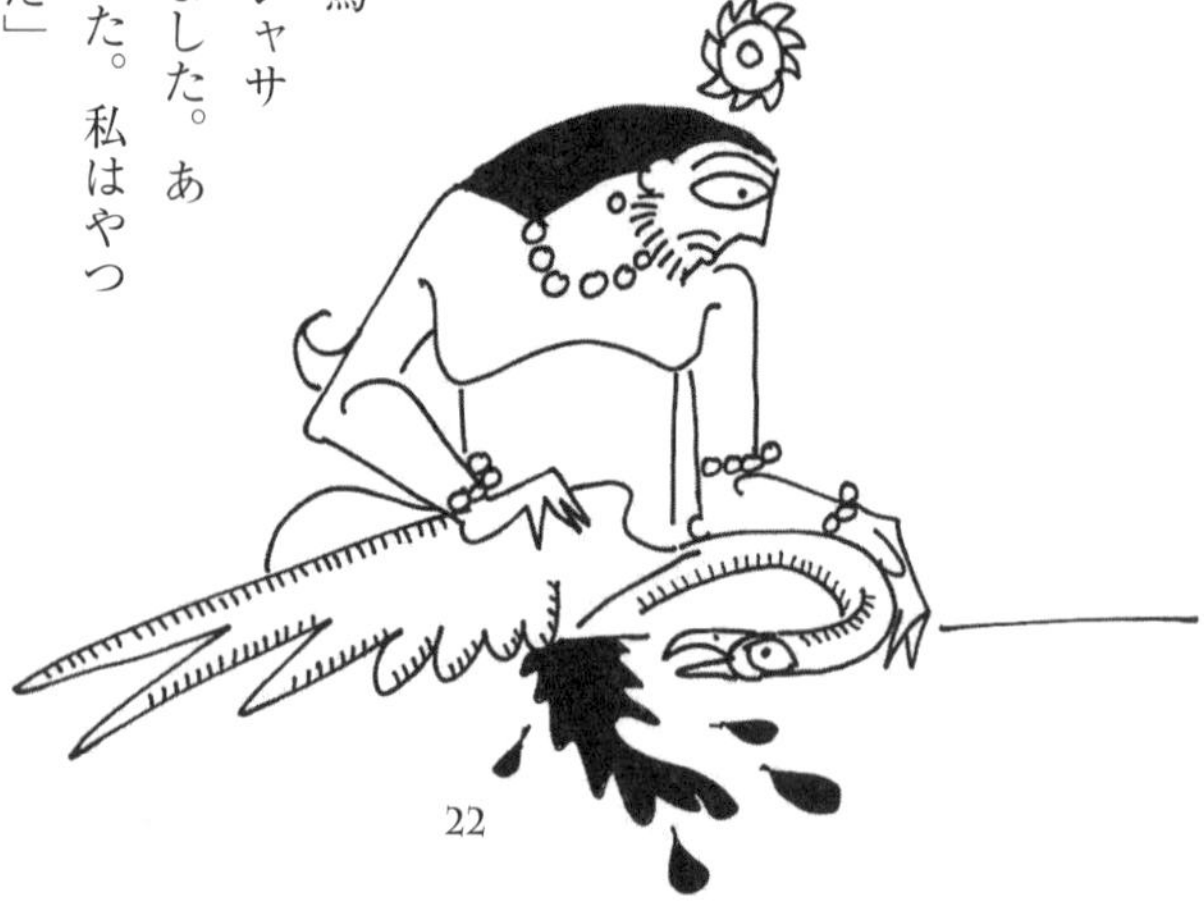

「そうかもしれないが、私のシーターを守ろうとして自らを犠牲にしてくれたのだ」ラーマは言った。「そんなことをしてくれる動物がいるか？　違うぞ、ラクシュマナ、この鳥は人間に少しも劣ってない。たいていの人間以上に人間性を示してくれた。父親を荼毘に付すことができなかった我々不幸な息子たちは、せめてこの鳥を荼毘に付すことで満足しておこう。父上と同じく、我々を守ろうとしてくれた者を」

ジャターユスの体を包んだ炎が空に舞い上がると、ラーマは考え込んだ。「あらゆる行動には結果が伴うのだ、ラクシュマナ。シーターは、お前が女の顔を傷つけるのを私が許したせいで罰せられている。その女の罪は、私を求め、結婚の規則を尊重しなかったことだけだった。カルマの法は人間の論理に従っていない。単に関係があるというだけで、罪なき者が罪ある者の罪の報いを受けることになる」

この話を聞くと、シーターはハヌマーンに言った。「あの人はいつも、知識は苦痛の解決法にはならないと言っていました」

「知識とは、水に浮かぶ丸太のようなものです。悲しみの海で、我々が溺れずにいられるよう助けてくれるだけです。岸を見つけるためには、自分の脚で水を蹴って泳がねばなりません。他の人が代わりに泳いではくれないのです」

これを聞いたシーターには、ハヌマーンがヴァーナラなのか、自由に姿を変えることのできるシッダなのか、あるいは人生について鋭敏な理解力を持つ苦行者なのか、判断できなかった。

Column

❖ラーマの苦悩は、彼の内面を垣間見せてくれる。それまでのラーマは社会的な完璧さ、王者らしい冷徹さの鑑だった。今、知性は崩れ落ち、感情が取って代わった。だがそれも、普段は激情に駆られやすいラクシュマナが、そのような感情の表出はふさわしくないとラーマを諫めるまでのことだった。

❖アッサム地方の民謡は、ラーマを怒らせた鳥たちの無神経な発言に触れている。ラーマは鶴の首を長く伸ばし、架空の生物チャクラヴァーカ（雁）が夜中に連れ合いを求めて鳴きながらさまようようにさせる。

❖チャクラヴァーカは、月光と恋に落ち、愛する者が夜にしか現れないため日中は泣き続けているチャコーラ（カッコウ科の鳥オオバンケン）と同一視されることもある。これは、思慕と別離を意味するヴィラハの感情を表現するのによく用いられるモチーフである。

❖ラーマが木々や賢者たちに触れられるのを拒むがクリシュナとして転生したら抱擁すると約束する、という話は、民間伝承に由来している。

❖女神シャクティはラーマをなだめるため、シヴァの意にそむいて、シーターに変身してラーマに会ったと言われている。だがラーマは騙せなかった。ラーマは彼女が女神だと見抜き、お辞儀をした。この話はマハーラーシュトラ州のタルジャ・バワニ寺院の言い伝えに含まれている。トゥルスィーダースもこの話を語っている。彼の伝承では、シャクティはラーマの神性を見抜けなかったことと、彼を試したいと思ったことが原因で、サティーとして自らを生贄に捧げる羽目になる。

❖ラーマがクリシュナとして転生するという話は、この二つの化身を結び付けている。これは後世のラーマの物語に何度も登場するモチーフである。それによって、何人もの妻や恋人を持つクリシュナとは対照的に愛する妻をただ一人だけ持つラーマのイメージが、いっそう強調される。

胃袋の怪物カバンダ

次にハヌマーンは、ラーマの戦士としての偉大な力量を知ったいきさつをシーターに話した。ジャターユスから話を聞いたラーマは真っ直ぐ南へ向かった。一心不乱に、食べもせず、飲みもせず、眠らず、シーターを見つけることだけを考えて進んだ。ラクシュマナはラーマに従った。ラーマは、飢えたライオンの咆哮にも、野生の象の群れの轟く足音にも、一筋の日光も地面に届かせまいとする鬱蒼とした密林にも関心を示さず、ひたすら歩き続けた。

さらに南へ進んだとき、カバンダという怪物に道が塞がれていた。ヴァーナラたちは皆、この恐ろしい怪物のことを知っていた。それには頭がない。頭は胃袋と融合していた。獲物をつかむための、長い腕が二本ついている。その飢えは飽くことを知らず、ヴァーナラはすべてカバンダの腕の届く距離から遠ざかっていた。

突然、ラーマとラクシュマナはカバンダに捕らえられた。片手にラーマ、片手にラクシュマナ。カバンダの爪は長くて鋭く、以前の餌食の血や内臓にまみれている。だが兄弟二人はまったく恐怖の色を見せなかった。彼らは剣を振り上げ、カバンダの腕を一刀両断した。ラーマは右腕を、ラクシュマナは左腕を切り落として、逃げ出した。

　彼らの、そしてハヌマーンの驚いたことに、怪物は兄弟を罵るどころか、深く礼を言った。「口に食べ物を運ぶ腕がなくなって、私はようやく、食べ物を見つけることから自らの飢えを理解することへと注意を移すことができます。死ぬまでの短い間だけでも。ありがとうございます。私はヴィシュヴァーヴァスというガンダルヴァです。昔の私はいつも、食べ物、ワイン、音楽、娯楽、女に飢えていました。欲望にふけるあまりに、自分の飢えを省みることができませんでした。さらに悪いことに、飢えを理解して乗り越えようとしている苦行者をあざ笑いました。私が馬鹿にした聖仙の一人が呪いをかけました。私に頭は不要なので、私は胃袋が頭である怪物、一日中食べてばかりいる怪物に変えられたのです。ある日、一人の男が現れて、私が考えられるようにしてくれることになっていました。それがあなたです。私の腕を切り落とすことで食べるのを止めさせ、自分の飢えについて考えられるように。そのご恩に感謝いたします。自分の人生がいかに無益だったかがわかりました。私の人生を値打ちのあるものにさせてください。私に、あなた

方のお手伝いをさせてください。どうすればいいか教えてください」

ラーマは言った。「私たちは、ラークシャサの王ラーヴァナにさらわれた我が妻シーターを捜している。やつがどこへ妻を連れていったかわかるか?」

「きっと、遥か南にあるランカーの都でしょう。その都を見たことのある者はおりません。あまりにも遠い南にあるからです。けれど、そこは黄金でできたきらびやかな都市だと噂されています。あなた方には、パンパー湖のそばにあるリシュヤムーカ山に近いキシュキンダーに住む、ヴァーナラという猿たちの助けが必要かもしれません。このヴァーナラたちは偵察能力に優れています。彼らは全世界をよく知っており、望むものは何でも見つけられます。食べ物を求めて世界中を探索しているからです」それだけ言うと、カバンダは死んだ。

それからハヌマーンは、ラーマとラクシュマナがカバンダを火葬するのを見つめた。「あの人たちは敵でも荼毘に付すのです。夫は、誰にでも再生する機会は与えられるべきだと言っています」シーターはハヌマーンに言った。

火葬の炎から神々しい存在が浮上した。ヴィシュヴァーヴァスの本来の姿だ。ラーマは、インドラがこのガンダルヴァを自分の天国であるアマラーヴァティーに招くのを見た。あらゆる飢えが満たされる場所だ。ところがヴィシュヴァーヴァスはインドラが住まう東ではなく、北のカイラーサ山へ向かうほうを選んだ。そこではシヴァが、あらゆる生きものに、飢えを乗り越えるすべを教えている。

この話を聞いたシーターはハヌマーンに尋ねた。「その後、私のラーマは何か食べたのですか?あるいは何か飲みましたか?」

ハヌマーンは答えた。「いいえ。あの方は食べることも飲むことも拒んで、すぐさまキシュキンダーに向かわれました」

「ラクシュマナは？」

「兄君のあとを追われました」

Column

❖ヴァールミーキの『ラーマーヤナ』では、ラクシュマナはアヨームキーというラークシャサの女に出会う。彼女もラクシュマナを誘惑しようとして、シュールパナカーと同じく鼻を切り落とされる。

❖ヴィラーダと同じく、カバンダも呪いのせいでラークシャサにされた。ラーマとの出会いが彼を変え、呪いから解放される。そのため、この物語は心を広げ、食べたいという本能を克服し、飢えそのものと向き合う話と解釈することもできる。

❖カイケーイーのせいで、ラーマとラクシュマナとシーターは生き延びられるかどうかという原始的な恐怖と直面し、社会的な安定を失って未開の地に置かれることになる。タントラにおいて、これはムーラーダーラ・チャクラによって象徴される。ムーラーダーラ・チャクラは肛門にある基本中枢である（鹿が恐怖を感じたとき最初にするのは、身を軽くして逃げやすくするため腸と膀胱を空にすることである）。次に彼らは、縄張りを示すため同じことをする）。虎は縄張りを示すため同じことをする）。次に彼らは、性的欲望を体現するヴィラーダやシュールパナカーやアヨームキーと出会う。この欲望は生殖中枢、スヴァディシュターナ・チャクラで象徴される。カバンダは胃袋の中枢マニプーラ・チャクラで示される飢えを体現している。ラーヴァナによって象徴される、支配し征服したいという感情的欲求は、心臓のチャクラであるアナーハタ・チャクラで表される。ハヌマーンで示されるコミュニケーションは喉の中枢にあるヴィシュッダ・チャクラの象徴。ヴィビーシャナは見識と良心の芽生えを意味し、額のチャクラであるアージュニャー・チャクラで表現される。すべては最終的な頭頂のチャクラ、知恵を表すサハスラーラパドマ・チャクラに通じている。

❖ラーマとカバンダとの出会いは、『ラーマーヤナ』の筋立てで重要な役割を果たしている。カバンダが猿の王国の存在を教えたことから、物語が大きく動くのである。

シャバリーの木の実

それからハヌマーンはシーターに、ラーマの感受性と思いやりをどのように知ったかを話した。

ラーマは何日もの間、昼も夜も歩き続けた。時々シーターの状況を思って泣き、体は汗と垢にまみれ、洗っていない顔には乱れた髪がかかり、目は充血して真っ赤になっている。

ラクシュマナは黙って兄の後ろを歩いた。ときには罪悪感に見舞われ、またときには恥の意識を覚えながら。憐れみの目で見られたり慰めのため抱き締められたりすることに兄が耐えられないのは知っている。彼はただ兄に従って森の奥深くへと入っていった。北部の聖仙が誰一人越えたことのない岩を乗り越え、川を渡った。

「見つめられている気がします」頭上の木々に目をやったラクシュマナは、蜂に気づいて言った。

「気をそらしてはいけない。ひたすら歩き続けるのだ。ヴァーナラたちを見つけねばならない」

そのとき、一人の女が叫んだ。「止まりなさい！」ラーマは立ち止まった。女は森の住人で、獣皮をまとい、羽毛をつけ、石やビーズをつないだ紐で身を飾っていた。

「座りなさい！」女が命じると、ラーマは座った。「お腹が減っているようですね」女は言った。「食べたほうがいいでしょう。ここに木の実があります。これなら食べられますよ」ラーマはこの見知らぬ部族の女の手に握られた木の実に目をやり、供されるのを待った。

女は木の実をかじり、ラーマに差し出した。ラーマは食べた。実は甘く、みずみずしかった。彼女はもう一つ木の実をかじったが、それは投げ捨てた。三個目をかじると、ラクシュマナに差し出した。

ラクシュマナは嫌悪感で身を縮めた。「よくも、かじりかけの実を私に食べさせようとしたな。私は、そんな食べかけのものを与えられるような召使いではないぞ。私はラクシュマナ、アヨーディヤーの王子、そしてこちらはラーマ、アヨーディヤー

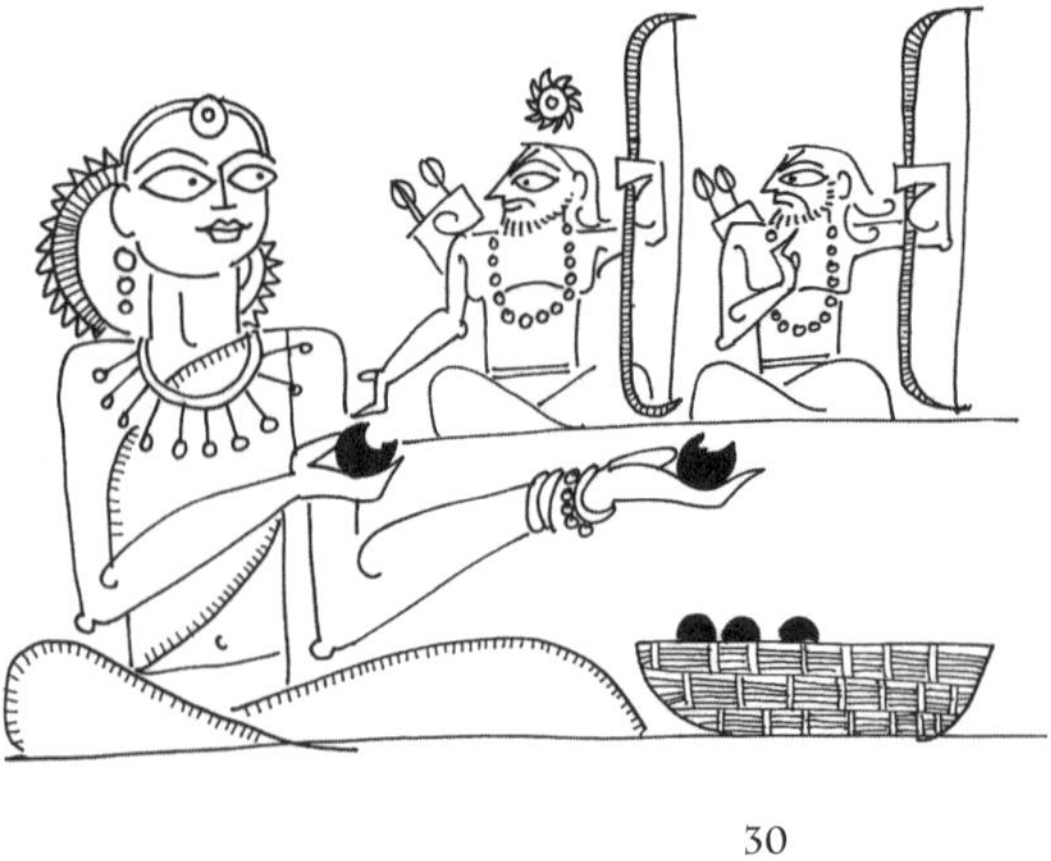

の王だ。お前は礼儀を知らないのか?」

　ラクシュマナの怒りの爆発に、女は驚いた。彼女は深く謝罪したが、ラーマは彼女を慰め、弟には厳しく話しかけた。「私が見たものは、お前が見たものとはまったく違うようだ。我々は武器を持って森の中を歩く男二人だ。さぞ恐ろしく見えただろう。それなのにこの女性は、我々に歩み寄ってきた。勇敢な女性なのは間違いない。我々のため、食べ物を与えるために、我々を止めた。そんなことをする義務はないのに。明らかに、思いやりに溢れた寛大な女性だ。そして、十分甘いことを確かめようと木の実をかじった。優れたもてなし役である。それが私の見たものだ。なのに、お前は何を見た? お前が宮廷で学んだ礼儀を知らない女だ。よく見ろ、ラクシュマナ、この人は森の女だ。宮殿や礼儀作法、王や王子について、何を知っているというのだ? お前はこの人を自分の基準で批判している。この人を見もしていない。目はあっても、お前は盲目だ」

　ラーマは女が差し出した木の実をおいしそうに食べた。彼女の名は知らなかったが、ラーマは女を、サヴァラ族の女という意味でシャバリーと呼んだ。元気になったラーマは、シーターの捜索を再開した。

　この話を聞いたシーターはハヌマーンに言った。「私はシャバリーの木の実のようなものです。私はラーマのものですが、ラーヴァナは私を味見したがっています。私が穢されても、ラーマは私を受け入れてくれるでしょうか?」

「自然においては、穢れているものなど何もありません」ハヌマーンは答えた。

「ああ、でもラーマは王であって賢者ではないのです。文化を尊重するほどには自然を尊重していません。文化においては、穢れた者は追放されるのです」

Column

❖ヴァールミーキの『ラーマーヤナ』では、シャバリーは住人が大昔に死んでしまった庵の世話をする身分の低い者とされている。彼女は予言されたラーマの到来を待っていた。彼が登場したことに喜んだシャバリーは、彼に食事を提供したあと解放を望み、火の中に自らの身を投じる。木の実のエピソードは、カンバンによるタミル語の作品や、のちのサンスクリット語の『アディヤートマ・ラーマーヤナ』には出てこない。アッサム語の『ラーマーヤナ』では、インドラは空飛ぶ戦車を送り込み、シャバリーを彼の天国に連れていく。木の実の話はもっと後世の口承民話に見られ、プリヤダースによる『バクティラスボーディニ』など一八世紀に書かれた宗教文学に登場する。

❖味見をした木の実（ヒンディー語ではジョーティ・ベール）を与えるという話は、インドの歴史上、体液に触れると穢れるという考えが非常に強くなった時期に生まれた。汚染源に触れない者は、清潔さを重んじる階層構造の上位に置かれる。そのため、動物の死骸を扱う肉屋のような人々は、菜食主義の聖職者より劣っているとみなされる。ヴィシュヴァーミトラの指示に従ってアヒリヤーを解放したラーマは、自らの意志によってシャバリーの差し出した木の実を受け入れた。ラーマは一般的な社会のタブーにこだわらず、相手の人間性を見ていることがわかる。これは人間ラーマであって、聖職者ラーマではない。

❖『ラーマーヤナ』は、人々が最善と考えるものを注ぎ込んで創造した有機的な言い伝えと考える必要がある。自分たちの考えを押し付けてあらゆる議論で優位を得たがる政治家や学者たちの間には、この話を固定化して命のないものにしたいという願望がよく見られる。

❖オリッサ州の民話では、シャバリーはラーマにマンゴーを差し出す。木の実はムラサキフトモモだとする話もある。

ハヌマーン登場

そしてハヌマーンはシーターに、ついにラーマの前に姿を現わしたときのことを話した。

ダシャラタの息子たちがリシュヤムーカ山近くのパンパー湖に向かって歩いていると、若い隠者が近づいてきた。彼はマンゴーを差し出し、洗練されたサンスクリット語で言った。「どなたですか？あなた方の存在は森のあらゆる生きものを怖がらせています。あなた方は戦士のように武器を携帯していながら、隠者のような服を着ておられます。自信に溢れた物腰で真っ直ぐ南へ向かっておられます。あなた方はデーヴァ神族ですか？　アスラ魔族ですか？　身分を明らかにしてください、見知らぬ方々」

ラクシュマナは不安に駆られ、剣に手をかけた。

ラーマは言った。「あなたは私を脅威と見、我が弟はあなたを脅威と見ています。敵対するけだものと同じく、我々はどちらが強いか、どちらが賢いかと考えながらお互いを見定めることもできます。しかし我々はけだものではありません。人間です。私はあなたを見、あなたは私を見ます。あなたは洗練された言葉を話していますから、教養の意味はご存じでしょう。そして、私を武装した隠者と見ておられます。おそらくはパラシュラーマやヴィシュヴァーミトラと同じく完全な戦士でも完全な賢者でもない、不明確な存在だとお思いでしょう。私が何者かお話しさせてください。その後あなたも、ご自分が何者かお話しください」

そうしてラーマは自己紹介し、この隠者に自らの悲劇を話した。父がカイケーイーにした約束を守るため森で暮らすようになったこと、森で妻が悪魔にさらわれたこと、今は彼女を捜していること。「この山に我々を助けてくれるヴァーナラたちが住んでいる、と言われたのです」

隠者は答えた。「私は長い間あなた方を見ていました。ラーヴァナが空でジャターユスの翼を切り落とすのを森全体が目撃したときからずっとです。あなたが気の毒な鳥を火葬し、カバンダを殺し、シャバリーの木の実を受け取るのを見てきました。あなたは並みの人間ではありません。そして今、自らの弟君を、ご自分のものであるべき王国の王にしたことを話してくださいました。これは非凡なことです。私の知るあらゆる生きものは、食べ物を奪い、貯め込みます。他人にものを与えることはありません。あるとしたら、子どもが自活

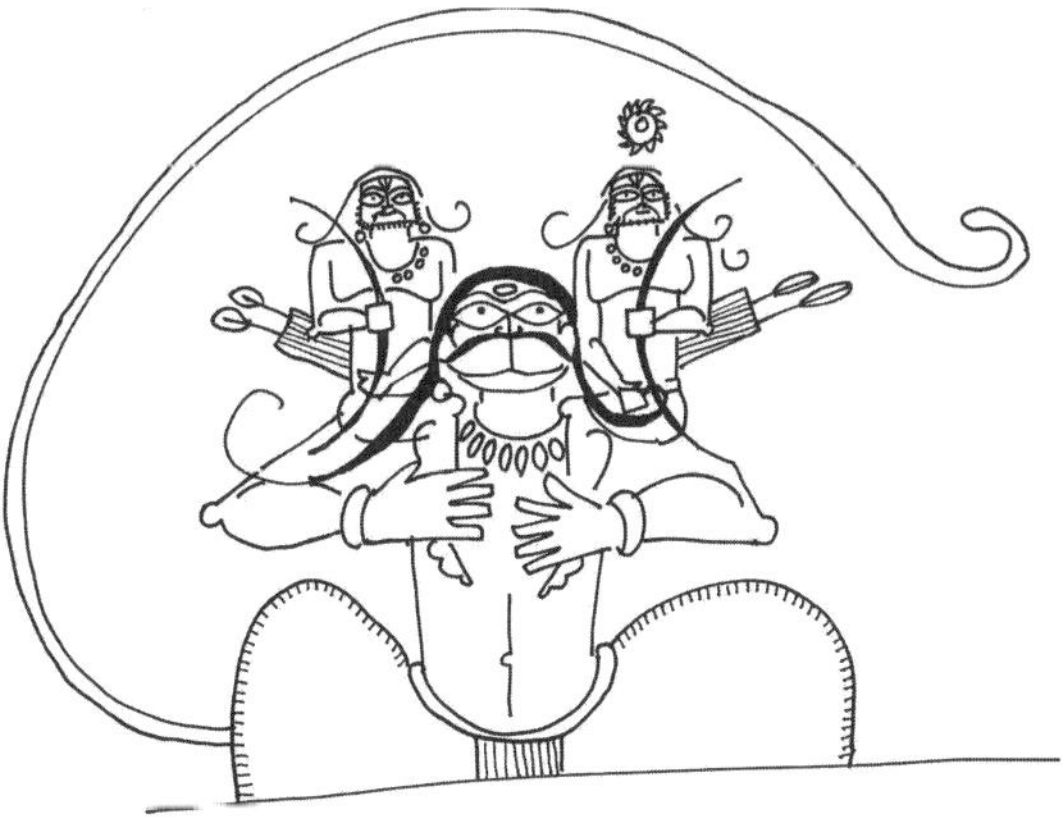

できるようになるまで親が子に与えるだけです。他人を喜ばせるため自らの喜びを放棄する生きものの話など、まったく聞いたこともありません。あなたは、人間に存在することを私が知らなかった可能性を教えてくれました。あなたに平伏いたします。私はハヌマーン、アンジャナーとケーサリンの息子、ヴァーナラの首領スグリーヴァ様に仕える者です」

そして隠者は猿に姿を変えた。

「やはり、こいつは正体を偽っていました」ラクシュマナはそう言って矢をつかんだ。

「我々を信用するまで、どうしてこの者が真実を明かしてくれることを期待できようか？　今、この者は我々を信じてくれている。お前もこの者を信頼すべきだ」ラーマは言った。

「私の肩に乗ってください」ハヌマーンは言った。「スグリーヴァ様が住まうリシュヤムーカ山までお連れします。道中私たちの話をいたしましょう」

シーターは小柄な猿を見て、どうして両肩にラーマとラクシュマナを乗せて飛べたのかと不思議に思った。

ハヌマーンは目をきらめかせた。「あなたもよくご存じの通り、見かけに騙されてはいけません。黄金の鹿は変身できる悪魔かもしれませんし、小柄な猿は変身できる神かもしれな

いのです」＊

Column

❖パンパーは湖でなくトゥンガバドラー川のことだとされる場合もある。一部の学者は、一六世紀にヴィジャヤナガル王国が置かれていたカルナータカ州にハンピという地名を発見し、これをパンパーだとしている。

❖ハヌマーンはサンスクリット語を使いこなすとされている。サンスクリット語は高度に計画的、構造的、装飾的で、もっと自然なプラークリット語とは対照的な言語である。サンスクリット語はデーヴァ・バーシャーすなわち神の言語と呼ばれるのに対して、プラークリット語はマヌシュヤ・バーシャーすなわち人間の言語と呼ばれる。古代インドでは、一般大衆とすべての女性がプラークリット語を話し、サンスクリット語は聖職者と王だけが使うものだった。猿なのにサンスクリット語を使うという事実によって、ハヌマーンは特別な存在になっている。

❖ハヌマーンは常に猿とされるのに対して、ラーヴァナは悪魔と呼ばれる以外に、バラモンの息子、ゆえにバラモン・ジャーティの一員とされる。こうしてラーマは、森で二つの生きもののことを知る。一つは最高のカーストに属する者、もう一つは最低のカーストに属する、あるいはどのカーストにも属さない者。どちらも神の言語を操るが、性質は対照的である。ラーヴァナの中では、支配したい、縄張りを確保したいという動物的な本能が増幅されているのに対し、

＊ハヌマーンは自在に姿を大きくしたり小さくしたりできることになっている。

ハヌマーンの中では、そんな本能は克服されている。

❖ラージャスターン州の、イスラム教徒でありながらシヴァの信者でもある人々メーワーティー・ヨーギーは、ランカー侵攻を意味する『ランカー・チャラーイー』という歌を歌う吟唱詩人である。彼らは、腹を空かせたラーマがラクシュマナに果物を探しに行かせるところを歌う。ラクシュマナは果樹園で一匹の猿に会い、猿は彼を泥棒だと非難して呑み込む。ラーマはその猿ハヌマーンと戦い、その戦いの音がシヴァの耳まで届く。シヴァはハヌマーンを助けに来てラーマと戦う。ラーマが手で触れると、シヴァの皮膚病が癒える。喜んだシヴァは、ラーマに二つの願いを叶えると言う。ラーマはラクシュマナの返還を願い、ラクシュマナは――ハヌマーンの胃の中に閉じ込められているときその強さを悟ったので――ハヌマーンの協力を願う。こうしてハヌマーンは二人と同行することになる。

妻を失った夫たち

続いてハヌマーンは、ラーマとスグリーヴァの出会いについてシーターに話した。

以前は蜂、次は若き聖職者、その後は小さな猿だったハヌマーンは、今度は巨人に変身した。ラーマとラクシュマナがハヌマーンのたくましい肩に乗ると、驚いたことにハヌマーンは空へと跳び上がり、リシュヤムーカ山頂にあるスグリーヴァの隠れ家へと向かった。兄弟は鳥になった気分で、大きな銀色の岩や蛇行する輝く青緑色の川が点在する鬱蒼とした緑の広大な森を見下ろした。

リシュヤムーカ山に着くと、彼らはスグリーヴァと会った。紹介が行われた。彼らは木の枝に座って果物を食べ、山の泉から汲んだ水で身を清め、ハヌマーンはダシャラタの息子たちのことをスグリーヴァに話した。

「教えてください、ラグ王家の後裔殿、これに見覚えはありますか？」スグリーヴァは布に包んだものをラーマに見せた。

ラーマが布を広げると、中には美しい彫刻の入った金の宝飾品があった。シーターの足の指や手の指につける指環、鼻環、足環、ブレスレット、腕輪、腰帯。ラーマは息ができなかった。ラクシュマナは言った。「この足環には見覚えがある。兄嫁の足首を飾っていたものだ。シーター様のものに間違いない」

スグリーヴァは説明した。「私は、ラーヴァナが女の人を空飛ぶ戦車に乗せていくのを見ました。その方は身をよじって抵抗し、ラーマという名前を叫び、跡を残すかのようにこれらの宝飾品を森に投げ捨てていきました。私は配下の猿にそれを拾わせました。そして調査のためハヌマーンを北へ向かわせたのです」

「ランカーがどこか知っているのか?」ラーマはシーターの宝飾品にそっと指を這わせながら尋ねた。

「ランカーを見たことのあるヴァーナラはおりません。遥か南方にあるのです」スグリーヴァは答えた。

「もう嘆くまい」ラーマは言った。「そなたが自分の王国で難民のように暮らしている理由を教えてくれ。」ハヌマーンが言うには、そなたはこの山から離れようとしないとか」

そこでスグリーヴァは、兄ヴァーリとの間の誤解から生じた悲劇をラーマに語った。「あなたはラーヴァナに奥様を奪われました。私は実の兄に妻を奪われました。私を助けてくださったら、私も必ずあなたをお助けします」

どちらのほうにスグリーヴァは心を痛めているのだろう、とシーターは考えた。王国を失ったことか、それとも妻を失ったことか。キシュキンダー王国は兄と分け合うことになっていたが、妻のルマーは違う。今、兄は王国と妻の両方を我がものにしている。

「あなたはいつも、そんなに考えてばかりおられるのですか?」ハヌマーンはシーターに尋ねた。

「それは悪いことですか?」シーターは訊き返した。

「ヴァーナラたちは、それはナラたちの悪いところだと言っています」

「ヴァーナラとナラの違いは思考です。ナラは考えることでナーラーヤナを見つけたのです」*

「ナーラーヤナとは誰ですか?」

「眠れるヴィシュヌです。私たち人間の潜在能力は、開花するのを待っているのです」

＊ナラとは人間のこと。同時にヴィシュヌの別名であるナーラーヤナと対になる聖仙の名でもある。ここではナラの二つの意味がかけられていると思われる。

「その人間の潜在能力とは何でしょう?」
「世界を他人の視点で見て、それを理解することです」
「その能力はラーマの中で花開いていると思います」
「同感です」
「シーターの中でも花開いていると思いますよ」ハヌマーンは言った。

Column

❖ヴァールミーキは飛行に興味を持っていたようだ。ラーヴァナはプシュパカ・ヴィマーナで飛んだ。ハヌマーンはキシュキンダーへ、のちにはランカーまで飛んだ。

❖シーターが宝飾品を落としていった話をインド人が聞いたのは、パン屑を道中に落としていったヘンゼルとグレーテルのヨーロッパ童話を知るよりずっと前である。

❖この物語は繰り返し、ラクシュマナは決してシーターの顔を見ず、シーターは決してラーヴァナの顔を見ず、ラーマは決してタータカーの顔を見なかったことを強調している。このように、顔を見るのは昔から性行動に関係した親密さを表している。動物の王国では、相手の動物の目を見るのは脅迫の反応を誘発する。目を伏せたり視線をそらしたりするのは服従の合図である。

❖黄金はインドでは幸運をもたらす金属である。ラーマはシーターを金の宝飾品で飾る。ラーヴァナは黄金の都に住んでいる。ラーマにとって金とは身に着けるものであり、一方ラーヴァナは金を足で踏んでいる。シーターを魅了したのは黄金の鹿だった。こうして『ラーマーヤナ』は、金の持つ暗い側面、人を誘惑して罠に陥れる能力を露わにする。シーターは人生で本当に大切なもののために金の宝飾品を捨てる。

❖ラグ王家の兄弟と違って、ヴァーナラの兄弟は玉座を分け合わねばならないが、誤解によって敵対する。どちらも、相手の立場に立ってお互いを理解しようとしないからである。

❖ケーララ州の伝統的儀式テイヤムでは、ヴァーリは神の姿で祀られ、しばしば〝長い尾〟と呼ばれる。これはヴァーリの肉体的な強さと性的能力を示唆している。

❖猿の世界では、ボスは最も力の強い猿で、すべての雌を自分のものにし、土地を独占し、独身の猿をハーレムから遠ざけて敵を皆殺しにする。おそらくヴァーリとスグリーヴァもそういう猿のような慣習に従っていたため、ヴァールミーキは彼らを猿と表現したのだろう。彼らが元々王国を共有していた事実は、完全な動物的性質からは少し距離を置いていたことを示している。だがヴァーリがスグリーヴァを追放して彼の妻ルマーを自分のものにしたときは、動物的な性質が蘇っている。

太陽から得た教訓

「どうして、あなたが自分でスグリーヴァを助けなかったのですか？」シーターは訊いた。「あなたはとても力が強くて頭がいいでしょう。あなたならヴァーリを打ち負かせたはずです」

そこでハヌマーンは、自分と、太陽とその息子との関係を説明した。

ハヌマーンは学べることをすべて学びたかった。そこで、地上にあるものすべてが見えている太陽に教えを請おうとした。だが太陽の神スーリヤは教えたがらなかった。日中は空を旅するのに忙しく、夜は疲れすぎて何もできなかったからだ。ハヌマーンは諦めることなく、太陽が東から西へ移動するときスーリヤの戦車の正面まで飛んでいき、太陽の神に面と向き合い、にらまれてもひるまなかった。何としても学ぶのだと決意を固めていた。その強い決意の表現に満足したスーリヤは、ハヌマーンにヴェーダ、ヴェーダの補助学ヴェーダーンガ、ヴェーダの付随的な知識をまとめたウパヴェーダ、タントラ、シャーストラを教えた。スーリヤの教えによってハヌマーンはあらゆるシッダを習得し、修行者に変身できるようになった。そのため彼は、意のままに大きくなったり小さくなったり、形を変えたり、鳥のように飛んだり、重くなったり軽くなったり、相手を魅了したり支配したりできるのだ。スーリヤが知識の代わりに求めたのはたった一つだった。「我が息子スグリーヴァの面倒を見てくれ。あの子はインドラの息子ヴァーリほど強くない。常にやつの味方でいてくれ」

「だから私は常にスグリーヴァ様のおそばにいて守っているのです。しかしそれは、インドラの息子ヴァーリ様と敵対すべきだという意味ではありません。私にはスグリーヴァ様の考えもヴァーリ様の考えもわかります。スグリーヴァ様からすれば、ヴァーリ様は理不尽です。ヴァーリ様からすれば、スグリーヴァ様は許されないことをしました。二人とも、それぞれの立場から見れば正しいのです」

ハヌマーンはシーターに話した。

「その通りですね」シーターは言った。

だがラクシュマナはそう考えなかった。同じ話を聞いたとき、彼はこう言った。「お前はまるで、ラークシャサにもヤクシャにもデーヴァにもアスラにも味方するシヴァのようだ。ヴィシュヌのように、どちらかの側につくべきだとは思わないのか？　正しいほうに味方して、無力な者のために戦うべきだ」

するとハヌマーンは答えた。「でも、誰が正しいかを決めるのは誰ですか？　スグリーヴァ様もヴァーリ様も、ご自分が正しいと確信しています。そして、誰が無力かを決めるのは誰ですか？　ラーマ様は追放生活を送っているから無力ですか？　シーター様はラーヴァナにさらわれたから無力ですか？　力は自分の内から生まれるのですか、それとも外から与えられるのですか？」

そしてハヌマーンはラクシュマナに、スーリヤから聞いた話を伝えた。

インドラの天界スヴァルガは昔、水牛に変身したアスラに襲われて危機に陥った。それでデーヴァたちはシヴァに助けを求めた。シヴァはデーヴァたちに、内なる力を解き放ってそれを合体させ、一つの実体を生み出すように言った。彼らの内部からシャクティが現れた*。デーヴァの生んだ多くのシャクティが融合して一つのまばゆい光となり、戦の女神ドゥルガーになった。多くの腕を持つ女神ドゥルガーはライオンに乗って戦場へ行き、バッファローに変身した悪魔マヒシャに襲いかかって、三叉の鉾で貫いた。そこでハヌマーンはラクシュマナに質問した。「教えてください、ラーマ様の弟君、あなたなら誰を守りますか？　水牛からデーヴァたちを、それとも武装してライオンに乗った女神から水牛を？」

「デーヴァたちは被害者で、ドゥルガーは彼らの救い主だ」ラクシュマナは答えた。

次にハヌマーンは、スーリヤから教えられた別の話を語った。

「昔、デーヴァ神族とアスラ魔族が乳海を攪拌すると、そこから多くの宝が出てきました。その中には、願いを叶える木カルパタル、願いを叶える牛カーマデーヌ、願いを叶える宝珠チンターマニ、不死の霊薬アムリタがありました。ヴィシュヌはモーヒニーという女に化身して人々を魅了し、これらの宝はすべて好きなだけ分けてやると約束しましたが、アムリタはデーヴァにのみ与えました。そのためデーヴァ神族は非常に強力となって、すべての宝を独占し、自分たちの住むアマラーヴァティーを悦楽の天国スヴァルガにしました。こうして騙されたアスラ魔族は決してデーヴァ神族を許さず、水牛などさまざまな形に変身して何度も彼らを襲ったのです。では、誰が本当の被害者ですか？　デーヴァ神族、それともアスラ魔族？」

---

* シャクティとはサンスクリット語の女性名詞で「力」を意味する。男神の力を表わし、ヒンドゥー教の教義が練りあがってくると、シャクティこそが三大主神に勝る宇宙の最高原理の表れとされるようになる。

そのときラーマが声をあげた。「なぜお前は、ヴィシュヌがデーヴァに肩入れしていると決め付けるのだ？　彼がデーヴァたちに不死の霊薬を与えたからか？　確かに、アムリタを飲んだあと、デーヴァはもはや死を恐れなかった。では、なぜ彼らはいまだに不安がっているのか？　彼らは何を失うことを恐れている？　彼らはなぜ宝に固執する？　そう、ヴィシュヌはデーヴァに繁栄をもたらしたが、彼らに平穏をもたらしたか？　彼らは今なお、物を通じて自分を表現しようとしているではないか。そして確かに、シヴァはすべてをアスラやラークシャサやヤクシャに与えている。彼らが望むものすべてを。しかし、彼らがシヴァに求めるのは何だ？　彼らは富や力を求める――これもまた物だ。彼らは決して、飢えを克服できるようにしてくれとは頼まない。思考で心を広げさせてくれとは頼まない。それゆえに、飢えは彼らの存在を脅かす。不安がデーヴァの存在を脅かすのと同じように。戦いは果てしなく続き、勝利のあとには必ず敗北が待っている。その戦いを行っているのは、自分は正しいと思い込んでいる者、自分は無力だと思い込んでいる者なのだ」

ヴァーナラたちは一匹残らず、弟子が師を見つめるようにラーマを見つめた。ラーマは言った。「わかっておくがいい。ドゥルガーは我々が外から得る強さだ。シャクティは内にある強さだ。自然は我々にシャクティを与えてくれる。人間社会は、道具、規則、財産を通じてドゥルガーを認めるように作られている。しかし一三年以上という長きにわたって森で暮らした経験から、私もシーターも、ドゥルガーでなくシャクティを重んじるようになった。内から生じる力は常に存在するからだ。外から与えられる力は、あるかもしれないし、ないかもしれない。それなのにラーヴァナは、外からの強さを求めている。彼は、自分の妹の顔を傷つけた者の兄に罰を与えようとしている。やつは我が妻を財産だと見ている。彼女を盗むことで、私に持ち物を奪われたと感じさせたいのだ。シーターを、彼に何の害も与えていない人間とは見ていない。私はやつを責めない。やつに怒ってはいない。やつの考え方は理解している。それでも私は、やつが間違っていると考えている。やつの力を妬んではいない。ただ私のシーターを取り戻し、彼女を再び自由にしたいだけだ」

「あなたはラーヴァナを非難しないのですか?」スグリーヴァは尋ねた。

「ああ、私はやつの生き方を理解している。カイケーイーの生き方を理解していたように」ラーマは答えた。「ラーヴァナには、もっと素晴らしいことを成し遂げる能力がある。だがやつは、自分の可能性を否定している。だから私を敵だと思い込み、私という人間を理解しようとしない。カイケーイーと同じく、やつは何が現実かという自らの考え方に囚われているのだ」

「ラーマ様がそう話すのを聞いたとき」ハヌマーンはシーターに言った。「ラーマ様は真のバラモンだとわかりました。ご自分の心を広げ、周囲の者の心も広げる方、隠者の心を持った家庭人。王になるのに、あの方に王国は必要ありません」

「夫になるのに、あの人は妻を支配する必要はないのです」シーターは言った。

Column

❖ インドラとスーリヤはヴェーダ讃歌に登場する主要な神である。プラーナの物語では、彼らはヴィシュヌに従属的な立場にある。ヴィシュヌがラーマとして降臨するとき、古い神々はヴァーナラとして彼の前に現れる。インドラはヴァーリとして、スーリヤはスグリーヴァとして。

❖ウパニシャッドでは、ヤージュニャヴァルキヤは太陽から知恵を得る。プラーナでは、ハヌマーンが太陽から知恵を得る。太陽はあらゆる光とエネルギーの源であり、そのため神性の象徴である。『リグ・ヴェーダ』にある有名なガーヤトリー・マントラは、無知という闇を追い散らす太陽への祈願である。

❖寺院の絵画では、太陽神はしばしば七頭の馬に引かれた戦車に乗った姿で描かれる。

❖ハヌマーンは偉大な賢者、強力な戦士、そして好奇心の強い猿である。彼はスグリーヴァに仕えており、脚光を浴びることを決して望まないにもかかわらず、昇る朝日のごとく徐々に姿を現し、叙事詩の中で主要な登場人物になっていく。宗教文学が栄えた中世には、彼はますます重要な存在になる。

❖民間伝承では、呪いのせいでヴァーリが足を踏み入れられないリシュヤムーカ山に避難したスグリーヴァの狡猾さに、ヴァーリは憤慨したとされる。だからスグリーヴァを苛立たせるためだけに、日に何度か山の上を跳び越してスグリーヴァの頭を蹴った。ついにある日、ハヌマーンはヴァーリの足首をつかみ、彼を山まで引きずり下ろすと脅した。ヴァーリは、山に少しでも触れたら頭が爆発して粉々になることを知っていた。怯えた彼はハヌマーンの手から逃れようとしたものの、無駄だった。結局両者は、スグリーヴァがリシュヤムーカ山に留まっている限りヴァーリは手を出さない、ということで合意した。

❖ハヌマーンは無条件にラーマに仕える。スグリーヴァと違って、ハヌマーンはそれによって物質的に何かを得るわけではないが、精神的には多くを得る。ラーマは導師、ハヌマーンは非の打ちどころない弟子となる。その気になれば師をしのぐ輝きを見せられるにもかかわらず、ハヌマーンは師の輝きに浸ることで満足するのである。

❖お互いに話を語り合うのは、森の生活における主要な部分である。インドでは、物語は知恵を広めるための手段となっている。〝大いなる物語〟を意味する説話集『ブリハット・カター』はシヴァが語り、それが吟唱詩人や語り部によって人類に伝えられたとされる。学者はインドを、アラブの商人を通じてヨーロッパに伝わった多くの民話の発祥地と考えている。

❖説話はヒンドゥー教で重要な役割を演じており、それは古代の儀礼主義的なヴェーダ・ヒンドゥー教よりも、後世の寺院中心のプラーナ・ヒンドゥー教においてのほうが明確である。神は三つの形を取って現れる。苦行者シヴァ、家庭人ヴィシュヌ、そして大地である女神。知恵はシヴァとヴィシュヌの女神とのかかわりの中で現れる。無知はブラフマーやその息子たちと女神との関係の中で表現される。女神は多くの名前で呼ばれるが、最も有名なのは力を意味するシャクティである。シヴァを通じてヒンドゥー教を信奉する者はシャイヴァ（シヴァ派）、ヴィシュヌを信奉する者はヴァイシュナヴァ（ヴィシュヌ派）、シャクティを信奉する者はシャークタ（シャクティ派）と呼ばれる。

❖ラーマを、悪者から不当な扱いを受けた古代ギリシア的英雄と見るのは非常にたやすい。だが『ラーマーヤナ』はインド思想や知恵という概念の表現手段である。その核心にあるのは、財産によって自分を認めさせたいという人間の欲望だ。ラーマが神であるのは、彼が財産の無益さを理解しているからだ。人は財産があるから認められるのではなく、財産があるにもかかわらず認められるのである。ラーヴァナは博識だが、それを理解していない。

❖インドのすべての宗教――ヒンドゥー教、仏教、ジャイナ教――は、物を通じて力を求める人間の願望とのかかわりを探求している。人の成し遂げた業績が称賛される古代ギリシアの説話や、服従と規律が称賛される聖書の物語と違って、インドの思想で称賛されるのは英知である。

ヴァーリの死

それからハヌマーンは、スグリーヴァがついにキシュキンダーの王になった経緯を話した。

「あの男は賢者のごとく超然としている。それはいいだろう。だが私が本当に求めているのは、ヴァーリを殺すことのできる戦士だ」スグリーヴァは言った。それに応えてラーマは矢筒から矢を一本抜き、弓につがえて弦を引き、マントラを唱え、矢を放った。矢が七本の椰子の木を貫通したあと再び矢筒に戻るのを見て、皆は唖然とした。

「あなたには技術があります。しかし、力は強いのですか?」スグリーヴァは尋ねた。

ラーマがそれに応えて、今は骨と化したドゥンドゥビの死体を非常に強く蹴ると、死体はリシュヤムーカ山を越えてキシュキンダーの真ん中に落ちた。

「素晴らしい。私が兄と決闘しているとき、あなたの矢で兄を射てください。私がキシュキンダーの王になるのを助けてくださったら、私は配下のヴァーナラたちに命じてあなたのシーター様を見つけさせ、救い出せるよう協力します」

「私がヴァーリに決闘を申し込んで、公正に戦って打ち負かせばいいのではないか？」ラーマは尋ねた。

「そうしたら、私でなくあなたがキシュキンダーの王になってしまいます。あなたは私の協力者でなく救い主になってしまいます。ヴァーナラたちは、私でなくあなたに付き従うでしょう。私が兄と決闘してその戦いで兄が死なない限り、誰も私を尊敬しません。そして公正さについてですが、それは都会の掟であり、ジャングルの掟ではありません」

この協定を結んで友情を固めるため、ハヌマーンは火を灯し、ラーマとスグリーヴァは手を取り合って火の周りを七度回った。こうして儀式によって結び付けられた二人は、今や互いに忠実である義務を負った。

ハヌマーンの述べるスグリーヴァは商人のような計算高い心を持った猿、ヴァイシャ・ヴァルナであり、敵のヴァーリは支配者の心を持った猿、クシャトリヤ・ヴァルナだ、とシーターは理解した。予言者のように好奇心が強く相手に共感できる心を持った猿は、ハヌマーンだけなのだろう。非常に強い力を持ちながら権力を求めず、非常に賢明でありながら知恵をひけらかさない。

次にハヌマーンは、兄弟猿二匹の決闘について語った。

スグリーヴァは棍棒を手に持ち、大声でヴァーリに決闘を申し込んだ。ヴァーリはせせら笑って妻ターラーのもとを離れた。ターラーは兄弟が戦うのを止めようとしたが、無駄だった。ヴァーリは臆病者の弟と戦うため森の広場にやって来た。ラーマは弓を手に持ち、茂みの後ろに身を隠した。

スグリーヴァはまったくヴァーリにかなわなかった。何度か殴り合いや蹴り合いをしたあと、スグリーヴァは逃げ出した。

「どうして矢を放たなかったのですか?」彼は怒ってラーマに詰め寄った。

「そなたたちがそっくりだからだ。明日の夜明けに、もう一度決闘を申し込みなさい。そのときは、私が見分けられるよう森の花で作った花輪を首に巻いておくのだ。明日の夕方には、ヴァーリは死に、そなたは王になっているだろう」ラーマは言った。

それで翌日、スグリーヴァは首に花輪を巻いて棍棒を手に持ち、再び森の広場での決闘を申し込んだ。「今度は殺してやるぞ、二度と私を煩わすことがないように」ヴァーリは足を踏み鳴らしてキシュキンダーを出た。

戦いは壮絶だった。ヴァーリが棍棒でスグリーヴァを容赦なく叩き、怒りを込めて顔に噛み付き、爪で皮膚を引き裂くのを、誰もが見守った。スグリーヴァは無力な餌食、ヴァーリは獰猛な捕食動物だった。彼らが兄弟であるなど、誰が見ても信じなかっただろう。

ラーマが木々の裏から矢を放ったのは、そのときだった。矢は見事に命中し、ヴァーリの背中から心臓に突き刺さった。ヴァーリは絶叫して地面に倒れた。

遠くからこの戦いを見ていたヴァーナラたちは、この卑怯な行為に

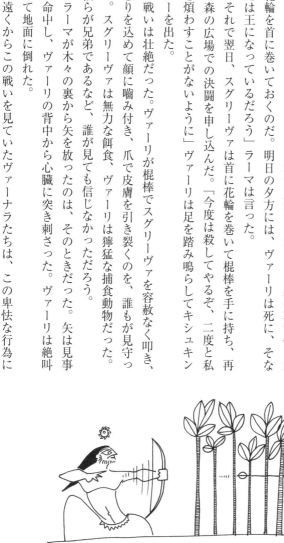

怒って騒いだ。ターラーは夫に駆け寄り、望みがないのを知って嘆き叫んだ。偉大なるヴァーリは死ぬのだ。「誰がこんなことをしたのですか？」彼女は尋ねた。

「私だ」ラーマは答えた。「私はラーマ、ラグ王家の後裔、アヨーディヤー王バラタの代理、そしてスグリーヴァの友。スグリーヴァは、ラークシャサの王ラーヴァナに拉致された我が妻シーターを捜すのを助けてくれるのだ」

「この卑劣漢があなたを助ける？」ヴァーリは耐えがたい苦しみを感じながらも、笑いたくなった。「卑怯な行為で私を打ち破ったやつが？　シーターを助けたかったのなら、なぜ私のところに来なかったのだ？　私はラーヴァナより強い。昔、尾であいつを縛り、ペットとしてキシュキンダーで飼っていたことがある。なぜあなたは、強い者を打ち負かすのに卑怯な手段を取るような、こんな弱虫に味方する？　それは公正か？　正しいのか？」

シーターが話に割り込んだ。「ヴァーリは弟と共有することになっていた王国を奪っておきながら、今度は戦いにおいて文明的な行動の規則に従うことを要求しています。ひどく不公正な者が往々にして公正さを求めるのは、変ではありませんか？」

太陽の神の弟子であり、ヴァーリやその父インドラの性質をよく知るハヌマーンは答えた。「公正さは人間の持つ概念です。ジャングルには存在しません。大事なのは、何としてでも生き延びることだけです。スグリーヴァは自分が生き延びるすべを見出しました。計略によって力の弱い弟に出し抜かれたヴァーリに、なすすべはありませんでした。だからヴァーリは、人間らしさや文明に訴えたのです」

そしてハヌマーンはシーターに、ヴァーリの非難に対するラーマの答えを話した。

「そなたは動物たちの掟の一つに従って生きてきた。自分の思い通りにするために力を用いたのだ。そなたの弟は、動物たちの別の掟を用いた。自分の思い通りにするために狡猾さを用いたのだ。では、そなたはなぜ非難の声をあげるのか？　なぜ人間の価値観を持ち出すのか？　生まれてからずっと動物のように生きてきたそなたは、動物のように殺されることを受け入れねばならない。私は狩人、そなたは獲物である。そしてスグリーヴァは、王たちの娯楽である狩りの受益者なのだ」

瀕死のヴァーリを腕に抱きながら、ターラーはラーマを呪った。「あなたは自分の奥様を取り返すために私の夫を殺しました。奥様があなたのそばにいるとき、あなたに決して平穏が訪れませんように」そうして復讐心が満たされた途端、ヴァーリは息を引き取った。

公正であろうとなかろうと、キシュキンダーでは新たな序列が構築された。それまでヴァーリに従っていたヴァーナラたちは、スグリーヴァのほうを向いて彼の支配を受け入れた。ターラーすら、スグリーヴァを新しい主人と認めた。それが動物の生き方だからだ。

Column

❖スグリーヴァはラーマを信頼するための証拠を求めた。ラクシュマナはハヌマーンを信頼するための証拠を求めた。だがラーマもハヌマーンも、互いを信頼するのに証拠は必要なかった。

❖ヴァールミーキの『ラーマーヤナ』は、友情を固めるために火の周りを回るという風変わりな慣習に触れている。この慣習は他ではまったく言及されておらず、結婚式のときだけ行われている。おそらくこれは、人間関係を公言するためのヴェーダ期の古い慣習で、現代の契約と似たようなものだったのだろう。

❖ビール族の『ラーマーヤナ』である『ラーマ・シーター・ニー・ヴァルタ』では、ハヌマーンとスグリーヴァは同一視されている。ラクシュマナはある池で水を飲むが、実は妻を失ったことを嘆く猿が流した涙の池であることに気づく。その猿はハヌマーン／スグリーヴァであり、妻はアーリアに拉致されていた。ラーマは、お返しにシーター発見に協力してくれるなら、妻を取り戻してやると約束する。

❖ラーマが身を潜めてヴァーリを殺したことについては賛否両論がある。ほとんどの人は、これを卑劣な行為だと思い、どんな説明も無理やり正当化しているだけだと考える。サンスクリット劇『マハーヴィーラ・チャリタ』で作者のバヴァブーティは、ラーマとヴァーリは面と向き合って正々堂々と戦ったとしている。カンバンは説明を試みようとせず、これは人間には理解不能な神の行動だと想定する。多くの物語が、ラーマはなぜあのような行動を取ったかを説明しようとしている。たとえば、ヴァーリは自分自身の力に加えて、目の前に現れる者全員の力の半分を得るという恵みを得ているため、彼を殺すには身を隠して行動するしかなかった、というものがある。

❖ダルマはしばしば、世界共通の道徳的・倫理的な一連の規則と考えられる。そうした世界共通の規則は実在しないが、あらゆる社会の人間は空想でそれを描いている。なぜなら、人はそういう規則が存在することを願っているからだ。実際に存在するのは世界共通の自然の規則、適者のみが力と狡猾さを用いて生き残るという規則である。何が正しく何が公正かという概念を述べた社会的な規則は、時代、場所、状況、かかわる人間によって、絶えず変化する。社会的な法によって得をする者は、自分たちの規則が公平で正しいと信じている。だが同じ規則によって得をしない者は、法を拒み、反乱を起こす。

❖スグリーヴァとラーマは策略を用いてヴァーリを殺す。自然界において、策略は生存のために有効な手段である。文化において、策略は往々にして眉をひそめられるが、強さは尊敬される。おそらく策略は目に見えないため不安を喚起するからだろう。

❖ラーマは規則をきわめて厳格に守る者、マルヤーダー・プルショッタムと呼ばれる。彼が守るのは誰の規則なのか？　アヨーディヤーの規則か、キシュキンダーの規則か？　彼は自らの規則を他人にも守らせねばならないのか？

❖多くの聖典は、何が公正かを決めるのは誰なのかと問いかける。支配者ヴァーリか、権利を奪われたスグリーヴァか、それとも第三者のラーマか？　あらゆる者を不公正に扱う悪者は、被害者から公正に扱われることを要求できるのか？　英雄はいい気分になるため、そして公正な社会を創造するため、自らに公正さを課し、その過程で、公正さを理解せず尊重せず大切にしない悪人に対して無力になってしまうのか？　ヴァーリのエピソードからは、こうした難しい疑問が提示される。

❖『ラーマーヤナ』でのさまざまな出来事と関連付けられる多くの場所と同じく、ヴァーリが殺されたとされる場所も、カルナータカ州からケーララ州、アッサム州に至るまで、インド各地に見られる。

❖タミル語とテルグ語の『ラーマーヤナ』では、ターラーは乳海から現れ、海の撹拌に参加したスグリーヴァとヴァーリの両者に与えられたとされる*。

キシュキンダーの新たな王

ハヌマーンは続けて、スグリーヴァの戴冠についてシーターに話した。

スヴァルガでは、インドラは現れては消えるが**、シャチーは天国の王妃として常に留まっている。シャチーは玉座と結婚したのであって、その玉座に座る者とではない。これがデーヴァ神族の掟だ。

* 太古、神々とアスラたちがアムリタを得るために乳の海を攪拌し、そこから太陽と月、アムリタ、女神たち、聖なる動物たちなどが誕生したとする乳海攪拌神話について言及されている。

** インドラとは神の固有名詞であると同時に「神々の王」を意味する普通名詞でもある。したがってインドラは王権交代することにより現れては消えることになる。

そしてヴァーナラの掟でもある。誰がヴァーナラの首領になろうと、ターラーは王妃である。かつて彼女はヴァーリの妃であり、今度はスグリーヴァの妃になった。

スグリーヴァの最初の妻で今は第二王妃となったルマーは言った。「ヴァーリはスグリーヴァを罰するため私を妃にした。スグリーヴァは玉座に座る権利を宣言するためターラーを妃にした。ヴァーリは怒りによって動かされ、スグリーヴァは規則によって動かされているわ。いずれにせよ、苦しむのは私なのよ」しかし、彼女の声は誰にも聞こえなかった。

ボス猿は前のボスの子を、敵対者になる可能性があるとして皆殺しにする。だからターラーは、スグリーヴァが彼女の息子アンガダを無慈悲に殺すのを覚悟した。

「そんなことは止めるのだ」ラーマは言った。「我々の友情を長続きさせるためには、そなたは動物の生き方を放棄して人間の生き方を受け入れねばならない。ターラーは戦利品であってはならず、アンガダは敵視されてはならない。そなたは心を開き、ターラーを妻として、アンガダを息子そして世継ぎとして見るべきだ。また、ルマーが自分はおろそかにされていると感じないようにせねばならない。そのような依怙贔屓がもたらす代償を、私自身が見てきたからだ。そなたは、他の者より強く賢いからではなく、皆を思いやることがで

きるからという理由で、王にならねばならない」

キシュキンダーの王として戴冠したスグリーヴァは、聖仙たちの道をたどることに同意した。ヴァーナラの生き方を変えると誓った。動物の本能を克服し、もっと人間的になる。アダルマでなくダルマに従うのだ。

戴冠を記念して盛大な祝宴が開かれた。全国民が大いに楽しんでこの日を忘れられないものにするため、キシュキンダーの各地から最高の果物や木の実や芋や花や蜂蜜やサトウキビが集められた。

ラーマとラクシュマナは静かに引っ込み、猿たちが踊り、歌い、祝うのを遠くの丘から眺めた。「兄上が戴冠していたなら、国民はこんなふうに踊って歌ったでしょうね」ラクシュマナが切なげに言う。

「過去に思いを寄せたり、どうなっていたはずだと考えたりはしないでおこう。未来に思いを寄せ、どうなるはずかを考えよう」ラーマは言った。

祝宴が終わると同時に雨季が訪れた。例年よりは少し早い、と言う者もいるだろう。おそらく、息子ヴァーリがヴィシュヌの地上での化身に殺されたために、インドラが怒っているのだ。雲が太陽と空を隠した。湿った霧が山々を覆った。雷鳴が轟いた。稲妻が空を切り裂き、雨は今までになかったほどの激しさで降り注いだ。地面は水浸しになった。川は増水し、堤防を破壊した。泥が岩や木々や動物を運んで山肌を滑り落ちた。

「シーター様の捜索は雨季が終わるまで待たねばならないかもしれません」スグリーヴァは言った。ラーマは同意して、険しい顔でうなずいた。

雨は四カ月降り続いた。ヴァーナラたちは洞窟に隠れ、貯め込んだり見つけたりした少量の食べ物を食べて過ごした。ほとんどの時間は伴侶を抱き締めて愛を交わした。こんなときには、ほかにすることがなかったのだ。湿った土のにおいと降り注ぐ雨の音は彼らをうっとりさせた。キシュキンダーは、猿たちの交合の音で溢れた。

「私は、ラーマ様が丘の上で南を向いて忍耐強くあなたのことを思っておられるのを、洞窟の外に立って見守りました」ハヌマーンはシーターに言った。

「アショーカの樹の庭園で過ごしてきた日々、私はあの方を信じて北を向いて座っていました」シーターはハヌマーンに言った。

Column

❖ヴァーリの息子アンガダはスグリーヴァの世継ぎと宣言されるが、これは重要である。前の王が死んでも、過去を一掃するのではなく、過去と折り合いをつける試みがなされている。革命は多くの場合、過去の痕跡を一掃しようとする――たとえば中国の皇帝による焚書、中世のキリスト教会による異教的な過去の否定、科学的変革による過去の神話の否定など。しかしこうした行為は怒りや憤りを煽り、将来また別の革命を勃発させる結果に終わる。

❖『ラーマーヤナ』では、ラーマとなったヴィシュヌがインドラの息子（ヴァーリ）と敵対してスーリヤの息子（スグリーヴァ）に味方する。『マハーバーラタ』では、クリシュナとなったヴィシュヌがスーリヤの息子（カルナ）と敵対してインドラの息子（アルジュナ）に味方する。こうして二つの人生においてバランスが保たれる。

❖古代、一部の社会では、勇敢な男性は女性と結婚することによって財産を得た。財産は女性と結び付いていた。女性が夫の家に行くのではなく、夫が妻の家に来た。女性は最初不動産である土地と結び付いていていたが、徐々に黄金などの動産と結び付くようになった。こうした動産は一般にストリーダナつまり女性の富と呼ばれた。だから、『ラーマーヤナ』に登場するカイケーイーやカウサリヤーなどの女性は、その出身の土地と関連した名前を与えられたのだろう。ランカーにはラクシュミーと同一視される女神ランキニーがいる。彼女は最初クベーラに、次はラーヴァナに、最後はヴィビーシャナに仕える。

❖女性が複数の男性に仕えるという考え方は、インドの保守的な地域に動揺を与えた。そのため五人の乙女を意味するパンチャカニヤーという概念が生まれた。一人の男性と親密な関係を結んだあとで処女性を回復する女性を意味する。この五人の中には『ラーマーヤナ』の登場人物が三人含まれている。アヒリヤー、ターラー、マンドーダリーである。『マハーバーラタ』からはクンティーとドラウパディーの二人。クンティーの代わりにシーターが入るときもあるが、これはほとんどのヒンドゥー教徒にとっては受け入れがたいことである。シーターは心も体もラーマだけのものなのだから。

ラクシュマナの激しい怒り

そしてハヌマーンはシーターに、スグリーヴァ配下のヴァーナラたちとダシャラタの息子たちとの間で危うく戦争が起こりかけた瞬間について話した。

雨は徐々にやんでいった。土地は乾いた。黄色い花をつけた緑の木々が大地を覆った。空に雲はなく、月は明るく輝いた。

ラーマは、スグリーヴァが猿たちを招集してシーター捜索を始めるのを待った。ところがスグリーヴァの姿はどこにも見えなかった。スグリーヴァは歌や踊りや食事や妃たちとの悦楽にふけっていたのだ。

ラーマはじっと待った。忍耐力は徐々に薄れ、苛立ちが、やがては怒りに取って代わった。「どうしたのだ？　なぜスグリーヴァは約束を守らない？」

「やつは嘘つきでペテン師だからです」ラクシュマナは怒鳴った。「あの恩知らずの猿めを、私に懲らしめさせてください」彼は弓を取り、スグリーヴァの悦楽の園に向かって突進した。

ラクシュマナがこのように怒りにまみれて近づいてくるのを見て、ハヌマーンはあわてふためいた。

急いでスグリーヴァのもとへ行き、兄弟を怒らせないよう警告した。「ラーマ様は一本の矢でヴァーリを殺しました。陛下を襲うのには、矢も必要ないでしょう」スグリーヴァは自らの過ちを悟り、すぐさま上機嫌の酩酊状態から覚めた。だが、誰がラクシュマナをなだめてくれるのか？　猿たちは皆戦々恐々となった。

「私がなだめます」ターラーは言った。「女性に危害は加えないでしょう」

「そう決め付けないほうがいいですよ」彼女の息子アンガダが言った。「ラーマがタータカーを、ラクシュマナがシュールパナカーをどんなふうに扱ったか、お忘れですか？」

それでもターラーは恐れることなくラクシュマナに歩み寄った。掌を合わせ、穏やかで親しげな表情を作る。ラクシュマナは弓を持ってこちらを向いていた。「約束を守らないペテン師はどこだ？　欲しいものを手に入れたら約束を忘れてしまう役立たずはどこだ？　キシュキンダーの王を名乗る卑怯者はどこだ？」ラクシュマナは怒鳴り続けている。

ターラーは服の乱れを直そうともせず、ラクシュマナに近づいた。髪はくしゃくしゃで、体には愛の行為の跡がついている。大いなる快楽の名残で、歩みはおぼつかない。「落ち着いてください、王子様。あなたのおっしゃる通りですし、確かに我が王は間違っています。けれど、この悦楽の園の平和を乱す必要があるのですか？」彼女はささやいた。

ラクシュマナは恥ずかしくなって顔をそむけた。侵略者になった気分だ。独善的な憤りは弱まった。するとターラーは優しい音楽のような声で言った。「そんな荒っぽい言葉を発しないでください。スグリーヴァは長年ジャングルで暮らし、食べ物も人生の楽しみもすべて奪われていたのです。今、あの方はようやくそれを手に入れました。快楽にふけりすぎて時間の感覚を失ってしまったのは、ごく自然なことです。アプサラスの腕の中にいれば、修行者には一〇〇年も一夜のように感じられます。ましてやそれが単なるヴァーナラにはどう感じられるか、おわかりになるでしょう。共感して、お許しください」ターラーが話すにつれて、怒りの炎はゆっくり消えていった。ラクシュマナは理解してくれたのだ。

ラクシュマナは弓を下ろして言った。「許すことはできるが、共感はできない。お前が言う快楽のことを、私はまったく知らないのだ。それを経験したくてたまらないが、そのためにはあと一年待たねばならない。来年の秋になれば、私は妻ウールミラーと一緒になれる。しかしそれは、兄ラーマのためにシーターを助けることができればの話だ。スグリーヴァと彼の猿たちの助けがなければ、シーターを助けられない。だからお願いだ、すぐに猿たちを招集するようスグリーヴァに伝えてくれ」

シーターはラクシュマナを思い出して懐かしんだ。真面目、忠実、喜怒哀楽が激しい。ラクシュマナが鼻孔を膨らませてそう命じたところが想像できる。禁欲的な兄と比べて、彼は非常に単純で、まったく違っているのだ。

Column

❖『ラーマーヤナ』の第四巻「キシュキンダー・カーンダ」(「キシュキンダーの巻」)はスグリーヴァの戴冠で終わり、次の第五巻「スンダラ・カーンダ」(「優美の巻」)はシーターの捜索で始まる。

❖しつこい降雨は、雨の神インドラの復讐のように思われる。彼は息子ヴァーリを殺したラーマに怒っているのだ。

❖カンバンの『ラーマーヤナ』では、ターラーは何も宝飾品をつけず化粧もせずにラクシュマナに歩み寄る。一枚の布だけをまとった彼女は未亡人のように見え、ラクシュマナはチトラクータで最後に会った母のことを思い出す。それで彼の気持ちは静まる。

❖ターラーは交渉人、調停者を演じる。彼女はスグリーヴァに欠けている能力を発揮する。彼女は美と知性により独特の存在とされ、そのため神々が攪拌した乳海から生まれたという民話が生まれた。ターラーは平凡なヴァーナラではない。

❖『ラーマーヤナ』は人間のありようについて敏感である。心の状態によって時間の経過は異なる。快楽にふけっているとき、時間は速く進む。悲しいとき、時間の動きは遅い。スグリーヴァにとっては一瞬のことでも、ラーマにとっては耐えがたいほど長いのである。

捜索隊

そしてハヌマーンはシーターに、スグリーヴァが快楽の園からおどおどと現れてラーマの足元に平伏しかけたことを話した。だがラーマは、過去などどうでもよかった。スグリーヴァに許しを請わせて満足したいとも思わなかった。関心があるのは、シーターの居場所を突き止めることだけだ。

すぐにスグリーヴァ配下の何十万匹もの猿がキシュキンダーに集まったので、ラーマは大いに喜んだ。彼らは世界中を探してシーターを見つけるだろう、とスグリーヴァは請け合った。ランカーが南にあるのは間違いない。だが、南のどのあたりなのか？　南東、それとも南西？　丘の向こう、谷間、それとも森の奥深く？　いくつもの猿の捜索隊が、それぞれ違った方向へ行くよう指示された。

ラーマは、ハヌマーンがアンガダ率いる隊に入ることを提案した。「ハヌマーンが隊長になるべきではありませんか？」スグリーヴァは言った。

「この隊がランカーを見つける可能性が最も高い。アンガダは若く、隊長としては未熟だ。彼には経験が必要だ。これはアンガダにとって絶好の機会となる。ハヌマーンには、アンガダから目を離さず、

アンガダに隊を率いさせるだけの知恵がある」ラーマは言った。そのため、アンガダはハヌマーンを横に従えて猿の集団とともに出発する準備をした。
「私は出発前にラーマ様のところへ行き、どうすれば私がラーマ様の使者であることをシーター様にわかってもらえるだろうかと尋ねました。あなたの信頼を得るためのものを、何かくださいとお願いしました。それでラーマ様は、この紋章付き指環をくださったのです。追放生活に出るとき、体から外すことをお父君から許されなかった、ただ一つの宝飾品を」
シーターはハヌマーンの先見の明に感心して、ラーマの指環を眺めた。

Column

❖ヴァールミーキの『ラーマーヤナ』において、ハヌマーンが非常に強いにもかかわらず猿たちのリーダーにならなかったのは、確かに興味深い。ハヌマーンの地位を最高の猿から神へと引き上げたのは、物語を聞いた聴衆である。彼は強くて知恵があり、身を引いて他者が脚光を浴びるのを許すだけの賢さがある。

❖ヴァールミーキの『ラーマーヤナ』では、スグリーヴァは斥候たちが調べるべき世界中のあらゆる場所を詳しく述べる。彼はヴァーリから逃れるため世界中を（ランカーを除いて）旅しており、最後にリシュヤムーカ山に避難したのだ、とラーマに説明する。

❖ラーマは王家のローブや宝飾品を放棄した隠者であるのに、なぜ金の指環をしていたのか？こうした疑問は、トゥルスィーダースによるアワディー語の『ラーム・チャリット・マーナス』

から生じた疑問を並べて一九世紀と二〇世紀に書かれて人気を博したヒンディー語の本、『シャンカーヴァリー』（『疑問集』）に収められている。その指環は実はシーターのものだった、というのが一つの答えである。彼女はそれを、親切の礼として船頭グハに与えられるよう、ラーマに渡していた。グハは指環を受け取らなかったため、そのままラーマが持ち続けていたのだ。

南部の捜索

続けてハヌマーンは、海岸に着くまでの冒険についてシーターに語った。

捜索隊は、最初はよく知る森を抜け、その後は知らない森を抜けて、南へ向かった。新たな川、新たな山、新たな動物、新たな鳥を発見した。唯一変わらなかったのは、恒星や星座や彗星の見える空だけだった。

猿たちは出会った者すべてにシーターのラーマの話をした。多くの者が、この理解しがたい男性の妻を見つける探索に参加した。彼は穏やかに王国を弟に譲り、妻をさらった者を悪者と考えず、自然の動物的本能を克服するよう猿たちを促した。きっと特別な人間に違いない。それまで森の住民は、世界中のあらゆるものを、自分の命に対する脅威、もしくは食べ物を得られる機会としか見ていなかった。だがラーマだけは、自分のことは後回しにして他人の恐怖や飢えに目を向ける能力を備え、世界を可能性に満ちた場所だと見ているように思われた。

捜索隊に参加した中には、ジャーンバヴァトという年老いた熊がいた。ジャーンバヴァトは、このアヨーディヤーの王子は地上に降臨したヴィシュヌだと確信した。

南部のある場所で、アンガダの捜索隊は雌牛たちが蟻塚へ行き、自ら進んでそこに乳をかけるのを見た。塚の中にはシヴァ・リンガ*がある。蟻塚の周りにいる蛇たちは、そのシヴァ・リンガを置いたのはラーヴァナだと言った。

何度も北部のカイラーサ山へ旅したラーヴァナは、シヴァに、彼の象徴となるものをくださいと頼んだ。「それをランカーに祀って、沸かさない牛乳とベルノキの新鮮な葉とダチュラの花を捧げます」このシヴァの象徴をランカーに置けば都は永遠に無敵になることを、ラーヴァナは知っていた。

それでシヴァはラーヴァナにシヴァ・リンガを与えた。木の葉形の台座にしっかり支えられた岩だ。「台座が支えていなければ、岩はあてもなく転がるだろう。私は岩、そしてシャクティは台座である。常に両者をともに崇めよ。これを地面に置いて

* リンガとは円筒の形をしたシヴァ神の生殖器のこと。通常妃神の女陰であるヨーニの上に置かれ、シヴァ信者の信仰の対象となっている。

はならぬ。置いたら、地面に根付いて動かなくなる」シヴァは言った。

ラーヴァナがシヴァ・リンガを手に持って南へ向かうとき、インドラは不安に駆られた。ラーヴァナの都が無敵になれば、ラーヴァナは世界にとって、より大きな脅威となる。インドラはガネーシャに協力を求めた。

ガネーシャは水の力を用いて、ラーヴァナに尿意を催させた。ラーヴァナはシッダを用いて尿意をこらえたが、どうしても耐えられなくなり、どれだけの霊的な火の力でも抑えられなかった。周りを見ると、近くに牛飼いが立っていた。ラーヴァナは牛飼いに、このシヴァ・リンガを持っていてくれと頼み、自分が用を足す間は地面に置かないよう懇願した。

ところが尿は大量で、放出するのに何時間もかかった。ラーヴァナは止めることもできず、茂みの後ろからなすすべもなく見つめていた。牛飼いは疲れてきたので、ラーヴァナの悲鳴や哀願を無視してシヴァ・リンガを地面に置いた。そのときようやく、ラーヴァナの膀胱が空になった。激怒したラーヴァナは力ずくでシヴァ・リンガを抜こうとしたが、できたのは強い力で台座をねじることだけで、やがて台座は牛の耳のような形になった。こうして、カイラーサ山のシヴァ・リンガはランカーまで行き着かず、途中で根付いてしまったそうだ。

ジャーンバヴァトとアンガダとハヌマーンは、川の水、ダチュラの花、ベルノキの葉でシヴァ・リンガを崇めたあと、さらに南へと向かった。

突然地面が乾燥して、飲める水は一滴も見つからなくなった。上空の太陽は彼らの肌を焼き、熱い地面は足の裏を焦がす。そのときハヌマーンは鳥たちが洞窟から出てくるのを見た。翼は濡れている。

「あの洞窟に水があります。間違いありません」

確かに、洞窟には水があった。地下水だ。彼らが水の流れを追っていくと、丘に囲まれた空き地に出た。そこには花や実をつけた木が茂るオアシスが隠されていた。キシュキンダーよりも肥沃な土地だ。「ここは私の楽園です」樹皮と獣皮の服をまとった女性の隠者、スヴァヤンプラバーが言った。「アスラの建築家、マヤが作りました」

猿たちは心行くまで食べ、水浴びをし、それから眠った。目覚めたあと、もう少し食べ、もう少し泳いだ。ここは猿の天国だ。「そろそろ行きましょう、アンガダ様。ご命令を」ハヌマーンは言った。だがアンガダはためらった。ここに留まりたいという誘惑はあまりにも大きかった。

「行かないで。ここにいてください。仲間になってください。ここは寂しいのです」スヴァヤンプラバーは言ったが、ハヌマーンは自分たちには使命があるのだと言い張った。

「動物の使命は、食べ、交合し、敵を遠ざけ、捕食動物から遠ざかっておくことだけです。使命があるとは、一体どういう意味ですか?」

ハヌマーンが使命のことを話すと、スヴァヤンプラバーは、誰もランカーを見たことはないと答えた。「あなたたちは間違いなく失敗します。どうして他人のために自分の生活を犠牲にするのですか?ここにいてください。楽しみましょう」

「自分を満足させることには大きな喜びがあります」ハヌマーンは言った。「けれど、他人を満足させることで自分を満足させられれば、もっと大きな喜びがあります。満足を求めずにいられれば、さらに大きな喜びがあります。そして、自らの満足を求めることなく他人に満足を与えられたときの喜びは、もっと大きいのです」

それを聞いたスヴァヤンプラバーは、長年隠者としてあらゆる満足を与えてくれる楽園で暮らしていながら自分を無力で不完全だと感じている理由を悟った。自らの満足だけに心を砕き、他人の満足を顧みていなかったからだ。彼女は猿たちを助けることにした。そんな義務はないけれど、とにかく無条件に喜びをもたらすのがどんな感じかを味わいたかった。スヴァヤンプラバーはシッダの力で、ハヌマーンをはじめとした猿たちを南の海岸まで運んだ。その向こうは海だ。ランカーは、その海のどこかにある。

スヴァヤンプラバーのおかげで、猿たちは地の果てに行き着いた。海は水平線まで広がり、遠くで空と交わっている。あのどこかにランカーがあるのだ。

「地上を捜索することはできるが、海上を捜索するのは無理だ。どうしたらランカーを見つけられるだろう？」アンガダは嘆いた。彼はスヴァヤンプラバーの楽園を離れたことに腹を立てていた。「シーターの居場所を突き止めないまま戻ることはできない。叔父上は私を殺す口実を探している。それならいっそ、こ

こで死ぬほうがいい」

ハヌマーンとジャーンバヴァトは、若き王子の苛立ちと不安に共感して、黙って隣に座った。彼らは海を眺め、どうすればいいかと考え込んだ。

サンパーティという鷹がアンガダの嘆きを聞いて喜んだ。猿の死骸からは数日分の栄養が得られるからだ。サンパーティは彼らのほうへと歩いてきた。彼は飛べなかったのである。

「見ろ、鷹が来たぞ。我々が死ぬのを待っている。少なくとも、我々は死ぬことで誰かを幸せにできる。生きているときは誰も幸せにできなかったのに」アンガダは喚いたあと、こう言った。「もしジャターユスが間違っていたとしたらどうする？　シーターが南のほうへ連れていかれなかったのだとしたら？」

ジャターユスの名前を聞いたサンパーティはハッとした。ジャターユスは弟なのだ。昔、二羽は太陽まで競争することにした。年長で強かったサンパーティは弟より高くまで飛んだが、太陽の輝きが耐えられないほどまぶしいことに気がついた。それで、身を焦がす日光からジャターユスを守ろうと翼を広げた。ジャターユスは助かったが、サンパーティの翼は焦げてしまった。二度と飛べなくなったサンパーティは、南の海岸に住み着いた。他の鷹たちは食べ物を求めて飛ぶことができるけれど、サンパーティは食べ物のほうから来てくれるのを辛抱強く待たねばならなかった。

「お前たちはジャターユスの友人か？　私はあいつの兄だ。あいつについて知っていることを教えてくれ」サンパーティは言った。それで猿たちは年老いた鷹に、ラーマのこと、ラーヴァナがシーターをさらったこと、ジャターユスがラーヴァナを止めようとして翼を、そして命を失ったこと、ラーマがスグリーヴァに協力したこと、お返しにスグリーヴァはラーマが愛する妻を見つけて救い出せるよう協力していることを話した。

　サンパーティは愛する弟を思って泣いた。「あいつの死を無駄にはさせない。我が弟を殺したやつをお前たちが見つけるのに手を貸そう。私は飛べないが、視力は優れている。水平線の向こう、海霧の向こうまで見ることができる。お前たちのためにランカーの場所を突き止めてやるぞ」

　サンパーティは海を見渡せる岩の上に立ち、じっと南に目を凝らした。やがて彼は言った。「島が見える。その島に都市が見える。その都市の中に一人の女が見える。その都市でただ一人、不幸せそうな女だ。他の者は皆、恋人に満足させられたような笑みをたたえている。黄金の都で、金を身に着けていないのはその女だけだ。アショーカの樹の下にたたずむ恋やつれした女こそ、ラーマのシーターに違いない」

「サンパーティは私のことをそう言ったのですか？」シーターは訊いた。

「そうです」ハヌマーンは答えた。

Column

❖知恵ある熊ジャーンバヴァトは猿の捜索隊に参加していた。彼の役割は重要ではないが、彼は年齢に付随した賢明さと辛抱強さを象徴している。

❖熊（バッラカ）を、トーテム（好まれる、あるいは象徴的な対象）が熊である種族を指すとする現代の解説者もいる。

❖プラーナでは、ジャーンバヴァトは非常に高齢で、ヴィシュヌがヴァーマナに化身してアスラ魔族の王バリを殺したのも目撃したとされる。こびとのヴァーマナが三界を二歩で渡れる巨人トリヴィクラマに変身したとき、ジャーンバヴァトは彼を迂回して歩いた。非常に強いジャーンバヴァトだったが、トリヴィクラマはうっかり彼にぶつかり、その怪我のためジャーンバヴァトは弱くなってしまった。そのため、ハヌマーンにできることが、ジャーンバヴァトにはできないのである。

❖物語に熊や猿が登場するのは、これらの動物は手が使えるからだと言われている。どちらもつかんだり抱きついたりできるため、鳥や、カギ爪や蹄を持つ四つ足の動物よりも、人間に近いとみなされている。こういう考え方は、進化論の初期の解釈によく見られた。ヴァーナラとバッラカこそがミッシングリンク［進化の過程の中で、化石などが発見されておらず連続性が失われている部分。〝失われた環〟］だとの説を提唱する者もいる。

❖ラーヴァナが尿意を催したという話はカシミール語の『ラーマーヤナ』に登場する。ここでは、シヴァ・リンガがランカーへ運ばれるのを止めたのはナーラダ仙とされている。

❖スラバーやガールギーと同じく、スヴァヤンプラバーは女の托鉢僧である。

❖東南アジア版の『ラーマーヤナ』は、スヴァヤンプラバーをハヌマーンに魅了された多くの女の一人としている。

❖ヴァールミーキの『ラーマーヤナ』では、洞窟に入った者は誰一人脱出できない。ヴァーナラたちは捕らえられるが、ハヌマーンは魔法の力で彼らを解放するようスヴァヤンプラバーを説得する。タミル・ナードゥ州のティルネルベリ地方、クリシュナプーラムにあるハヌマーンを祀る寺院は、スヴァヤンプラバーの洞窟があった場所だとされる。ラーマはラーヴァナを殺してアヨーディヤーへ戻る道中、スヴァヤンプラバーに挨拶して助力の礼を言う。

❖サンパーティはランカーの正確な場所を見つけるのに重要な役割を果たしている。彼がいなければ、ヴァーナラたちは途方に暮れていただろう。ジャターユスとサンパーティは、ラーマに、そしてハヌマーンに、ラーヴァナがシーターを連れ去った方向を指し示した。鳥は地上や海上を迅速に非常に遠くまで移動できるため、偵察にはうってつけの存在と考えられている。

❖太陽に近づきすぎたためサンパーティの翼が焼け焦げたという話は、ギリシア神話のイカロスの話と呼応する。イカロスも太陽に近づきすぎたために、翼の蝋が溶けて落下した。

❖翼を失ったサンパーティは飛んで新鮮な肉を狩ることができなくなった。そのため、民話によると、サンパーティの犠牲に感銘を受けた神は彼に腐った肉を消化できる能力を与えた。だから鷹などの猛禽類は、死肉を漁る動物となりながらも、決して不吉とはみなされなかった。

❖さまざまな伝承の『ラーマーヤナ』で、サンパーティもジャターユスもラーマの父ダシャラタの友人とされている。

❖古代ギリシア人は、生存のため生者に危害を加えることのない唯一の生きものとして、猛禽類を尊んだ。ゾロアスター教徒は猛禽類を崇め、死者の体をそのために建てた沈黙の塔に置いて猛禽類に食べさせる。

❖オリッサ州にある寺院都市プリーで開かれる女神ゴーサーニーの祭では、幅広い翼に猿を乗せて運ぶサンパーティの像が祀られる。サンパーティが翼を失ったことを考えると、これは奇妙に思われる。だが民話によれば、サンパーティは猿を助けたことで翼を取り返すことができ、彼らを翼に乗せてキシュキンダーまで運んだとされる。初期の失われた伝承の中には、猿が鳥の翼に乗ってランカーまで行ったとするものがあるのかもしれない。ただし、これは単なる憶測である。

ハヌマーンの物語

「最も速くランカーに行き着く方法は海を跳び越えることです。すべての猿は木から木へ、あるいは川や溝や谷を跳び越えることができます。けれど海を跳び越えようとした者はいません。年老いた熊ジャーンバヴァトは、私なら跳び越えられると確信していました。でも私はそこまで自信がありませんでした」ハヌマーンはシーターに語った。

「海を跳び越える？　本当にそんなことをしたのですか？　どんなふうに？」シーターは尋ねた。

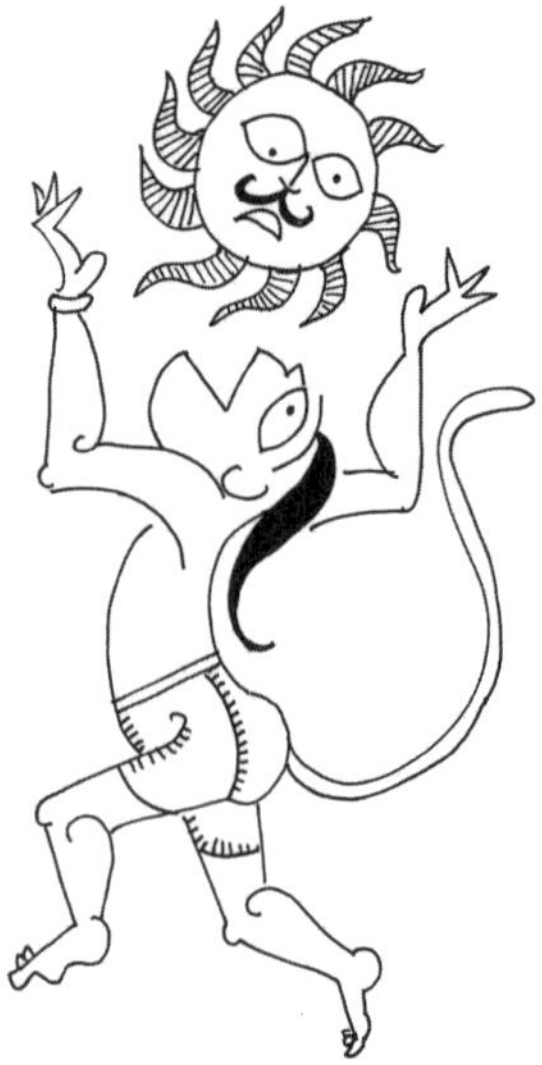

「それは、ジャーンバヴァトが私の出生にまつわる話をしたあとでした。私がとっくに忘れていた話です」

　神々は、究極の苦行者シヴァに、ラーマを助けてラーヴァナに立ち向かう戦士を作り出させようとした。そのためヴィシュヌはモーヒニーという娘の姿になってシヴァを誘惑し、シヴァは精液を漏らした。風の神ヴァーユはその精液を持っていき、アンジャナーの耳に注ぎ入れた。その精液からハヌマーンが生まれた。ハヌマーンは、嵐の神マルトとも呼ばれるヴァーユの仲介によって誕生したため、マールティと呼ばれるようになった。

「私は強い子どもでした。強すぎて、自分の強さをわかっていませんでした。あるとき、朝日を果物だと思い込み、食べようとして空に跳び上がりました。おもちゃのように惑星をぽんぽん投げていきました。私を止めるため、インドラは武器ヴァジュラを操って雷を落としました。それに怒ったヴァーユはすべての世界から空気を吸い取りました。インドラはヴァーユをなだめるために、私の体を稲妻のごとく素早く雷のごとく強くすると言いました。だから私はヴァジュランガ、またはバジュランガとも呼ばれるのです」ハヌマーンはシーターに語った。

「また別のとき、私は巨岩や山を放り投げ続けて大騒ぎを起こしたので、聖仙たちは、誰かが適切なときに思い出させてくれるまで私は自分の強さを忘れるとの呪いをかけました。海岸に立ち、ジャーンバヴァトが私は海を跳び越えられると言った瞬間、そのときが訪れました。彼が私の力を褒め称えて私の能力を思い出させ、空まで昇ってランカーへ向かうよう励ましてくれたのです」

Column

❖ヴァールミーキの『ラーマーヤナ』や初期の再話では、ハヌマーンは単に力の強い猿、そして風の神の息子だった。中世以降、ハヌマーンはシヴァの息子とも、シヴァの化身とも言われるようになった。バララーム・ダースによるオリヤー語の『ダンディー・ラーマーヤナ』では、ハヌマーンは明確にシヴァの化身とされている。

❖エークナートがマラーティー語で書いた『バヴァールト・ラーマーヤナ』では、ハヌマーンは腰布を巻いて生まれてきたとされ、それは彼の禁欲を表現している。

❖ハヌマーンは常にアンジャナーの息子とされているのに対して、彼の父は猿（ケーサリン）、神（ヴァーユ）、そして主神（シヴァ）と話によって異なる。

❖マレーシアの『ラーマーヤナ』には、ラーマとシーターが猿の姿をとって子を産み、それがハヌマーンとなって、のちにラーマがラーヴァナからシーターを救うのに協力する、という話がある。同様の話はインドの再話の一部にも見られるが、ここで猿の姿をとってハヌマーンを産むのはシヴァとパールヴァティーであり、彼らはハヌマーンをアンジャナーとケーサリンという子のない猿の夫婦に与える。

❖インド北部では、ハヌマーンに野生で毒性のあるカロトロピスの葉が供えられ、ハヌマーンと苦行者シヴァとの結び付きを強調する。インド南部では、アンジャナーの息子を意味するアンジャネーヤとして広く知られるハヌマーンに、キンマの葉とバターが供えられる。

❖ジャーンバヴァトが行うのは最古の激励スピーチと言えるだろう。ハヌマーンに彼の出自と武勇を思い出させて、これまで一度も試みられなかったことをする力を与える、称賛の歌である。

❖ハヌマーンは問題を取り除く者として崇拝されている。彼は太陽や星といった天体を支配しているため、占星術的に悪い影響を取り除くことができる。インド中で火曜日と土曜日にハヌマーンに供え物が捧げられる。争いを生み出すマンガル（火星）と物事の進行を遅らせるシャニ（土星）という悪意ある星と関連付けられる曜日だからである。

海を渡る

そしてハヌマーンはシーターに、広大な海を渡る旅の話をした。

彼はまず体を大きくした。大きくなるにしたがって、葉や実や花のついたままの木の枝が手足に張りついた。ハヌマーンの頭は空を超え、星たちは彼の頭の周りをめぐるべきか太陽の周りをめぐるべきかと戸惑った。押し潰されたサトウキビから汁がにじみ出るように、ハヌマーンの重みに耐えられなかった海辺の山々からは液体金属がにじみ出始めた。やがてハヌマーンは咆哮を轟かせて空へ跳び上がり、ランカー目指して南へ向かった。

ハヌマーンが大きくなるとき張りついた花たちは激しい風に振り落とされて海に落下し、興味を引かれた魚たちは、この信じがたい光景を見ようと水中から浮上した。猿が鳥のように飛んでランカーに向かっている。こんなに遠くまで飛んだ鳥はいなかった。こんなに遠くまで泳いだ魚はいなかった。このありえない出来事を目の当たりにして、三界に興奮が湧き立った。

やがて、二時間ほどした頃、海の底から山が浮上した。ハヌマーンは、これは悪魔が生んだ障害物だと考えた。だがそれは、山々の王ヒマーラヤの息子、マイナーカ山だった。「止まりなさい、風の息子よ。私の頂上で休みなさい。疲れを癒しなさい」マイナーカは言った。ハヌマーンは山に感謝しながらも断った。彼には成し遂げるべき使命がある。それまで休むつもりはない。

すると今度は、海の生きものたちの母スラサーが、ハヌマーンの行く手を遮った。「どいてくれ。私はハヌマーン、ラーマ様に申し付かった任務の途中なのだ」ハヌマーンは叫んだ。

スラサーは答えた。「ラーマとは誰？　ハヌマーンとは誰？　任務とは何？　私にわかるのは、私が飢えていること、あなたが私の食べ物だということだけです。飢えた者を食べさせるのは、任務を果たすよりも大切なはず。私の飢えを満たしてください。そうしたら、食べ物をくれるか、食べ物になってくださいさい。そうしたら、あなたを通してあげましょう」

「お前にやる食べ物は持っていない。お前の飢えを満たすため私が食べ物になったら、お前はどうやって私を通してくれるのだ?」ハヌマーンは尋ねた。

スラサーはこの猿の賢さににっこり笑った。「食べ物になれるか、あるいは食べ物を与えられるあなたが、飢えた私の口に入らずここを通り過ぎたなら、あなたは大変な罰を受けることになり、任務は決して成功しないでしょう」

「お前を食べさせるのは、私にとってのダルマつまり規範かもしれない。だが与えられた食べ物をつかむのは、お前にとってのダルマだ。お前が私を捕まえられなくても、私を責めるなよ」ハヌマーンはそう言いながら体を大きくしたので、スラサーは毒のある歯がずらりと並んだ口を大きく広げねばならなかった。するとハヌマーンはきわめて敏捷に蜂の大きさまで体を縮め、スラサーの口に入ったかと思うとすぐに出た。何が起こったのかをスラサーが悟って大きく開いた口を閉じたときには、ハヌマーンの姿はすでになく、ランカーに向かっていた。

ハヌマーンはスラサーが面白がってくすくす笑う声を聞いた。「あなたほど利口で強くて誠実な生きものなら、間違いなく成功するでしょう」

今度はシンヒカーという海の怪物が、魔法でハヌマーンの影を押さえつけて彼を捕らえた。魔法の力

は非常に強く、抵抗は無意味に思われた。だからハヌマーンは素直に怪物に呑み込まれた。だが腹の中に入った途端に体を大きくし、内臓を破ってシンヒカーの体を引き裂き、外に出た。それまで青かった海は、シンヒカーの赤い血が四方八方に広がったため紫色に変わった。

シンヒカーの血と長旅の汗にまみれたハヌマーンは、ついにランカーの岸を目にした。岸に沿って立つ椰子の木は風にそよぎ、長年の戦争から帰還した戦士を妻が出迎えるがごとく、ハヌマーンを出迎えているかのようだった。

ハヌマーンが岸に着地したのは夜だった。彼はランカーに向かって歩いた。彼の前に、八本の腕を持つ恐ろしげな女が立ちはだかった。それぞれの手に、松明、鐘、先端に象が突き刺さった三叉の鉾、ライオンの血で濡れた剣、毒を吐く蛇、人間の頭蓋骨をつけた棍棒、炎の壺、斧を持っている。髪はおろされ、額には朱が塗られていた。身にまとっているのは、戦いで殺した戦士の頭を紐でつないだものだけだった。

「私はランキニー、都の守り神である」女は言った。「私は都の主人に仕えている。最初はこの都を作ったヤクシャの王ク

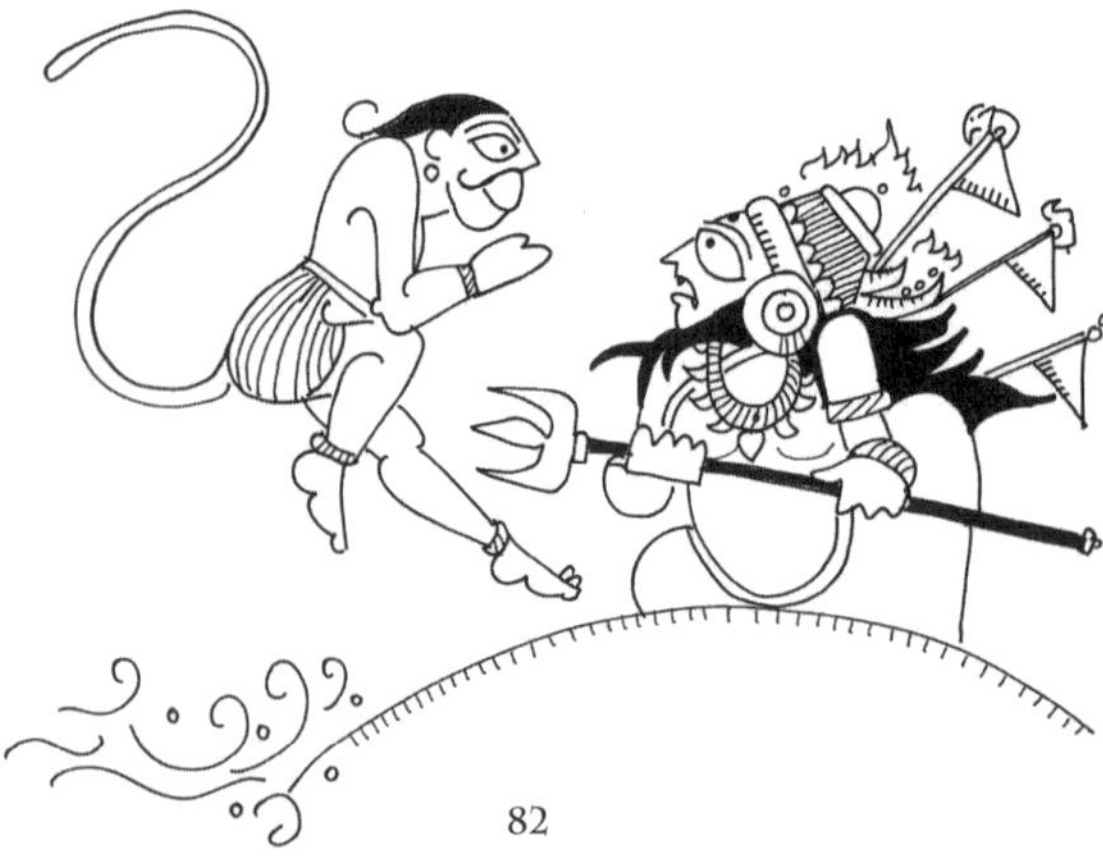

ベーラ。今はラークシャサの王、クベーラと臣下のヤクシャを追放して自らをこの都の最高君主と宣言したラーヴァナに」

ハヌマーンは尾を振ってランキニーを倒した。ランキニーが起き上がろうとすると、彼はもう一度尾を振り、再び彼女を倒した。するとランキニーは大の字になって地面に横たわり、起き上がろうとしなかった。都の守り神は怒っていなかった。彼女は長年、この都を守ってきた。今、ついに解放される機会が訪れたのだ。「あなたは猿などではない。運命の先触れね。ラーヴァナの日々は終わりに近づいているわ」ランキニーは言った。

海を渡ってきた、強いだけでなく利口で献身的でもあるこの猿の心躍る話を聞いて、シーターの胸に希望と喜びが溢れた。

Column

❖猿たちのシーター捜索を描く『ラーマーヤナ』の第五巻「スンダラ・カーンダ」は、この叙事詩の中で最も人気があり、最も明るい巻である。これは、希望――人が心から懐かしむものを捜して発見すること――を象徴している。

❖ハヌマーンはマイナーカ相手には忍耐を、スラサー相手には利口さを、シンヒカー相手には獰猛な強さを発揮している。

❖合理主義的な人々は、ハヌマーンは飛んだのではなく泳いだのだと言う。ヴァールミーキの『ラーマーヤナ』では、〝泳ぐ〟と〝飛ぶ〟という語は区別せずに用いられている。

❖インドのすべての村は一人の女神を祀っている。それはグラーマデーヴィー、その地の女主人、村を支えてくれる、村と一体化した大地である。ランカーも例外ではない。

❖インド中の都市や村にはグラーマデーヴィーがいる。たとえばボンベイのムンバデヴィ、カルカッタのカーリー、チャンディーガルのチャンディカーなどである。

❖横になった女神の像はインド南部の多くの地域で見られる。彼女たちは、種を受け入れて子ども、すなわち植物を産む大地を表している。

❖インドの砦のほとんどはドゥルグと呼ばれる。それは、ライオンに乗って武器を持つ、王たちの保護者である女神ドゥルガーに守られているからだ。

❖豊穣の神はすべて女性で守護の神はすべて男性だと一般的に思われているのに対して、この物語は、力強いラーヴァナの都すら女神に守護されていることを示している。タータカーと同じく、ランキニーは強くて恐ろしい。

❖ランキニーはギリシア神話のアマゾンと同じように、インドの民間伝承に登場する女戦士である。マウリヤ朝のチャンドラグプタ王は女戦士の軍団に守られていたと言われている。

シーター発見

「ランカーの都は広大で、女性も非常にたくさんいます。どうして私がシーターだとわかったのですか?」シーターは訊いた。

簡単ではなかった、とハヌマーンは認めた。彼は、あるときは蜂となり、あるときは鸚鵡となって、家から家へと飛び回り、窓から中を覗き、庭の上を舞った。ほとんどの人は眠っていた。母親は子どもたちの横で、子どもたちは人形を抱いて、恋人たちは愛を交わしたあと抱擁し合って、年老いた男女は寝返りを打ちながら。

シーターはどんな顔をしているのだろう、とハヌマーンは考えた。ラーヴァナの宮殿では、ラーヴァナが多くの女性に囲まれて眠っていた。彼女たちは皆満足そうだ。最高級の服に身を包み、最高級の宝飾品を身に着けている。部屋には香水のにおいが溢れ、あらゆるところに音楽が流れる。地上に極楽があるとしたら、ここに違いない。

ラーヴァナのベッドにいる中に、とりわけ美しく穏やかな女性が一人いた。これがシーターか？　だがハヌマーンは、彼女はラーマの妻ではありえないと直感し、別の場所を探すことにした。

やがて、夜が明けようとしているとき、彼は宮殿の隣にあるアショーカの樹の庭園に出た。木の下に一人の女性がいる。ヘアピン以外は宝飾品を何も身に着けず、多くのラークシャサの女に囲まれている。女たちは彼女を守るためにそこにいるらしいが、皆眠り込んでいた。

「キシュキンダーの猿たちが集めた宝飾品を見たとき、この中に一つだけ欠けているのはヘアピンだ、とラーマ様がおっしゃったのを覚えていました。あなたが身に着けておられる唯一の宝飾品はヘアピンです。だからあなたがシーター様に違いない。こうして、私はあなたを見つけたのです」ハヌマーンはシーターに言った。

そして彼はシーターに、彼女が発見されたことをラーマに対して証明できるものを求めた。シーターはヘアピンを渡した。「女の髪がほどかれたとき、それは自由だという意味です。きちんと結われているときは、約束した相手がいるという意味です。私が森に落とさなかった唯一の宝飾品であるこのヘアピンは、私が心も体もラーマと結ばれていることを示します。でもラーヴァナは私の髪をほどこうとしています。ラーマに急ぐように伝えてください。ラーヴァナを止めないと、恐ろしいことになってしまいます」

ハヌマーンは不安を覚えた。「ラーマ様が、これも森で拾ったものだとお思いになったら、どうしたらいいでしょう? 私が、生きているあなたに、他の誰でもないあなたに会ったということを、疑いの余地なく証明できることを、何か話してください。お二人しか知らない秘密はありませんか?」

「あなたはあらゆる可能性を考えるのですね」シーターは感心して言った。そしてハヌマーンに秘密の話をした。「ある日、ラーマが眠っているとき、一羽の鳥が私をつつき、煩わせ続け、耳をかじ

りました。それは普通の鳥ではありませんでした。インドラの息子、ジャヤンタでした。私は泣き、血を流しましたが、叫びはしませんでした。ラーマを眠りから起こしたくなかったからです。彼には睡眠が必要でした。それでもラーマは私の苦痛を察知して目を覚まし、鳥にひどく腹を立てて片方の目を突き刺し、空に追い返しました」

シーターは非常に個人的な話をしてくれたのだとハヌマーンは悟った。それは、シーターが彼をどれだけ信頼しているか、そしてラーマにどれだけ助けに来てほしがっているかを物語っている。

そのときハヌマーンはあることを思いついた。「私の背中にお乗りになりませんか？　あなたを安全にラーマ様のところまでお連れします」

「彼はあなたに、私を連れ帰るようにと言ったのですか？」

「いいえ。ラーマ様は、私にそんなことができるとは思っていらっしゃらなかったのでしょう。きっと驚かれますよ。嬉しい驚きです」

「私を解放するのは夫に任せてください。これには彼の名誉がかかっているのですから」

Column

❖ヴァールミーキは、ハヌマーンがシーターを捜してランカーの街中を歩き回る様子を描写している。そのため聴衆は、ラークシャサの家々を覗き見しているような気になる。ラークシャサは人間らしく見えることもあれば、悪魔らしく見えることもあり、野蛮なこともあれば文明的なこともある。官能にふけることもあれば、恐ろしいこともある。

❖ラーヴァナが多くの女とともにベッドに入っているという描写は非常にエロティックである。女たちは人によって程度の差はあれ、欲望と満足に浸っている。服は乱れている。多くはラーヴァナだけが与えられる快楽を得るため夫のもとを離れている。多くはラーヴァナの後味を求めて女同士でキスをしている。これは破廉恥な乱交であり、ラーヴァナの精力のほどを示している。ハヌマーンがこの光景から目をそむけるのは、彼の隠者的な性質を表している。

❖クリッティヴァーサーの『ラーマーヤナ』では、ハヌマーンはある家で一人の男性がラーマの名を唱えているのを発見する。その男性はラーヴァナの弟、ヴィビーシャナだった。

❖マラーティー語の〝ランケ・チ・パールヴァティー〟とは、裕福な家にいて宝石をまったく着けない女性を意味する。宝石で身を飾るのは幸せの証拠だ。身を飾らない女性の存在は、不幸な家庭であることを表している。シーターが黄金の都にいながらまったく宝石を身に着けていないのは不幸の証拠であり、ハヌマーンはそれによってシーターを見つける。

❖頭の飾りを意味するチューダーマニは、ティアラとされる場合もあるが、古代インドで女性が用いた凝った飾りの入った頭用の宝飾品で、普通は束ねた髪を留めたり髪の分け目につけたりする。現在でも、インド北部の丘陵地に住む種族の女性が使用している。

❖民間伝承によれば、妻を困らせた罪でラーマが烏の片方の目を突き刺したため、烏には目が一つしかないとされる。

庭園の破壊

そろそろ出発せねばならない時間になった。ラークシャサの見張りや従者たちがだんだんと目を覚まし始めている。「行く前に」ハヌマーンはシーターに言った。「何か食べなければなりません。私は何日も食べておらず、帰りの旅も長いのです」

「ここが私の厨房なら、最高のごちそうを食べさせてあげるのですが」シーターは言った。「でも、私があげられるのは、この木の果物だけです。大地から生まれた木々たちは、私の妹です。その実を食べ、蜜を飲み、香りを楽しんでください。私のラーマのもとへ戻る旅ができるほど元気になるまで」

それでハヌマーンは木に跳びつき、枝から枝へと飛び移り、ぶら下がり、跳び、葉をちぎり、花を散らし、果肉を食べ、種を地面に落とした。彼があまりに騒がしかったので、庭園の見張りは皆ハヌマーンを見上げた。ハヌマーンは彼らにバナナの皮、椰子の実の殻、マンゴーの種を投げつけた。怒った見張りはハヌマーンを捕まえようとしたが、ハヌマーンはすばしこく、彼らには追いつけなかった。

見張りは棒や石を投げつけ、ハヌマーンを捕まえようと網を広げたものの、ハヌマーンは彼らより遥かに頭がよく、やすやすとかわし、難なく木の幹の裏に隠れ、滑り下り、蔓にぶら下がった。

ランカーの美しい喜びの園は混乱に陥った。枝は折れ、木は葉が落ちて裸になる。ハヌマーンは食べ物に飢えているだけでなく、戦いにも飢えていることに、シーターは気がついた。彼はシーターを監禁していた者たちを困らせたくてしかたないのだ。この状況の滑稽さを思って、シーターは思わず微笑んだ。

庭園の騒ぎで眠りを邪魔されたラーヴァナは、憤慨して吼えた。大胆不敵な猿を捕獲するため兵士が送り込まれた。だが兵士の斧や槍や棍棒も、ハヌマーンにはまったく届かなかった。

ついに、ラーヴァナの息子アクシャが強力な弓を携えて庭園に現れた。あらゆるラークシャサがアクシャに敬意を示すのを見て、ハヌマーンは彼が重要人物であることを知った。アクシャはハヌマーンに矢を射かけた。ハヌマーンはそれを手でつかんで投げ返した。矢はアクシャの心臓を貫き、一瞬で殺した。

見張りたちは唖然とした。庭園は静まり返った。単に悪戯好きの猿が騒いでいるのではない。戦いが起こったのだ。

Column

❖ラーヴァナに会ってラーマに託された任務を告げ、ラーヴァナの臣民を恐怖に陥れようというのは、ハヌマーン自身の決断であり、彼の独立精神を示す。ハヌマーンは命令を待たないのだ。

❖多くの民話で、ラーマはハヌマーンがランカーで起こした騒ぎを気に入らない。行為自体が悪いのか、許可なく暴れたことが悪いのかは、明確でない。

❖『ランガナータ・ラーマーヤナ』では、シーターはランカーの市場で果物を買えるようハヌマーンに腕環を渡すが、ハヌマーンは他人が摘んだ果物は食べないと言って断る。

❖ラーヴァナは初めて、自らの都で敗北に直面する。彼は息子を失う。その息子アクシャは悪者ではない。アクシャは父親の財産を守って死んだ殉教者となる。英雄と悪者の区別が曖昧になっていき、物語は複雑になり始める。

ランカー炎上

「その猿めを連れてこい、インドラジット」ラーヴァナは命を失った息子の体を腕に抱いて言った。ラーヴァナの長男インドラジットは、直ちに法螺貝を吹きながら庭園に入った。法螺貝の響きは、彼の力と怒りを表している。

ハヌマーンは、インドラジットに従うラークシャサたちの顔に困惑と恐怖を見て取った。ランカーが住民に与えていた安心感が、初めて崩されたのだ。そろそろ降参したほうがよさそうだ、とハヌマーンは判断した。

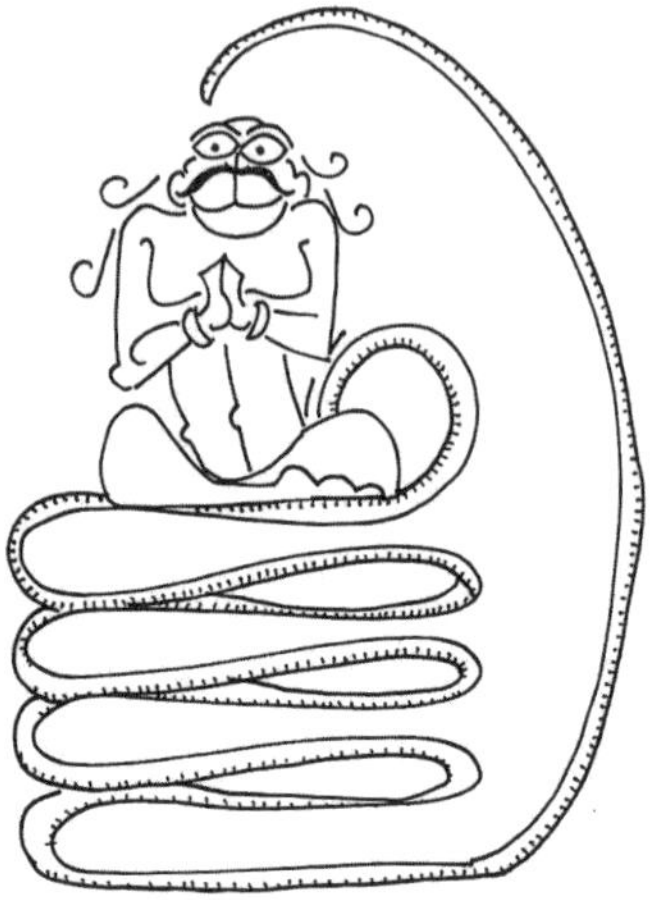

ハヌマーンは進んでインドラジットの矢に身を委ねた。インドラジットに縄で縛られた。尾をつかまれ、柱で囲んだラーヴァナの宮廷まで引っ張っていかれた。ラークシャサの王はアクシャの遺体を腕に抱き、玉座にもたれて座っていた。周りではラークシャサたちがハヌマーンの血を求めて吼え、叫んでいる。

ハヌマーンはぴょんと跳び上がってラーヴァナの目の前に座り、彼の目を見つめた。それほど大胆にラーヴァナを見る者はいない。「お前たちラークシャサはもてなしの掟を知らないのか?」ハヌマーンは尋ねた。「私に席を用意しろ。早く!」それに対してどうすればいいのか、ラークシャサたちにはわからなかった。猿が話すのを見たことはなかった。ラーヴァナの目の前で誰かがこんなふうに話すのも見たことがなかった。「お前たちは、客をこんなふうに扱うのか?」ハヌマーンの嘲りの口調は、ラーヴァナにもはっきりと聞き取れた。「わかった、じゃあ私が自分で席を作る」

ハヌマーンは自らの尾を伸ばしてぐるぐると巻き、高く積み上げた。そして、その上に座った。ラーヴァナは首を伸ばして彼を見上げねばならなかった。まったく面白くない。「お前は何者だ? 誰に送り込まれた? 普通の猿ではないな。サンスクリット語を話すが、バラモンとも思えん」ラーヴァナは言った。

「サンスクリット語を話しても、バラモンになれるわけではない。心を広げねばならない。伝説的なほどヴェーダをよく知るお前なら、そんなことはわかっていると思っていた。ラーマ様は、お前よりもっとよくわかっていらっしゃるようだが」ラーマの名前が口にされた途端、部屋に気まずい沈黙が漂った。この猿はたまたまランカーを訪れたのではなく目的があって来たことが、ラーヴァナにもわかった。「そう、私は、泥棒みたいにお前に奥様を盗まれたラーマ様によって遣わされたのだ。バラモンを自称する者、王を自称する者には似つかわしくない行動だぞ。シーター様を夫のもとに返せ。ダルマを尊重しろ」

「猿が私にダルマを教えるとはな」ラーヴァナは冷笑した。それを合図に、ラーヴァナの弟たちも笑った。

「兄上、この者が平凡な猿でなく、兄上に奥様をさらわれたラーマという人が平凡な人間でないことが、おわかりになりませんか？　シーターを解放してください。たとえ兄上が、あの方を意に反してここに留めておくことが道徳的に何も悪くないとお思いだとしても、少なくとも都の安全のためにあの方を解放してください」一人のラークシャサが叫んだ。

「お前はそれでも私の弟か、ヴィビーシャナ？　それでもラークシャサか？　猿を怖がるなど！　我々の妹を傷つけたラーマとの和解を望むなど！　そいつは、自分の妻を放置して狩りに出たのだぞ。シーターにふさわしくない男だ。ラーマのほうがいいなら、ランカーを去れ。私に同調しない者は反逆者だ！」ラーヴァナは怒鳴った。

ハヌマーンは、ランカーでただ一人道理を知る者に目をやった。ヴィビーシャナ！　ラーヴァナに

異を唱える勇気を持たない、怯えた息子たちや戦士たちとはまったく違う。「お前を」ラーヴァナはハヌマーンのほうを向いた。「焼いて今夜の食事に食べてやろう。その尾がたいそう自慢らしいから、まずは尾から焼いていくぞ」
ラーヴァナの命令を受けて、ラークシャサたちはハヌマーンの尾の先をつかもうとした。だがハヌマーンは尾を長く伸ばし続けて彼らを大いに苛立たせた。だからラーヴァナは言った。「シーターのいる庭園へ行って、体を覆う布を剝ぎ取り、それに火をつけてこの猿の尾を焼け」それではシーターに迷惑がかかる。ハヌマーンはすぐさま尾を短く縮めた。ラークシャサたちは尾をつかんで油を染み込ませたボロ布で包み、火をつけた。ハヌマーンは火が熱くないことに気づいた。冷たくて気持ちがいい。貞節な女性にはシッダを持つ苦行者と同じように魔法の力があって、自然の元素を操るこ

とができるのを、ハヌマーンは知っている。シーターの貞節がハヌマーンを火の熱さから守っているのだ。助けを必要としているシーターが、助けを必要としないハヌマーンを助けている。ハヌマーンの心に好意が溢れた。シーターとラーマは、今まで会ってきたどんなヴァーナラやラークシャサともまったく違っている！

尾の先で炎が上がった瞬間、ハヌマーンは腕を縛る縄をちぎって天井まで跳び上がり、燃える尾を宮殿の柱に打ちつけた。ラーヴァナの見ている前で、宮殿を飾るタペストリーや中庭の柱が燃え始める。炎は壁や屋根を伝い、宮殿から近くの家の屋根へと広がった。ほどなく都全体が炎に包まれた。壁の黄金が溶け出す。屋根が崩れて落ちる。人々は悲鳴をあげて家から走り出る。黒いすすが彼らの顔を覆う。ラークシャサたちは水を汲んで火を消そうとしたものの、火は大通りを進み、沿道のあらゆるものを燃やしていった。家畜小屋から逃げて突進する象や牛が、騒ぎをさらに大きくした。

「これは、シーター様を解放しなかったらどんな運命が待ち受けているかを示す警告に過ぎないぞ」ハヌマーンは言った。インドラジットはハヌマーンを射落とそうと弓を取ったが、ハヌマーンはすでに矢の届かない遥か上空まで跳び上がっていた。

ランカーで火が回っていないのは、ランカーの女や子どもたちに囲まれてシーターが座っている庭園だけだった。シーターは彼女たちに、子どもの頃ガールギーから聞いた歌を教えていた。ここは涼しくてかぐわしい。かつて平和で繁栄し、今は想像を絶する恐怖に襲われている都の中にある、平和のオアシスだ。

これで彼らはハヌマーンを非難するだろう、とシーターは思った。それゆえにラーマを、それゆえに私を。ラーヴァナの執拗さが招いたことだとは、決して考えないだろう。シュールパナカーの奔放な情熱が招いたことだとは、決して考えないだろう。心が恐怖に囚われているとき、問題は常に、自分の内でなく外にあるとされるのだ。

Column

❖インドラジットはブラフマーから得た武器を使わない限りハヌマーンを抑えることができない。ハヌマーンはブラフマーへの敬意により、ブラフマーの武器が自分を打って縛るのを許した。

❖テルグ語による『ラーマーヤナ』では、猿の尾を巻いて作った玉座は捕獲されたときのハヌマーンに由来するとしている。またアワディー語の『ラーマーヤナ』では、それはラーマの正式な使者として現れたアンガダに由来するとしている。

❖特に南部における寺院絵画では、ハヌマーンがラーマの前に出たときのように尾を下に垂らしているときは穏やかで静かであることを示している。ハヌマーンを攻撃的な戦士で守護者として描くとき、尾は上に伸びて頭上で光輪のような環を作っている。

❖一部の寺院では、ハヌマーンは掌を高く上げている。これを祝福の仕草だと見る者もいれば、平手打ちの仕草（〝タマーチャー・ハヌマーン〟）だと見る者もいる。民間伝承によれば、ハヌマーンは偉大なるラーヴァナを平手打ちして王冠を叩き落としたあと、ランカーを火にかける。

❖ハヌマーンの尾が伸ばされたとき火がつけられるエピソードには、少々ユーモアが感じられる。

どれだけ大量の布を使っても尾を巻くには足りなかった。しかし、ラーヴァナがシーターのサリーを取る、つまり服を脱がせると脅したとき、ようやくハヌマーンは諦める。

❖テルグ語の『ラーマーヤナ』では、ラークシャサたちはハヌマーンの尾を燃やそうとしたとき炎をかき立てることができない。助力を求められたラーヴァナは、一〇個の頭を使って息を吹きかける。すると炎が急に大きくなり、ラーヴァナの髭と髪を焼く。

❖伝説によれば貞淑な女性は火を制御できるとされており、そのためハヌマーンもシーターも炎で火傷することはない。

❖『マハーバーラタ』では、クリシュナとしてのヴィシュヌは都を建てるため森を燃やす。『ラーマーヤナ』では、ハヌマーンとして森に住むシヴァは都を焼き尽くす。

❖ランカーポーディーはランカー炎上を祝う祭。一八世紀以降、オリッサ州西部のソネプルで、春のラームナヴァミーの頃に行われている。子どもが粘土の人形を買い、一日中その人形で遊んだあと、夜に外の道で燃やしてランカー炎上を再現する。この地方は、一一世紀にはパシュチミー・ランカー（西ランカー）と呼ばれていた。

❖王の行為を罰するためランカーを燃やすことで、ハヌマーンは罪のない住民をも傷つけることになる。このことでラークシャサ族全体がラーマとラーマ率いる猿の軍隊を恨むようになるのか？　突然、ラークシャサたちの王が加害者であるのと同時に、ラークシャサたちは被害者となる。

❖シヴァがトリプラすなわち三都を破壊したとき、住民が泣き叫ぶ声を聞いてシヴァは涙を流し、その涙からルドラークシャ（菩提樹の実）が生まれた。これは祭式のもたらす犠牲を表している。

祭壇で火が燃えているときは、何かが燃料とされる。人の心は、その火で誰が得をするかということばかり考え、その火で誰が焼かれるかには思いを寄せないのだ。

❖炎を消すためハヌマーンは自分の尾を口にくわえるが、そのすすで顔が黒くなった。民間伝承によれば、それが、かつて赤い顔の猿だったヴァーナラがのちに黒い顔の猿になった理由だとされている。

第六巻

救出

「ランカーは彼女の降伏を望んだ。
アヨーディヤーは彼女の無垢を求めた」

勝利の帰還

キシュキンダーのすぐ外にある庭園マドゥヴァナでは、蜜、それも最高に甘い蜜が取れる。蜂の巣は猿の王に献じられるよう保存される。だが南部から戻った偵察隊の猿たちは、この王室の聖域に侵入し、見張りの警告を無視してそこにある蜜を飲み干した。

このことがスグリーヴァに報告されると、彼は寛大に微笑んだ。「それほど大胆不敵な行動に出たということは、任務が成功したに違いない」

まさにその通りだった。猿たちが数多くの冒険について語る興奮したおしゃべりがやむと、ハヌマーンは掌を開き、シーターのヘアピンをラーマに見せた。そしてラーマに、ずっと前に森でラーマが眠っているときシーターを襲った烏についての秘密の話をした。「毒のある蔓に巻き付かれても誇り高く立つ木のごとく、シーター様はラーヴァナの庭園に座ってあなたの訪れを待っておられます」

「シーターは怯えていたか、ハヌマーン？」ラーマは尋ねた。

「いいえ。シーター様はあなたが来られるのを知っておられるのです」

「ではぐずぐずしていられない。南へ向かおう、海岸へ、そしてラークシャサどもの島国へ行く方法を考えよう」

Column

❖ヴァールミーキは、ヴァーナラたちの騒がしい帰還と、彼らが成功を祝う中で起こした混乱について述べている。

❖ハヌマーンの帰還で、『ラーマーヤナ』の前半部「プールヴァ・ラーマーヤナ」の六番目にして最後の巻「ユッダ・カーンダ」（「戦争の巻」）が幕を開ける。

❖ラーマはシーターを発見したハヌマーンに一生返せないほどの恩ができた。彼は兄弟としてハヌマーンを抱擁する。階層社会、封建社会において、このことは非常に大きな意味を持つ。それは、主人が負った恩義、権威ある者の感謝の念を示しているのである。

❖この冒険において、ハヌマーンには何の利益もない。最初は単にスグリーヴァに従っただけだが、その後は無私の愛情によって行動を続ける。それゆえに、民衆の目から見てハヌマーンは神のレベルまで上昇したのだ。ヴィシュヌを祀る寺院は、ハヌマーンの社がなければ不完全である。インド北部の人間はペヘレー・ハヌマーン、ピール・バグヴァーンと言うが、これは「一にハヌマーン、二に神」という意味である。

❖カルナータカ州ウディピを拠点とした一三世紀のヴェーダ学者マドヴァは、ハヌマーンの生まれ変わりと言われた。マドヴァは、信者は神とは別の存在だとする二元論（ドゥヴァイタ）の教義を説いたことで知られる。これは、九世紀の主要なヴェーダ学者シャンカラの、そのような区別は幻想だという意見と対照的である。マドヴァという名前はミディアム（媒体）を示唆している。ハヌマーンがシーターとラーマを結び付けるように、マドヴァの教義は信者と神とを結び付けようとしている。

海に架ける橋

ラーマに率いられた猿や熊や鷹など森の生きものの大群は、ハヌマーンのあとに続いた。ジャングルを抜けるのは簡単でも、海を渡るのは難しい。

ラーマはそれまで海を見たことがなかった。海水は無限に広がり、水平線で空と交わるように思えた。波が立ち、怒ったライオンのように吼え、ラッパを吹き鳴らす象のごとく空に触れようとしている。水中には火を吐く雌馬が住むと言われていた。

ラーマは合掌して、自分と軍隊が通れるよう分かれてくれと海の神ヴァルナに懇願した。けれども、その願いに対して返ってき

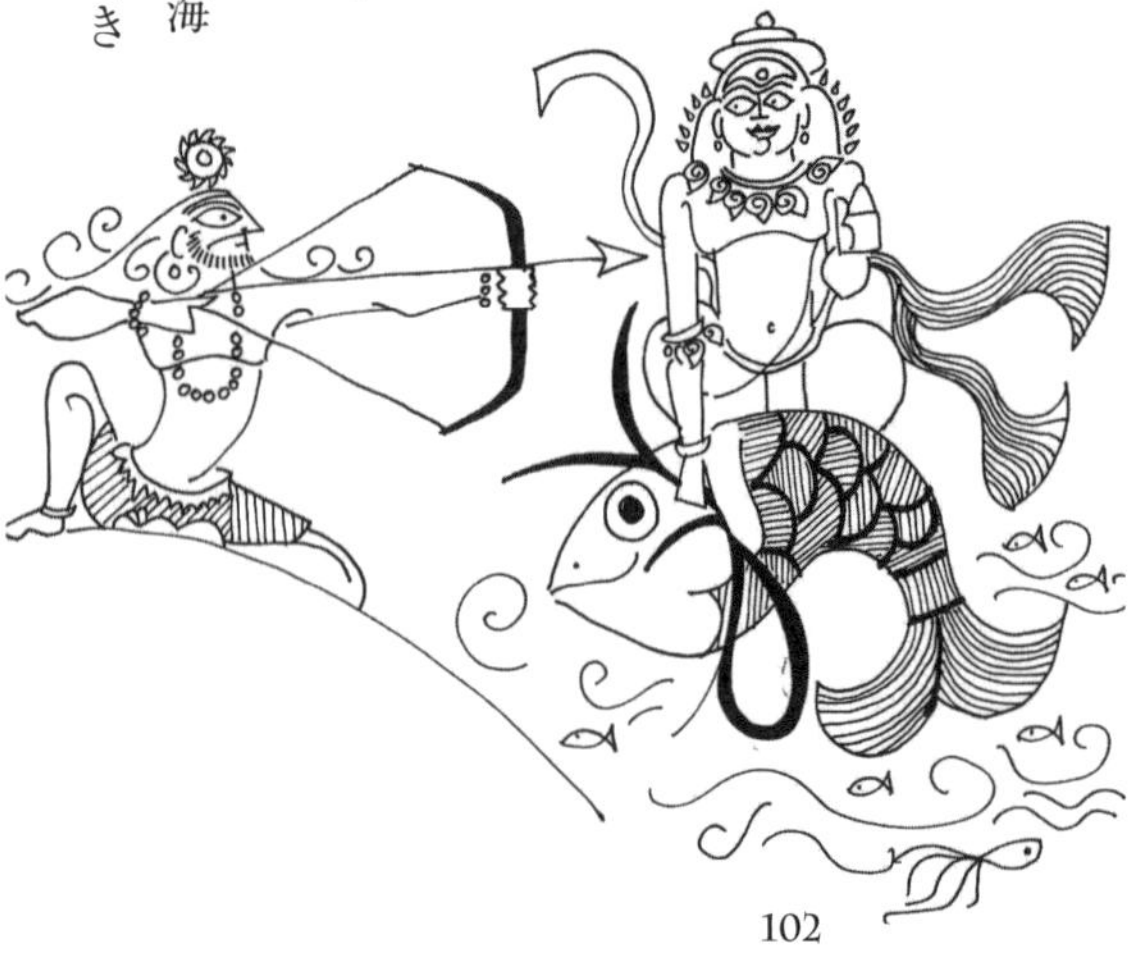

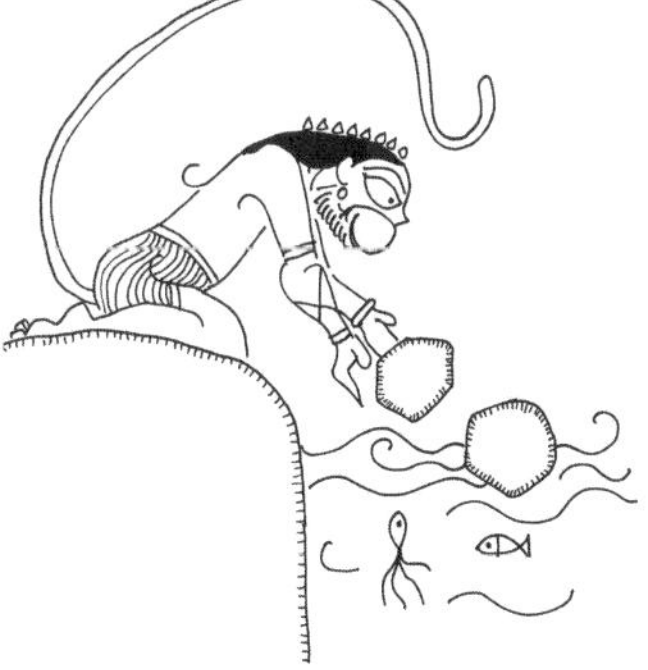

たのは沈黙だった。彼は何度も海の神に祈った。来る日も、来る夜も。しかし沈黙は続いた。やがてラーマは、彼らしからぬ苛立ちと怒りを露わにし、弓をつかんで矢をつがえ、海を破壊すると脅した。

そのときヴァルナが巨大な魚に乗って現れ、ラーマに言った。「海からは魚と塩と真珠が生まれる。海からは雨が生じる。お前が海を破壊したなら、すべての生命が終焉する。怒りに囚われるな、ラーマよ。ハヌマーンのように、私の上を飛んでいけ。あるいは私の上に橋を架けろ。だが、私が自分の性質を変えて、お前や軍隊が通れるようにすることを、期待してはいけない」

ヴァルナはラーマの後ろに控えた動物たちを見た。けだものの大群が、ラーマのいるところでは不似合いなほど行儀よくしている。動物が性質を変える気になれるのなら、自分もできるかもしれない。だからヴァルナは秘密を明かした。「お前に従っているヴァーナラの中に、ナラとニーラという兄弟がいる。火の神アグニの息子だ。彼らが海に落とした岩は沈まない。それを使って橋を作れ。私は橋を浮かしておこう。してやれるのはそれだけだ」

猿たちは喜びの叫び声をあげ、ラーマはにっこり笑った。それで十分だ。

鷹は空から偵察し、熊は計画を立て、猿はその計画を実

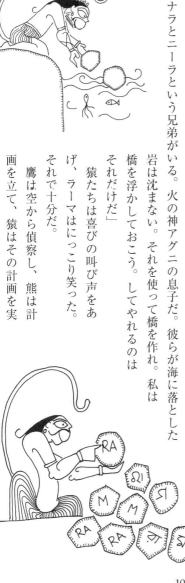

行した。彼らは巨岩を運んできてナラとニーラの兄弟に渡し、ナラとニーラはそれを海に投げ入れた。ヴァルナの言った通り岩は浮いた。ところが、岩は一カ所に留まらずに四方八方へ漂っていった。「どうするんですか?」ヴァーナラたちは叫んだ。

するとハヌマーンは、ナラとニーラに渡される岩にラーマの名前を刻み付けた。今度は、岩は花輪のように互いにくっつき、南方へ、シーターのほうへと伸びていった。

Column

❖海中には火を吐く雌馬がいて、その熱が海水を霧に変えて海が陸地に溢れるのを防ぐと言われている。この火を吐く馬が、ヴィシュヌの一〇番目の化身であるカルキの乗騎になる*。

❖ヴェーダ期、ヴァルナは倫理と道徳の神だった。プラー

* カルキは四つのユガの最後、カリ・ユガが終わる時に現れるとされる。白馬に乗り、剣を携えているとされる。

ナ時代には、ヴァルナ*は海の神、富の女神ラクシュミーの父であり、寛容さと関連付けられていた。絵画では、ヴァルナは魚か鯨かイルカに乗り、手には輪か網を持った姿で描かれている。

❖ラーマは弓に矢をつがえたため、それをどこかに放たねばならない。彼は矢を北に向けて放ち、矢が刺さった土地はラージャスターン州のタール砂漠になった。

❖一九九〇年代、ラーマが海に向けて弓を掲げるポスター画が大きな人気を博した。そうしたポスターは、シーター（インド）をラークシャサ（反インド勢力）から救う政治的象徴としてラーマを利用した。ポスターのラーマはギリシア神話の英雄のように攻撃的で筋骨たくましく描かれており、冷静沈着で繊細なラーマという伝統的なイメージとは対照的だった。ラーマの静穏さは西洋美術史家からは官能性と柔弱さとして解釈されたため、多くのインド人の怒りを買った。だがその後インド人自身も、こうした西洋的モデルを用いてラーマの新たなイメージを創造したのである。

❖海の神がラーマに弓を向けられたことに激怒したため、海はやがてラーマの生まれ変わりであるクリシュナの都ドゥヴァーラカーを呑み込む、という民間伝承もある。

❖ヴァールミーキの『ラーマーヤナ』はナラにしか言及しておらず、ナラはあらゆるものを設計した神とされるヴィシュヴァカルマンの化身と考えられている。トゥルスィーダースの『ラーマーヤナ』は、アグニの息子としてナラとニーラに言及している。

❖主要なヴァーナラは皆、いずれかの神と関係があるとされている。ヴァーリはインドラと、スグリーヴァはスーリヤと、ハヌマーンはヴァーユと、ナラはヴィシュヴァカルマンと、ニーラ

＊ヴァルナは日本では仏教により伝来し水天として崇拝されている。

はアグニと関連づけられる。

❖一九世紀にギリダルが書いたグジャラート語の『ラーマーヤナ』では、ナラという猿が、一人の賢者が服を洗うのに使う石を海に投げ続けたとされる。賢者は毎日その石を海から引き上げねばならなかった。うんざりした賢者はある日、ナラが触れた石は常に海に浮き、決して沈まないとの呪いをかける。だからヴァーナラたちは、海に投げ込む石をナラに触れさせるのである。

❖ギリダルの『ラーマーヤナ』は、海に投げ込まれる石にラーマの名が書かれたとの考えを否定する。そんな石を踏むのはラーマの名を踏むことになり、きわめて不敬だからだ。

❖クリッティヴァーサーの『ラーマーヤナ』では、猿たちが投げてきた石をナラが左手で受け取ったため、ハヌマーンはナラに腹を立てる。ラーマは、それが労働者のやり方だと言ってハヌマーンをなだめる。労働者は左手で石をつかみ、その石を右手で置くのである。

❖言い伝えでは、巨岩で知られるカルナータカ州やアーンドラ・プラデーシュ州のいくつかの地区が、石が採掘された場所だとされている。

❖ラーマの名を石に刻んだことからハヌマーンには読み書きの能力があるとされ、そのため無学な大衆はますますハヌマーンを敬うようになった。ハヌマーンは猿なのにサンスクリット語を話す。猿なのに字が書ける。猿なのに神を助ける。

❖ハヌマーンはラーマの名を書くのにどの字を使ったのか？　ヴァールミーキの時代、おそらく筆記は行われていなかった。彼の作った物語は間違いなくすべて口承だった。カローシュティー文字やブラーフミー文字が生まれたのはもっと後世だ。その後、かつてカシミール地方で広く使われたシャラダ文字やチベットで今なお使われている悉曇文字が、一般に知られるようになった。一二世紀以降、デーヴァナーガリー文字の使用が普及した。人気のあるカレンダーでは、ハヌマーンがデーヴァナーガリー文字を書いているところが描かれている。

❖ラーム・セートゥは、ラーメーシュワラムのある島とスリランカのマンナール島をつなぐ石灰岩の浅瀬である。ヒンドゥー教徒は、これが猿の架けた橋だと信じている。スリランカの歴史家はこの主張を否定する。現在、海運を容易にするためこの自然の障壁を破壊することを望む人間は多いが、その計画には賛否両論がある。これを歴史的な遺跡と考える者もいれば、環境保護の観点から大切にすべき自然だと考える者、何としても保護すべき神聖な構造物だと考える者もいる。

❖ヨーロッパの地図製作者は、ラーム・セートゥをアダムズブリッジと名付けた。

リスの貢献

多くの動物が、ラーマが橋を架けるのに協力した。ほとんどは猿だったが、象や鹿や鳥もいた。協力者の中には一匹のリスもいた。リスは水中に跳び込んだあと、砂の上で転がって毛皮に砂利をつけた。そして橋まで駆けていって砂利を振り落とし、橋の建設に貢献した。

猿たちはリスの熱心さを迷惑がった。リスは猿の通行を妨げてばかりいたので、猿はリスを押しのけた。だがラーマはリスを抱き上げて慰めた。ラーマが激励と感謝の印としてリスの背中を指で撫でたため、背中には縞模様ができた。

「その小さな厄介者を大切になさり過ぎですよ」スグリーヴァは含み笑いをした。

「お前から見れば、リスの貢献は些細なものだろう。だが、リスにすれば大きな貢献だ。お前の目から見た全体の構図の中で、リスは取るに足らない存在かもしれない。しかしリスの目から見た全体の構図の中では、間違いなく大きな意味がある。彼はブラフマーでもある。私やお前と同じく、自分自身のブラフマーンダ（宇宙）の創造主なのだから。私はリスの目で世界を見て、私に対する彼の愛が無私のものだと理解している。そういう目で物事を見なければ、どうやって心を広げられるのだ？」

そのときスグリーヴァは、ラーマの偉大さを真に理解した。

Column

❖リスの縞模様についての物語は、テルグ語の『ランガナータ・ラーマーヤナ』とオリヤー語の

『ダンディー・ラーマーヤナ』に登場する。

❖ バララーム・ダースは『ジャグモーハン・（〝世界中を喜ばせる〟）・ラーマーヤナ』を書いたが、それは『ダンディー・ラーマーヤナ』とも呼ばれるようになった。ダンダ（街路）で歌われたからである。そのことに、サンスクリット語のほうを好む聖職者はあきれたが、庶民は喜んだ。また、〝ダンディー〟はヴァールミーキの『ラーマーヤナ』が作られている韻律でもある。

ラーマの頭とシーターの体

ラーヴァナは二つの頭を手に持ってアショーカの庭園に駆け込み、シーターのほうに投げつけた。「ほら、お前の夫と義理の弟を殺してやったぞ」彼は言った。「お前を助けてくれる者は、もう誰もいない」

シーターは泣きたかったが、目から涙は流れ落ちなかった。悲鳴をあげたかったが、口から声は出なかった。ラーマがこの世から去ったら感じるはずの苦痛は感じなかった。それどころか、心の中で彼の存在を感じて元気付けられた。違う、ラーマは死んでいない。ラクシュマナも死んでいない。これは妖術使いによる偽計だ。「妖術で私は騙せませんよ、ラーヴァナ」シーターは言った。

彼女は微笑まず、その口調に嘲りはなかった。それでもラーヴァナは馬鹿にされたと感じた。「あの方はラーマにも同じことを試みたのですよ、意気阻喪させようとして」ラーヴァナが去ると、

トリジャターは言った。そしてシーターに、ラーマにシーター捜索を諦めさせるためベンジカヤーという妖術使いの女が派遣されたことを話した。

橋を架ける作業中、猿たちは海上に浮いたものがランカーからジャンブードゥヴィーパ*へと漂ってくるのを目撃した。それは死体だった。猿たちは死体を引き上げた。何も宝飾品を身にまとっていない美しい女性だ。足を見たラクシュマナは愕然とした。「これはシーター様だ。ラークシャサの王はシーター様を殺して遺体を海に投げ込んだのだ」

この知らせを聞いたとき、ラーマには信じられなかった。シーターは本当に死んだのか? 自分はジャナカの娘を守れなかったのか? ラーマは心の奥が深く傷ついたのを感じた。遺体を見ようと海岸に急ぐと、ハヌマーンはすでに火葬の準備を進めていた。遺体は薪の上に安置され、ハヌマーンは今にも火をつけようとしている。「だめだ、シーターには王女そして王妃にふさわしい儀式を行わねばならない」

* インド神話において人間が住む世界全体を指す。つまりランカーは一種の異界とみなされていたことがわかる。

ハヌマーンはラーマを無視して薪に点火した。激怒したラーマは、炎が愛する人を焼き尽くすのを止めようと駆け出した。すると突然、血も凍る悲鳴があがり、〝遺体〟が急に生き返って薪から跳び出した。それは妖術使いのベンジカヤーだった。

ラーヴァナはハヌマーンの鋭い眼力を見くびっていたのである。

Column

❖ヴィビーシャナの娘とされることもあるベンジカヤーの話は、タイの『ラーマーヤナ』に登場する。ハヌマーンに点火された薪からベンジカヤーが跳び出す絵は、バンコクのワットポー寺院＊の壁に描かれている。この物語は東南アジアだけに見られる。

❖ラーヴァナが妖術を使ってラーマとシーターの意気をくじこうとするというのは、種々の『ラーマーヤナ』で繰り返し見られるモチーフである。

❖妖術や黒魔術に関する物語は、とりわけベンガル地方、アッサム州、オリッサ州、そして東南アジアなどの地方版『ラーマーヤナ』に多く見られる。これはタントラの台頭を示している。ハヌマーンはこうしたタントラの実践に対抗する存在と目されている。

＊ 涅槃寺とも呼ばれる。黄金の巨大な涅槃仏がある、バンコクで最大最古の王室寺院。

ヴィビーシャナ登場

ヴァーナラたちが大いに驚いたことに、一人のラークシャサが南方から飛んできた。猿たちはうなり、恐怖の叫びをあげ、相手を殺そうとした。だがハヌマーンは、彼がラーヴァナの宮廷にいたのを見た覚えがあった。恐れることなくラーヴァナに分別ある助言をしていた、ただ一人のラークシャサだ。ハヌマーンは猿たちを落ち着かせ、そのラークシャサをラーマのもとへ連れていった。

「ヴィビーシャナと申します」ラークシャサは自己紹介した。「ラーヴァナの弟です。私は兄に、その行いの非を説こうとしました。すると兄は私を家から追い出しました。あなたの側で戦わせてください。兄の狂気がランカーを滅ぼす前に、兄を滅ぼさねばなりません」

ラーマはヴィビーシャナを歓迎した。「では、世の中には善人のラークシャサもいるのだな」ラクシュマナは破顔した。

「もしも私が間違ったことをしたら、お前も私と戦うか？」ラーマはラクシュマナに尋ねた。

「兄上が間違ったことをなさるわけがありません」ラクシュマナは答えた。

「ラーヴァナのほかの弟たちも、ラーヴァナが間違ったことをするわけがないと思っているはずだ。では、どちらのほうがより良いのだろう？　私に味方する善良なラークシャサか、それともラーヴァナに味方する忠実なラークシャサか？」

ラクシュマナもヴィビーシャナもラーマの言葉に居心地悪さを覚えた。どちらがより良いのか？　正しくあること、それとも忠実であること？　どちらも、何らかの結果を伴うのだ。

Column

❖ プラフラーダがアスラであるにもかかわらずヴィシュヌの信奉者なのと同じく*、ヴィビーシャナはラークシャサであるにもかかわらずラーマの信奉者である。つまり、ラークシャサやアスラが必ず〝悪魔〟であるとは限らないのだ。実際、英語の〝demon〟という単語には特定の価値観が込められており、それをラークシャサやアスラに当てはめるのは間違っている。
❖ オリッサ州プリーでは、ヴィビーシャナは、ジャガンナートとして祀られるヴィシュヌに祈りを捧げるため、毎晩その地に現れると言われている。
❖ カーヴィリ川にある島にはシュリーランガム寺院があり、有名なランガナータスヴァーミー（横

＊ プラフラーダはアスラ王ヒラニヤカシプの息子であったがヴィシュヌ信者であったため父に殺されそうになったが、ヴィシュヌの化身ヌリシンハに助けられた。

たわるヴィシュヌ）の像が安置されている。伝統的に神像は東を向くことになっているが、この神は南を向いており、ヴィビーシャナはランカーからランガナータスヴァーミーと向き合って祈りを捧げることができる。

❖ラーヴァナがシヴァを信奉し、ヴィビーシャナはヴィシュヌを信奉していることから、これは中世に聖職者の間でよく見られたシヴァ派とヴィシュヌ派の対立関係を示唆していると推測できる。

ランカーの密偵

猿たちとともに可能な限りの協力をしていたヴィビーシャナは、猿の中に変身能力を持つラークシャサが数名交じっていることに気がついた。ラーヴァナの放った密偵だ。シュカとシャールドゥーラとサーラナがいる。

ヴィビーシャナが彼らの存在を知らせると、猿たちは三人を捕らえて蹴ったり殴ったりしたが、ラーマは猿たちを止めた。

「その者たちを解放せよ。彼らは課せられた義務を果たしているのだ。彼らを帰し、見たものをラーヴァナに報告させるがいい。我が軍隊がランカーを襲おうとしているのは単なる噂でなく現実である、ということを」

密偵たちは逃げ帰り、見たこと聞いたことすべてをラーヴァナに告げた。「やつらは武器を持っていません。鋭い爪と尖った牙をしています。そして棒や石で戦います。けれど、やつらは道具の不足を自信で補っています。ラーマのために戦いたがっています。ラーマは周りの者皆を、彼に付き従いたい、最善を尽くしたい、と思わせます」

ラーヴァナはその情報に憤慨して三人を蹴散らした。真実に怯えたからだ。

シュカは言った。「敵は尊厳を持って我々を遇してくれた。我らがご主人様は我々を見下しておられる」

サーラナは経験豊かな者らしく答えた。「我々の伝えたメッセージは敵を利するだけであって、ご主人様の得にはならないからな」

Column

❖ヴァールミーキは当時の王が密偵を使う習慣についてよく知っていたらしい。軍師カウティリヤによる帝王学

についての書物『実利論』によれば、マウリヤ朝のチャンドラグプタ王は密偵の組織を持っていたという。

❖ラークシャサは変身という超自然的な能力を有している一方で、密偵といった世俗的なものを必要としている。

黄金の人魚

ランカーの女たちはサラマーとトリジャターを家から引きずり出して殴り始めた。ヴィビーシャナの裏切りに憤っているが彼を罰することはできないため、代わりに妻と娘に怒りを向けたのだ。マンドーダリーが二人を避難させなかったら、二人は殺されていただろう。

サラマーはこんな問題を引き起こした原因であるシーターを見るのも耐えられなかった。だがトリジャターは母に理を説いた。「どうしてあの方を責めるの？　どうしてラーヴァナ様を非難しないの？」

「だって、あの人は家族だもの」

サラマーとトリジャターは北の海岸に座って、ランカーに向かって着々と完成しつつある橋を眺めた。守り神ランキニーが来て言う。「ランカーの命運も間もなく尽きるわ」

「私も同感です」暗い海水から黄金のように輝く姿を現した生きものが言った。それはスヴァルナ・マツヤ、黄金の人魚、海の女王だった。ラーヴァナを慕っていて、彼の言うことなら何でもする。スヴァルナ・マツヤは話した。

「ラーヴァナ様は橋を破壊するよう私に命じられました。私はすべての魚と蛇と海の怪物に、石を海底まで引きずり下ろすよう命じました。猿たちは無力で、海に入っていくだけの勇気がある者はいませんでした。ところがハヌマーンという猿だけは違いました。私はそいつを尾で鞭打ち、毒のある鱗で突き刺したいと思いました。でもハヌマーンを見たとき、私は茫然となりました。生まれてこの方見たことがないほど、美しくて高貴な生きものだったのです。銀色と金色、大きな目、大きな鼻孔、ぴんと立った尾、戦士の体、賢者のような雰囲気。私たちは戦いました。取っ組み合いました。彼のたくましさを感じたかったからです。ところが彼は、私の欲望を感じ取って身を引きました。自分はラーマ様にのみ仕え、他の者には仕えない、と言いました。どうして、と私は訊きました。すると彼は言ったのです。ラーマ様は彼に何の期待もかけないことによって彼を解放したのだ、と。そのとき私は、自分たちが期待によって縛りつけられていることに気づきました。他者が私たちに寄せる期待、私たちが他者に寄せる期待によって。私はラーヴァナ様に何かを期待し、ラーヴァナ様は私に何かを期待しておられました。私はハヌマーンにも何かを期待しました。けれど彼は私に何も期待しませんでした。私は突然、解放されたいとい

う強い衝動に襲われました。あらゆるものから自由になりたいと思ったのです。私は戦いを止めました。橋を架けさせよう、すべての海の生きものを架橋に協力させよう、ラーヴァナ様の怒りを買ってもかまうものか、と考えたのです」

トリジャターは海岸にいる女たちに言った。「シーター様は遠い昔のウパニシャッドの期間中に耳になさったことを、ずっとおっしゃっているわ。私は自分の世界の創り主、そしてあなたも同じだ、と。私たちは、期待の迷路から解放されることで自分の世界を広げることができる。期待で自分を縛ることで世界を小さくもできるのよ」

「私がただの魚だとしたら」黄金の人魚は言った。「海に何も期待しないでしょう。自分で生きていくしかないと観念したでしょう。でも半分しか魚ではないから、海が養ってくれることを期待し、そうならないときは不満を覚えます。私の人間の側面は、海をなじったり、おだてたり、支配しようとしたりしているのです」

サラマーは述べた。「ラーヴァナ様は弟たちに、ある特定の行動を期待なさる。弟たちが期待に沿わなかったら、ラーヴァナ様は彼らを拒絶なさる。ヴィビーシャナも、ラーヴァナ様にある特定の行動を期待したわ。ラーヴァナ様が期待に沿わないから、彼はラーヴァナ様を拒絶したのよ。でも、このラーマという人は、自分の父、母、弟、妻に対して期待を抱いているのかしら？　彼らが望み通りに行動しなかったら拒絶するかしら？」

トリジャターは言った。「シーター様を見ている限り、そんなことはなさそうね」

Column

❖黄金の人魚の話は東南アジアだけにあり、インドではまったく見られない。ほとんどの伝承で、人魚はラーヴァナの娘とされている。

❖この話は、カンボジアで古くから受け継がれた『ラーマーヤナ』の舞踏劇の中で現代まで残った数少ない部分に含まれている。

❖インドでは、ハヌマーンの禁欲とその強大な力には大きな関係がある。だが東南アジアでは違っており、ハヌマーンは数多くの艶聞がある高位の放蕩者と見られている。

❖ハヌマーンが情事を好む道楽者であるという考え方は、ジャイナ教版の物語にも反映されており、そこでは彼は愛の神カーマの化身とされる。

❖東南アジアのハヌマーンは、王子ラーマがシーターを見つけるのに手を貸す守護騎士のような存在である。インドの物語において非常に重要な要素である、神と信者という関係性は、そこには欠けている。

❖一六世紀にトゥルスィーダースがアワディー語で書いた『ヴィナヤ・パトリカー』では、ハヌマーンは〝マンマタ・マンタナ〟(心の中で欲望が渦巻く者)であると同時に〝ウールダヴァ・レータス〟(瞑想によって精液を子宮でなく心まで引き上げる者)と描写されている。かくして彼は、性欲を持ちながらも禁欲を保っている。性的エネルギーはすべて彼の中で知恵に変化する。だからこそハヌマーンは、タントラ行者、サードゥー*、サンニャーシン**、ヴァイラーギン***といった、俗世間を捨て体に灰を塗りつけて苦行者となった者たちから、大いに尊敬されているのである。

❖この物語が重要なのは、『アドブタ・ラーマーヤナ』で海の生きもの、おそらくは黄金の人魚がハヌマーンの息子を産んだとされているからである。ハヌマーンが海を渡っているとき（インドの物語による）あるいは黄金の人魚と戦っているとき（東南アジアの物語による）に流した汗を人魚が飲んだ結果、ハヌマーンの息子が生まれたのである。

ハヌマーンの尾

橋はたったの五日間で完成し、猿の軍隊はラーマとラクシュマナを肩に担いで堂々と橋を渡った。それは壮大な光景だった。空に集まった天空の生きものたちは自分の目が信じられなかった。ラーマは不可能を成し遂げた。猿の軍隊を組織し、棒と石で海上に橋を架けたのだ。鳥は行進する軍隊に花を浴びせた。魚は通る彼らを喝采した。

* 出家の乞食遊行の修行者。ヨーガ行者か苦行者であることが多い。
** ヒンドゥー教の聖者で、一所に住むことなく、世間を捨てて遊行している人。
*** 全ての感官と願望を制した苦行者。

ところが軍隊がランカーの岸に着く直前、爆発音が聞こえた。橋の両端の石はばらばらになった。ラーヴァナが強大な弓で二本の矢を放ち、橋の両端を崩して、猿たちを海の真ん中で動けなくしたのだ。突如、海の怪物どもが周りを取り囲んで、ラーマとその軍隊を貪り食おうと身構えた。一巻の終わりに思われた。

しかしハヌマーンが再び危機を救った。彼は体を大きくしてランカーの岸まで跳び、橋が崩れた部分まで尾を伸ばして、ランカーの岸へと続く橋にした。ラーマと猿の軍隊はハヌマーンの機転に感謝し、尾の上を歩いて渡った。

ラーマが島に足を踏み入れようとしたとき、ヴィビーシャナは一人のラークシャサが軍隊に近づくのを目にした。目隠しをしている。「あれはバスマローチャナです」ヴィビーシャナは教えた。「あの目隠しを取ったら、やつが見たものはことごとく炎上して灰になるのです」

ラーマがすぐさま矢を放つと、その矢は鏡に変わった。バスマローチャナが目隠しを外して最初に見たのが、その鏡だった。ラーマの軍隊を炎で包むために派遣されたバスマローチャナは、鏡に映った自分を見て炎に包まれ、灰燼に帰した。

Column

❖ハヌマーンが自らを橋にするという話は、菩薩（前世の仏陀）が猿の軍隊を率い、自らの体を伸ばして軍隊が溝を渡って逃げられるようにした、というジャータカの物語に影響を受けたと考えられる。菩薩はそのせいで背骨が折れて死ぬ。

❖合理主義者は、橋は海でなく川に架けられたと考えている。

❖ランカーの〝実際の〟場所についてはさまざまな推測がなされている。学者は、ヴァールミーキの『ラーマーヤナ』の描写に基づいてマディヤ・プラデーシュ州かカルナータカ州かアーンドラ・プラデーシュ州のどこかだと推測する。だがそうした合理的な推測は、橋はタミル・ナードゥ州のラーメーシュワラムからスリランカに架けられたと考える信者には、何の影響も及ぼさない。島国のスリランカには、シーターが幽閉されたとされる場所（シーター・エリヤー）やラーヴァナとの戦いが行われたとされる場所（ラーヴァナ・ゴーダー、シーター・ワーカー）が多く存在する。

❖橋が壊され、ラーマの軍隊がハヌマーンの尾（背中とする話もある）の上を歩いて渡ったという エピソードは、東南アジアにのみ見られる。

❖ラーマはハヌマーンの、ラクシュマナはアンガダの肩に乗って橋を渡った。

❖バスマローチャナの物語は、クリッティヴァーサーによるベンガル語の『ラーマーヤナ』に登場し、プラーナに見られる似たような話を下敷きにしている。

ラーヴァナとの対決

今や島では猿が群れをなしている。彼らはランカーを絞首刑にしようとする縄のごとく輪になって島を囲んだ。

ラーヴァナはランカーの岸に集まった猿の軍隊を見ようとランカー一高い塔に登った。猿たちとラーマは、今初めてシーターをさらった男を目にした。ラーヴァナは傲慢そうに腕組みをしてすっくと立っている。王冠にはダイヤモンドが輝いていた。ラーヴァナはシヴァの雄牛ナンディンの言葉を思い出した。「高慢な愚か者め、いつの日かお前は猿の手にかかって敗北するぞ」その呪いが現実になろうとしているのか？

何百匹もの猿が、椰子の実のようにラークシャサの王を引きずり下ろそうと塔を登り始めた。彼らの叫び声や敏捷な動きにラークシャサたちは唖然とした。気がつけば、ラークシャサが何もできないうちに、数多くの猿が宮殿の上で誇り高くはためく幟《のぼり》を引きちぎっていた。スグリーヴァはラーヴァナの頭の上で踊って王冠を叩き落とした。

海岸にいる猿たちはこれを見て、喜びの咆哮をあげた。スグリー

ヴァが喜色満面で駆け戻る。敵は威嚇しようと試み、逆に威嚇されたのだ。

だがラーマはにこりともしなかった。彼はそのような攻撃を是認していなかった。それは戦いの掟に反している。

猿たちに父を侮辱されて憤ったインドラジットは弓を持ち上げ、ラーマとラクシュマナ目がけて矢を放った。それは普通の矢ではなかった。ナーガ・パーシャという、相手の手足に巻き付いて致死性の毒で動けなくする蛇の輪である。どれだけ努力しても、猿たちは巻き付いた蛇をほどけなかった。ラーマもラクシュマナも、ぴくりとも動けなかった。

水平線から突然一羽の鳥が現れたかと思うと、何百羽もの鳥が後ろからやって来た。鷲、鷹、烏、雁。鳥たちは海を渡ってランカーに着陸し、鋭い嘴とカギ爪で蛇を引きはがした。鳥たちを率いているのは、鷲の

王ガルダだった*。

「誰かが我々を呼ぶ声が聞こえたのです」ガルダは言った。

「誰なのだ?」ラーマは尋ねた。

「シーター様が黄金の都の中からお呼びになったのです。あなた様が来られたこと、間もなく救出が行われることを、シーター様は知っておられます」

Column

❖一般には、ラーヴァナの頭の上で踊って王冠を叩き落としたのはスグリーヴァだとされる。だが、アンガダの仕業だとする話もある。少数ながら、ハヌマーンだというものもある。

❖ラーマが攻撃を是認しなかったことから、彼は剛胆を示す野蛮な行為や暴力を不愉快に感じていたことがわかる。彼が望んだのは文明的な戦争だった。適切な警告を発し、和平を探る努力を重ねたのちに行われるもの。その意味でラーマは、『マハーバーラタ』で、カウラヴァとパーンダヴァの間で最終的に戦争が行われる前に和平交渉すべきだと主張したクリシュナと似ている。

❖西洋の学者は『ラーマーヤナ』を社会的な観点から解釈する。そしてラークシャサとヴァーナラを、宗教的・社会的・党派的・民族的に対立する部族だと考える。インドの学者は、この二集団を心理的な観点から解釈する。好ましくない相手は常にラークシャサであり、一方自分た

* 鳥の王ガルダは蛇族ナーガの天敵であり、神々によって蛇を食することを許されている。

ちの役に立ってくれる者はヴァーナラなのである。

❖猿の詠唱と言われる有名なバリ島のケチャ［『ラーマーヤナ』を下敷きにした合唱や舞踏劇］は、猿がラーマに協力してラーヴァナを倒した話を語っている。ケチャは元々呪術的な儀式だったが、一九三〇年代にドイツの画家ヴァルター・シュピースが『ラーマーヤナ』を元にしてそれを劇にした。

❖ガルダが現れてラーマをナーガ・パーシャから救ったという話は、ラーマがヴィシュヌの化身と見られていたことを示す最初のエピソードであり、ヴァールミーキの『ラーマーヤナ』に収められている。ここでガルダはラーマをヴィシュヌと呼びはしないが、ガルダが助けに来た理由をラーマが知るのはしばらくあとまで待たねばならない、と謎めいたことを言う。このように、ラーマはヴァールミーキの『ラーマーヤナ』では自分の神性を意識していない。＊

❖ゴービンドの作品『ラーマーヤナ』では、シーターはラーマを蛇の束縛から助けてくれと蛇の神々に祈る。

❖ナーガ（蛇）とガルダ（鷲）は昔から、アスラとデーヴァ、ラークシャサとヤクシャと同じような敵対関係にある。これらの生きものは皆、ブラフマーの息子カシュヤパの子孫である。

❖インド南部の寺院には、ガルダは翼でラーマを抱き締め、クリシュナの形を取ることで彼が本当にヴィシュヌであることを証明してくれと懇願する、という言い伝えがある。ハヌマーンはこれを気に入らず、ラーマがクリシュナとして転生したときドゥヴァーラカーまで行き、自分のためにガルダの前でラーマの姿になってくれとクリシュナに頼む。こうした話は、ヴィシュ

＊ガルダ鳥はヴィシュヌのヴァーハナ、乗り物である。したがってヴィシュヌの化身であるラーマを救いに来る必然性がある、という話である。

ヌ派内部でのラーマ信者とクリシュナ信者の対立を物語っている。ラーマ信者はヴィシュヌを祀る寺院にハヌマーンの像を飾り、クリシュナ信者はガルダの像を飾る。

❖トゥルスィーダースは、ブシュンディーによる失われた『ラーマーヤナ』の原典に言及している。その『ラーマーヤナ』とは、インドラジットが放った蛇の矢に屈したラーマが本当にヴィシュヌだとの確信を持てずにいる鷲のガルダに烏のカーカブシュンディーが語った、ラーマの物語である。こうした中世の『ラーマーヤナ』は、ラーマはヴェーダ期の詩カーヴィヤで歌われた英雄でなくプラーナで描かれた神である、との概念を徐々に確立していった。

使者アンガダ

蛇の矢から回復したあと、ラーマは言った。「村を襲う野蛮人のように戦うのは止めよう。ラークシャサどもに使者を送って、我がシーターを解放するなら我々は退却すると申し出よう」

アンガダがラーマの使者に選ばれた。彼がラーヴァナの宮殿に入ると、ラークシャサたちは嘲りの声をあげてアンガダを取り囲んだ。だが若きアンガダはひるまなかった。ラーヴァナの広間に入っていった彼は、そこで多くの戦士と、彼らが持つ立派な武器に目をやった。

まずアンガダは自己紹介をした。「遠い昔、ランカーの王ラーヴァナはヴァーリを平凡な猿だと思

い込み、その尾をつかもうとした。ヴァーリは尾をラーヴァナに巻き付けてキシュキンダー中を引き回した。キシュキンダーの猿たちはラーヴァナを王のペットだと思った。私はそのヴァーリの息子、アンガダである」

続いてアンガダは自らの役割を説明した。「遠い昔、ハイハヤ族の王カールタヴィーリヤは一〇〇〇本の腕を伸ばして川の流れを止め、洪水を起こして、ラーヴァナがシヴァを崇めるために集めた花や木の葉を流し去った。そうしてラーヴァナを侮辱した。そのカールタヴィーリヤはパラシュラーマに殺され、そのパラシュラーマはラグ族のラーマに打ち負かされた。私はそのラーマの使者である」

最後にアンガダはメッセージを伝えた。「ラーマは門の外に立ち、猿の軍隊とともにこの都を襲撃しようとしている。しかしお前がラーマに妻を返すなら、和平は可能だ。王は自らのプライドや肉欲でなく臣民の幸福を大切にすべきである」

「猿に軍隊が組織できるものか」ラーヴァナはせせら笑った。「やつらは捕獲され、芸を仕込まれるのだ。ラーマはお前の主人で、お前はやつの召使いだ。私の側についたなら、お前はそんな規則から解放されて自由になれるぞ。だが、お前が今の役割に固執するなら、私はお前を動物として扱い、ひっ捕らえて肉を食べてやる」

「お前は自分の力を過信している。私がしっかり地面に埋め込んだこの左脚を動かせるラークシャサがここに一人でもいるなら、やってみせてもらおうか」アンガダは挑んだ。

ラークシャサたちは笑って、この図々しい猿の脚を引っこ抜いて海に投げ込んでやろうと、一人また一人とやって来た。全員が失敗した。

それでもラーヴァナは言った。「私はお前など恐れん。お前も、猿の群れも、お前の王も、ラーマも、ラクシュマナも、私の弟を名乗るあの裏切り者も、皆殺しにしてやる」

ラーヴァナの祖父スマーリンはこの展開を気に入らず、和解するよう孫息子に助言した。ラーヴァナの母カイカシーもそう言った。カイカシーの兄マールヤヴァーンもそう言った。けれどもラーヴァナは強情を張った。猿に馬鹿にされてたまるものか。

攻撃

Column

❖ハヌマーンでなくアンガダが使者に選ばれたのは、彼が若く、王族であり、おそらくはランカーを炎上させた過去がないからだろう。

❖『マハーバーラタ』では、クリシュナが和解を試みたときドゥルヨーダナはクリシュナを捕らえようとし、クリシュナは真の姿を見せることで皆を唖然とさせて逃げる。『ラーマーヤナ』では、ラーヴァナがアンガダを捕らえようとしたとき、アンガダは途方もない力を発揮する。

❖ヴァールミーキの『ラーマーヤナ』では、アンガダは自分を捕らえようとしたラークシャサたちを蹴散らす。インド北部の『ラーマ・リーラー』の劇では、アンガダは自分の足を地面から動かせとラークシャサたちに挑むが、ラーヴァナすら失敗する。

❖ラーヴァナの家族の多くは彼の良識に訴える。彼らはラーヴァナが臣民を第一に考えることを望む。しかし、常にアヨーディヤーのことを考えるラーマと違って、ラーヴァナは自己イメージを保つことに心を奪われている。そのため、彼はランカーの幸福を危険にさらす。

ラークシャサの軍隊は、ランカーを守るため夜明けに宮殿を出た。彼らは、棒や石を手に持つ猿の軍団とはまったく違っていた。驢馬の引く戦車や雄牛の引く荷車、あるいは馬や象に乗ってきた。華々しく空になびく明るい旗を掲げ、数多くの武器を持っている。棍棒、斧、槍、剣、弓矢。兵士は皆、甲冑と兜をまとい、護身用の魔法のお守りを身に着けていた。そしてラーヴァナがじきじきに兵を率いた――頭上に巨大なパラソルが掲げられ、二〇の手にそれぞれ破壊的な武器を持ち、立派な馬の引く戦車に乗り、楽師や大きな声で鳴いて彼の訪れを告げる象に囲まれたラーヴァナの姿には、目を見張るものがあった。

だが猿たちは恐れなかった。彼らは蜂の大群のごとくラークシャサの軍隊に向かっていった。猿が木や岩を投げると戦車は壊れ、象はおののいた。猿の叫び声やうなり声に怯えた馬は、後退を始めた。ランカーに住む動物は、猿を見たことがなかったのだ。

ラーヴァナは弓を持ち上げて猿たちに矢を浴びせ、何十匹も殺した。これを見てラークシャサたちは喝采し、武器を振り上げて猿と戦い始めた。剣で頭や腕や尾を切り落とし、槍で心臓

や腹や目を突き刺し、棍棒で頭を叩き割ったり骨を折ったりする。ラークシャサの目には激しい怒りが溢れ、心には少しの慈悲もなかった。戦車に乗った者は矢の雨を降らせて何百匹もの猿を地面につなぎ止めた。死にゆく猿たちの悲鳴が響き渡り、ラーヴァナは大いに喜んだ。不安は杞憂だった。

虐殺を止めねばならない。彼の妻を救うために猿たちが死んでいく。ラーマは弓を掲げ、ヴィシュヴァーミトラに教わった讃歌を唱え、次から次へと矢を放って、ラークシャサ軍を一列、また一列と倒していった。彼らの弓を折り、車輪を、剣を、槍を砕く。矢から身を守るため、多くのラークシャサは楯を掲げて、死んだ兵士の後ろに避難した。軍の前進は止まり、何カ所かでは退却を余儀なくされた。

多くが戦場で倒れた。ヴァーナラもラークシャサも、息子や兄弟も、友人や召使いも――何百もが死んだ。さらに多くが負傷し、手や足や耳や目を失った。それでも、呻き声や助けを求める声があがる中で戦いは続いた。

戦いは昼間じゅう続き、夜に突入した。ラークシャサは片手に火のついた松明、もう片方に武器を持って戦った。猿は松明をつかんで都城に投げ込み、塔を炎上させた。

都の外での戦いの音は道路に響き、怯えた女や子どもは泣き喚き始めた。

静かで平和なのは、シーターが座っているアショーカの木陰だけだった。彼女はランカーの男女が安全な場所を探してあちこちを走り回るのを見ていた。彼らがこれほどの危険を感じたことはなかっただろう。

やがてラーマは、ラーヴァナの弓から放たれる矢を粉砕し始めた。ラーマが激しい勢いでどんどん矢を放つので、ラーヴァナは誰をも攻撃できなかった。苛立ったラーヴァナは後ろを向こうとしたが、ラーマの矢はそれも許さなかった。ラーヴァナは手も足も出なかった。戦うことも、動くこともできない。ついに彼は絶望して弓を落とした。そのときようやくラーマは手を止め、王の立派な戦車が方向転換して都に戻るのを許した。

都中に噂が広まった。ラーヴァナの軍隊は退却したのだ。猿たちの歓声が轟いた。自分たちは海に投げ込まれなかった。ラークシャサどもは宮殿に閉じこもった。

Column

❖多くの欧米の学者は、ランカー攻城からギリシア神話のトロイ攻城を連想した。どちらの戦いでも、夫が城の中に捕らえられた妻の奪還を試みる。とはいえ、似ているのはそこまでだ。ギリシア神話のヘレネはトロイの王子パリスと駆け落ちしたのに対して、シーターはラーヴァナに拉致された。ヘレネの夫は兄のアガメムノンの協力を受け、アガメムノンは略奪品の分配を約束してギリシアの将軍たちを呼び集めた。ラーマは弟ラクシュマナの協力を受け、彼らは猿を呼び集めたが、略奪品の話はまったくしなかった。これは人間社会における善や道徳のための戦いである。最終的にトロイは略奪され、女性は強姦されて捕虜にされる。『ラーマーヤナ』でそうした事態は起こらず、ランカーの住民は最高の威厳を持って扱われる。

❖ヴァールミーキの『ラーマーヤナ』によれば戦いは夜まで続いたとされるが、それは興味深い。シャーストラによれば、文明的な戦いは、戦士が休息して回復できるよう夕暮れでいったん終わり、夜明けに再開されることになっているのだ。

❖インド各地の『ラーマーヤナ』が戦争によって喚起される感情に重きを置いているのに対して、タイの『ラーマーヤナ』は戦いの細かな経過のほうに注目している。おそらくタイ社会が長年にわたって戦争を経験してきたからだろう。

❖ラーマが神の化身として見られるヴィシュヌ派の寺院での言い伝えによれば、ラーヴァナが手に弓を持っている限り、ラーマは彼が戦場を去るのを許そうとしない。ラーヴァナは神に降伏することを学ばねばならなかったのに、疑念のせいで武器に固執していたのだ。

❖戦いの中で殺されたラーヴァナの息子たちには、アクシャ、アティカーヤ、インドラジットまたはメーグナーダ、トリシラス、ヴィーラバーフ、ナラーンタカ、デーヴァーンタカ、マンタなどがいる。ラーヴァナの息子の名前は物語によって異なる。一般的には、ラーヴァナには息子が七人いたとされる。中でもよく知られているのは、ハヌマーンに殺されたアクシャと、ラクシュマナに殺されたインドラジットである。

シーターの料理

戦争の間も人は食べねばならない。だからランカーの厨房は忙しかった。戦いに行く者には食べさせねばならない。戦いから戻った者にも食べさせねばならない。食べ物は、元気付け、慰め、やる気を奮い起こすものでなければならなかった。

米が煮え、野菜が炒められ、肉が焼かれる香りが都中に漂い、血や腐った肉や燃える塔のにおいと混ざった。

においはシーターのいる木立まで届いた。

「このにおいはお嫌いですか？」においを嗅いだシーターの表情に気づいたトリジャターは尋ねた。ヴィビーシャナの娘トリジャターは、シーターと親しくなっていたのだ。

「私が料理をしていたとしたら、香辛料の配合を変えるでしょうね」シーターはそう言ってトリジャターに提案をし、トリジャターはすぐさまそれを王室の厨房に知らせた。

マンドーダリーがその指示に従うと、さっきとは違う芳香が厨房から漂った。

その芳香がとても魅力的だったため、他のラークシャサの料理人もアショーカの木立にやってきて、シーターに料理の助言を求めた。シーターは腕のいい料理人さながら、味を見もせず、調理されたもののにおいを嗅いだだけで、改善の提案を行った。「もう少し塩を加えて」「辛子を胡椒に変更して」「生姜にタマリンドを混ぜて」「丁子を減らして、ココナッツミルクを増やして」そうした提案は直ちに実行に移され、

ほどなくランカー中にとてもおいしそうな香りと味が広がった。あまりにおいしいので、息子たち、兄弟たち、夫たち、父親たちは、家に留まってもっと食事を味わいたくなった。げっぷをし、眠り、起きてまた食べたい。キンマの葉で包んだビンロウの実を噛みながら、ブランコに乗って妻と一緒にいることを楽しみたい。戦いも、争いもなく、ただ食べながらおしゃべりをしたい。

ラーヴァナは、家来が無気力になって戦いを渋っていることに気づいた。怖がっているわけではない。酔っているわけでもない。単に戦いに行きたくないのだ。激怒したラーヴァナは厨房の閉鎖を命じた。「兵士を飢えさせよ。空腹だと人は怒りっぽくなる。やつらは怒って猿たちを殺すだろう。やつらが食べられるのは猿の肉だけだ」

Column

❖シーターの厨房は、民間伝承や巡礼地でよく見られるテーマである。彼女は非常に料理が得意だった。昔から、十分食べ物を与えられた人間はあまり怒らず、暴力に訴える傾向は少ない、と言われている。

❖ヴァールミーキの『ラーマーヤナ』は、ランカーでは野菜以外の食べ物、とりわけ鳥獣の肉が食べられていたと明確に述べながら、キシュキンダーやアヨーディヤーに関しては明言を避けている。インド人は伝統的に、菜食主義に反する食べ物やアルコールを、肉欲や暴力と関連付けて考えるのだ。

ラクシュマナの負傷

戦いが再開すると、ラーヴァナは息子たちを戦争に送り出した。彼らは武器を手に勇ましく出発した。だが戻ったのは、猿たちに骨を折られ、ラーマやラクシュマナの矢で手足を引き裂かれた、命のない体だった。宮殿に未亡人や孤児が増えていく。ラーヴァナの長男インドラジットは、今こそ自分が軍隊を率いて戦場に乗り出し、家来を鼓舞して士気を上げるべきときだと決意した。

インドラジットは、生まれたとき泣くのではなく嵐雲のごとく轟くうなり声をあげたことから、〝雲の咆哮〟を意味するメーグナーダと名付けられた。戦いでインドラを打ち破ったあと、インドラジットという称号を得た。誰もがインドラジットを恐れた。ハヌマーンを捕らえたのも、恐ろしい蛇の矢でラーマとラクシュマナを動けなくしたのもインドラジットだ。彼は父の行動を是認していなかったものの、父の敵と戦うのは息子としての義務だと感じていた。

「やつは素晴らしい息子だ」インドラジットが戦いに向かうと、ラーヴァナは誇らしげに言った。

「あの子は馬鹿よ」マンドーダリーは思った。父に新しい妻を持たせるため息子が戦うというのは、気に食わない。

インドラジットの妻スローチャナーは、ラークシャサたちが夫に喝采を浴びせるのを見つめた。彼女はナーガ族の出身で、持参金として多くのナーガ・パーシャを持ってきており、インドラジットはそれを戦いで使っていた。だが鷲がラーマの味方についた以上、ナーガ・パーシャの矢でも夫を助けられるかどうかわからない。

　激しい戦いが繰り広げられた。インドラジットが妖術の力を使ったため、戦いはいっそう複雑になった。彼は自分の戦車を見えなくし、ラーマやラクシュマナの気をそらす幻を作り出すことができた。シーターが空飛ぶ戦車に乗せられて猿の軍団の頭上で惨殺される、という幻を見せたこともある。ラーマは、インドラジットがこれまでに出会ったどんな戦士よりも敏捷で頭がいいことを悟った。インドラジットは、ラーマが簡単に打ち破れない戦士であることを悟った。彼を出し抜くには狡猾さが必要だ。

　ラーマが常にラクシュマナから目を離さず、弟の無事を確かめていることに、インドラジットは気がついた。ラクシュマナがラーマの弱点だ。ラクシュマナを倒すことができれば、ラーマは落胆のあまり戦いを続けられなくなるだろう。そこでインドラジットはラクシュマナに全精力を注いだ――ラクシュマナ目がけて矢の雨を浴びせた。ラクシュマナはインドラジットが放ったすべての矢をかわした。だが一本が防御をくぐり抜け、心臓のすぐ横に刺さった。蠍に刺されたような激しい痛みが襲う。ラクシュマナは、大蛇に巻き付かれて命を絞り取られるかのように感じて倒れた。血の中を炎が駆けめぐっているようだ。痛みは耐えがたい。彼の悲鳴に、戦いは止まった。インドラジットは倒れたラクシュマナの体をつかんで都の中へ引き込

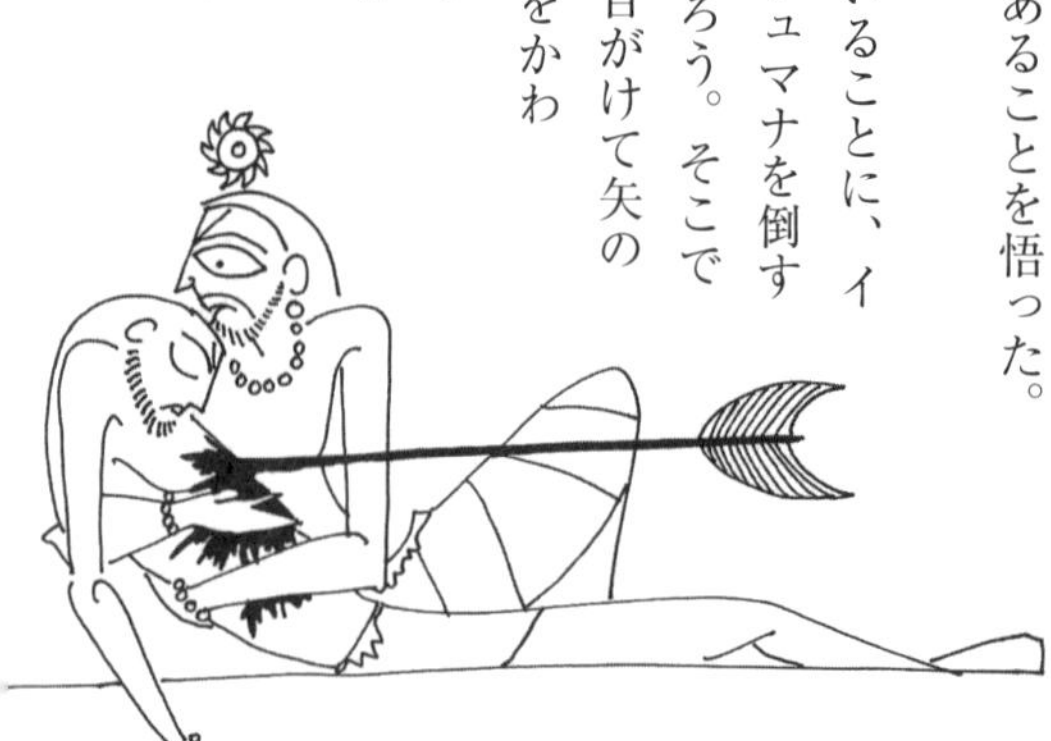

もうとしたが、ハヌマーンが猛然と走ってきてインドラジットを押しのけ、ぐったりしたラクシュマナの体を保護した。
ラーマが駆け付けたとき、ラークシャサたちはインドラジットがようやく戦いを好転させてくれたことに喜び、勝利の歌を歌いながら退却していくところだった。ラーマはとてつもない悲しみに沈んだ。「私はシーターを守れなかった。ラクシュマナも守れなかった。アヨーディヤーに戻ったとき、母上になんと言えばいいのだ？　私は一人でアヨーディヤーに帰ることになるのか？　そもそもアヨーディヤーに帰るべきなのか？」

Column

❖ダシャラタとラーマとの関係は、ラーヴァナとインドラジットとの関係とは対照的である。ダシャラタが息子を守ろうとする父親なのに対して、ラーヴァナは息子を利用しようとする父親だ。ダシャラタは王としての掟に従って息子を追放することを強いられたのに対して、ラーヴァナは怒りと肉欲ゆえにシーターの解放を拒み、そのためインドラジットにラーマとの戦いを強いる。

❖ラーマは神かもしれないが、シーターが拉致されたりラクシュマナが傷つけられたりしたときの悲しみのように、人間的な感情を露わにすることもある。一部の学者は、これはリーラー、つまり演技だと考えている。神が人間的な経験をしたり感情を示したりするのはヒンドゥー教の特徴であることには、誰もが同意する。

ハヌマーン、救助に向かう

毒がラクシュマナの血に乗って全身に広がるのを見て、年老いた熊のジャーンバヴァトは、ラクシュマナを救えるのはサンジーヴァニーという薬草だけだと言った。その薬草は、遠く離れたヴィンディヤ山脈の北にあるヒマラヤの斜面の、薬草の丘ガンダマーダナに生えているという。「日の出までにその薬草をここに持ってこなければならぬ。それができる者がいるとすれば、ハヌマーンだ」

ハヌマーンは直ちに空中に跳び上がり、北へと向かった。その様子を塔から見たラーヴァナは、ハヌマーンの任務を妨害するため、時間を自由に行き来できて変身能力を持つカーラネーミを遣わした。

ハヌマーンはほどなくガンダマーダナに到着し、一人の賢者に出迎えられた。賢者は、ハヌマーンが湖で沐浴したら魔法の薬草がどれかを教えると言った。薬草は神聖なの

で、不潔な手で触れてはならないのだ！

ところが湖には、ハヌマーンを食べようと待ち構えている巨大な鰐がいた。ハヌマーンが鰐と戦っていると、鰐は女の声で言った。「私はアプサラスです。猿に打ち負かされるまで鰐として生きる、という呪いをかけられていました。あなたが私を打ち負かして解放してくださるなら、このことを知っておいてください。あなたが山のふもとで会った賢者は、賢者などではありません。あなたを滅ぼすためにラーヴァナが遣わしたカーラネーミです」

ハヌマーンは鰐を打ち負かすことができた。そしてカーラネーミを踏み潰し、魔法の薬草を捜しに行った。時間はなくなりつつある。もうすぐ太陽が昇る。そうしたら何もかも終わりだ。

さらに悪いことに、天空を支配するラーヴァナは、抵抗する太陽の神スーリヤを定刻より早く昇らせようとした。それに気づいたハヌマーンは太陽をひっつかんで腋の下に挟んだ。

それから薬草を求めて山を捜索した。月光のもとでは、植物を見分けるのは難しい。だから彼は、山ごとランカーに運んでジャーンバヴァトに薬草を見つけさせることにした。ハヌマーンが体を大きくして山全体を引き抜き、片方の掌にバランスよく乗せ、太陽を腋の下に挟んだまま空に跳び上がって南方へ向かうのを、デーヴァ神族たちは呆気に取られて見つめた。

Column

❖寺院に飾られたハヌマーン像で最も人気があるのは、彼が片手に山を持ち、カーラネーミを足で踏んでいる姿である。

❖薬草が生える山は、ヒマラヤ山脈の山腹にある、ウッタラーカンド州バドリーの近くの〝花の谷〟だとされる。ここはガンダマーダナと呼ばれることもあれば、ドローナギリと呼ばれることもある。

❖ハヌマーンは偉大な戦士だが、ヴァールミーキの『ラーマーヤナ』では神と見られてはいない。彼の神格化は八世紀頃に始まった。ナンガー・バーバー（裸の苦行者）たちがハヌマーンをシヴァと同一視し、その後タミル・ナードゥ州のラーマーヌジャ（一二世紀）、カルナータカ州のマドヴァ（一三世紀）、インド北部で大きな影響力のあったラーマーナンダ（一四世紀）、マハーラーシュトラ州で人気のあったラームダース（一七世紀）といった学者や賢者がハヌマーンをラーマの理想的な信者と見たことによって、神格化が進んだ。

❖ガンジス川流域の平野部には、アカーラーと呼ばれる地元の演武場がある。そこには、ハヌマーンのように無条件にラーマに仕える強く禁欲的な戦士になることを願う男たちが集まる。彼らは暇を見つけてはボディビルに励んでいる。

❖ハヌマーンはインド全土で、身体鍛錬の守護神である。

ハヌマーンとバラタの出会い

南へ行くにはアヨーディヤーの上空を越えなければならない。山が空を飛ぶ不思議な光景は、都の住民を唖然とさせた。さらに興味深いのは、その山を運んでいる猿がラーマの名を唱え続けていたことだ。

コーサラ王国の管理者バラタはすぐさま弓に矢をつがえ、同じくラーマの名を唱えながら、山を運ぶ動物を狙って矢を射た。矢が刺さったハヌマーンは、バラタが暮らすナンディグラーマの近くに落ちた。「お前は誰だ?」バラタは問うた。「そして、なぜ我が兄ラーマの名を唱えている?」

ハヌマーンはバラタの足元に平伏した。「お母君が策略によってご自分のために獲得した王国を手放した、ラーマ様の弟君でいらっしゃいますか?　お会いできて光栄です」この猿が自分のことをよく知っているので、バラタは驚愕した。するとハヌマーンは自己紹介をし、ラーマが置かれた状況を伝えた。チトラクータで別れた以降のラーマの消息をまったく知らなかったバラタは、兄とシーターとラクシュマナの苦境を悲しみ、兄を助けてくれるハヌマーンに感謝した。

「スグリーヴァは我が兄に恩がある。だがお前は、なぜラーマに協力するのだ?」バラタは尋ねた。

「ラーマ様は私を、より良い者になろうという気にさせてくださるからです」ハヌマーンは言った。

猿の口からそのようなことを聞いて、バラタは微笑んだ。「けれど、もうすぐ太陽が昇る時間になります。あなたが介入なさったために私の旅は遅れてしまい、ラクシュマナ様の命を助ける薬草をお届けするのが間に合わないかもしれません」

「心配するな」バラタは言った。「私の矢に乗れ。そうしたら、この矢が夜明けまでにランカーに届くようにしてやろう」ハヌマーンはバラタの能力を全面的に信用し、手に山を持ち腋の下に太陽を挟んで、バラタの矢の上に乗った。バラタはその矢を南方に放った。讃歌とラーマの名の力を帯びた矢は、瞬時にハヌマーンをランカーまで送り届けることができた。

ジャーンバヴァトは山から魔法の薬草を見つけてラクシュマナに与えた。薬草がインドラジットの毒矢の悪影響を打ち消すだけの時間はあった。呼吸は正常に戻り、目は澄み、四肢に力がみなぎり、彼は跳び上がって戦いの構えを取った。

「そろそろ太陽を放してやってもいいだろう」ラーマは感謝に満ちた口調でハヌマーンに語りかけた。ハヌマーンは太陽のことをすっかり忘れていたのだ。彼が腕を上げると、スーリヤは空へと昇った。輝く朝日を浴びて猿たちが再びランカーへと行進するのが、ラーヴァナにも見えた。彼らはラーマの名を唱え、元気を回復して決然としたラクシュマナに率いられていた。

Column

❖バラタの介入の話は一〇世紀以降に書かれた地方版の『ラーマーヤナ』に見られる。

❖この物語は、召使いの猿ハメマーンの偉大さと、王の弟バラタの偉大さとの間の緊張関係を示している。ハヌマーンは山を運んで飛び、バラタの矢は山を運ぶハヌマーンを運ぶ。バラタはあたかもラーマの双子の弟のように見られている。
❖ヴァールミーキの『ラーマーヤナ』では、ハヌマーンは薬草の山を二度、ランカーまで運んでいる。
❖ラーメーシュワラムには、ハヌマーンによって南に運ばれた山の名残だとされる丘がある。

スローチャナー

ラクシュマナが生き返ったのでインドラジットは激怒した。そのとき一つの情報が届き、怒りは恐怖に転じた。ラクシュマナは一二年以上一睡もしておらず、その間苦行者として禁欲を貫いてきた、という。インドラジットが死ぬのはそのような者の手にかかったときだけだ、という予言がなされていた。

不安になったインドラジットは洞窟に引きこもり、女神カーリーへの礼拝を始めた。ラクシュマナからインドラジットを守れる者がいるとしたら、それは女神だけだ。

インドラジットが戦場にいないのを知ったラクシュマナは、怒れるライオンのごとく吼えた。ヴィビーシャナは言った。「インドラジットはきっと、女神に生贄を捧げて力を与えてもらうため、ニクンビラーの丘の内部にある洞窟に行ったのです。その試みが成功すれば、インドラジットは無敵になります」

「洞窟まで案内しろ。生贄の儀式を妨害しよう。インドラジットを殺すのだ」ラクシュマナは言った。

「わかっているのか、ラクシュマナ」ラーマは言った。「タータカーがヴィシュヴァーミトラの祭式を妨害したとき、我々はタータカーを悪魔と呼んだ。今はインドラジットの礼拝を妨害しようとしている。では我々も悪魔なのか?」

ラクシュマナはあまりに激しく怒っていたので、その状況の皮肉について考えることもできなかった。彼が猿の集団とともにヴィビーシャナについて洞窟へ行くと、インドラジットは儀式の最中で、女神を満足させるべく生贄を捧げているところだった。

猿たちは聖具を蹴散らし、インドラジットが座る茣蓙《ござ》を引き抜き、詠唱の声をかき消すほどの大声で叫んだ。ラクシュマナは弓を持ち上げ、インドラジットに決闘を挑んだ。

インドラジットは秘密の礼拝所を暴露した叔父に悪態をつき、ラ

クシュマナが放った矢に反撃して矢を放った。それは激しい戦いで、何時間も続いた。ラクシュマナとインドラジットの一騎打ちだったため、誰も介入しなかった。二人の戦士の肉体は何百本もの矢で貫かれたが、それでも戦いは続いた。ついにラクシュマナが三日月形の刃のついた矢を射て、インドラジットの頭を切り落とした。

矢はインドラジットの頭に刺さったままランカーのラーヴァナの広間へと飛んだ。「父上を失望させて申し訳ありません」インドラジットの頭はそう言って目を閉じた。

息子の切断された頭を見て、ラーヴァナは崩れ落ちた。マンドーダリーは胸をかきむしって嘆き悲しんだ。都は暗雲に覆われた。ランカーの最も偉大で最も崇高な戦士が死んだのだ。

インドラジットの妻スローチャナーは言った。「夫は完全な形で火葬しなければなりません。葬儀の前に、残りの体の部分を取り返して頭と一緒にしなくては」胴体は戦場に放置されており、それを取り返すため進んで戦場まで行ってヴァーナラたちと戦おうというラークシャサはいなかった。「では、私が自分で行きます」スローチャナーは言った。「だめ、行かないで」マンドーダリーは義理の娘を止めた。「そうしたら、敵はあなたを捕まえて人質にして、引き換えにシーターを要求するわ。あなたにひどいことをするかもしれないでしょう」「思い切ってやってみるだけです」スローチャナーは勇敢に言った。彼女は女性の集団とともに堂々と戦場まで歩いていき、猿に取り囲まれたインドラジットの頭のない体を見つけて、真っ直ぐラーマのところまで行った。「あなたと同じく、夫も従順な息子でした。そしてシーターがあなたの献身的な妻であるのと同じく、私も彼の献身的な妻でした。夫の体を返してください。ヴァイタラニー川を渡って死の神ヤマの国へ旅立つとき、夫が完全な姿でいられるようにさせてください」

夫人の気高さと勇気に感銘を受けたラーマは、インドラジットの体を引き渡した。スローチャナーは無言で体を引き取った。ラクシュマナやラーマや猿たちに憤っていたとしても、それを表に出しはしなかった。彼女は夫を止めようとしたが、彼が父親の頼みを断れないのはわかっていた。こういう結果になるのは覚悟していた。スローチャナーは潔く運命を受け入れたのだ。

Column

❖ビール族の一つの物語では、クベーラがラクシュマナに目を洗う魔法の薬を渡す。それを使うと、ラクシュマナは目に見えないはずのインドラジットが見え、殺せるようになる。こうしてクベーラはラクシュマナを利用してラーヴァナへの復讐を果たす。

❖物語によってはプラミーラと呼ばれることもあるスローチャナーが登場人物として現れるのは、中世以降である。インドラジットが蛇の矢を持つということから、彼には蛇の妻がいるというアイデアが生まれたのかもしれない。

❖インドラジットの妻はサティー（寡婦殉死）を行う。インドラジットを火葬する薪の上に横たわって自らも焼死するのだ。この慣行は現在は違法だが、長きにわたって、崇高な女性であることの印だと考えられていた。マハーラーシュトラ州、アーンドラ・プラデーシュ州、カルナータカ州の女たちは、気高きスローチャナーを賛美する歌を歌う。

❖聖女スローチャナーの物語は多くの映画になった。最初は一九二一年のサイレント映画。一九三四年には、カンナダ語による初の発声映画のテーマとなった。

❖一九世紀の詩人マイケル・マドゥスーダン・ダットはベンガル語でバラッド『メーグナード・ヴァド・カーヴャ』をホメロス風に書き、メーグナードを、ギリシア神話の英雄であり義務感から悪の側で戦ったヘクトルのインド版として描いた。ヘクトルは、メネラオスの妻ヘレネと駆け落ちしてギリシア人の怒りを買ったトロイの王子、パリスの兄である。ヘクトルは弟の行動を気に入らなかったが、それでも弟のために戦った。ヘクトルと妻アンドロマケとは愛し合っていた。インドラジットと、マドゥスーダン・ダットの作品中ではプラミーラと呼ばれる妻も、同じく愛し合っていた。ヘクトルは殺され、遺体はギリシアの英雄アキレウスに辱められるが、トロイの王プリアモスが変装して夜にアキレウスのもとへ行き、尊厳を持って火葬できるよう引き渡してくれと頼んだ。

クンバカルナ

「ラーマにはまったく眠らない弟がいる。私にはずっと眠ったままの弟がいるぞ」一年に一日だけ目を覚ます弟クンバカルナの存在を思い出し、ラーヴァナは叫んだ。

クンバカルナは苦行の成果で願いを一つ叶えてもらえることになった。インドラの玉座を求めたかったのに、うっかり言い間違えて眠りの女神ニドラーの玉座を求めてしまった。そのため彼は一年中眠ることになった。彼は目覚めた日には無敵になるが眠りを無理に中断されたらその日のうちに殺される、との予言がなされていた。

「都は猿どもに侵略されている。息子たちは死んだ。クンバカルナが自然に目を覚ますまで待てない。今すぐに起こせ」ラーヴァナは言った。

そのため、太鼓や法螺貝を持った楽師たちがクンバカルナの部屋に送り込まれ、彼を起こすべく耳障りな大音響を鳴らした。召使いはクンバカルナの目を開けさせようと先の尖った道具で彼を押したりつついたりした。どれも効果はなかった。最後に極上の香りがする食べ物が部屋に運び込まれると、そのにおいに反応して、クンバカルナはついに目覚めた。「兄上は俺を眠らせるよりも死なせたいらしいな」彼はあくびをし、伸びをしながら言った。

眠っている間の出来事を聞いたクンバカルナは、自分に何が期待されているかを悟った——絶対的

な服従だ。だから彼は武装して戦場に入っていった。

巨大なラークシャサを見て、猿たちは皆愕然とした。これほど大きな生きものは、誰も見たことがなかったのだ。彼らはクンバカルナに大きな岩を投げつけた。クンバカルナは体に砂利が当たったように感じた。猿たちは木を投げつけた。クンバカルナは小枝や木の葉にくすぐられているように感じた。クンバカルナが咆哮をあげると、それは雷鳴に聞こえた。彼が歩くと、大地は地震のように揺れた。

猿が一匹残らず恐怖で震えているのを見て、スグリーヴァはクンバカルナに猛然と向かっていった。だがクンバカルナはスグリーヴァの尾をつかんで捕獲し、奮闘ぶりをあざ笑った。簡単に諦めないスグリーヴァは自らの体をブンブンと振り、クンバカルナの耳をつかんだ。そして思い切り嚙み付いて耳たぶを引きちぎった。クンバカルナは痛みに悲鳴をあげ、スグリーヴァから手を離した。

突然、この悪魔は先ほどより無敵に見えなくなった。自信を取り戻した猿たちは、元気よく戦いを再開した。そしてラーマは弓に矢をつがえて巨人と対峙した。

一本の矢でクンバカルナを殺すことはできそうにない。だからラーマは次々と矢を浴びせて悪魔の体をばらばらにすることにした。一本の矢で左腕を、もう一本で右腕を、三本目で左脚を、四本目で右脚を、そして五本目で頭を切断する。巨人は予言通り、眠りが中断された日に殺された。

ラークシャサたちはクンバカルナの死についてラーマを責めたかった。しかし心の中では、それを引き起こしたのがラーヴァナの焦りであることを知っていた。

Column

❖ヴァールミーキの『ラーマーヤナ』では、クンバカルナが殺されたのはインドラジットより前になっている。話によって順序は異なり、カシミール語の『ラーマーヤナ』ではインドラジットのほうが先に殺されている。

❖寝てばかりいる人間を、俗にクンバカルナと呼ぶ。

❖クンバカルナは死ぬ前に、耳が猿によってずたずたにされたのをラークシャサたちに見られないよう、自分の頭を海に投げ入れてくれと頼む。

❖ネパールにあるカンチェンジュンガ山の衛星峰の一つはクンバカルナと名付けられている。戦いで殺されたクンバカルナの頭はここに落ちたとされている。

❖インドラジットが技を象徴しているとすれば、クンバカルナは物理的な力を象徴している。『マハーバーラタ』では、ユディシュティラにとってのアルジュナは、ラーヴァナにとってのインドラジット、ユディシュティラにとってのビーマは、ラーヴァナにとってのクンバカルナに相当する。王には、技に長けた戦士と力の強い戦士の両方が必要なのである。

❖インド北部の『ラーマ・リーラー』劇のクライマックスで、ラーマに扮した役者はラーヴァナ、インドラジット、クンバカルナの人形を燃やす。一説によれば、この慣習は中世にガンジス川流域の平野部で、イスラム支配の拒絶を象徴する行為として始まったという。

ターランセーン

やがて一人の戦士が戦場に現れた。猿もラーマも、このような戦士はいまだかつて見たことがなかった。ターランセーンと名乗ったその男は、全身くまなくラーマの名のタトゥーを入れていたのだ。ターランセーンはラークシャサたちを戦場に連れてきており、彼らは獲物を捕獲すると心に決めた狼の群れよろしく、ターランセーン配下で獰猛に戦った。

「どうして私にあの男が殺せよう？　彼は私を崇めているのだぞ」ラーマは言った。「我が名を用いて築いた砦を打ち破ることはできるのか？」

ヴィビーシャナは言った。「あいつの口を攻撃してください。歯を折り、舌を切り取るのです。そこにラーマ様のお名前は書かれていませんから。それがあいつの弱点です」

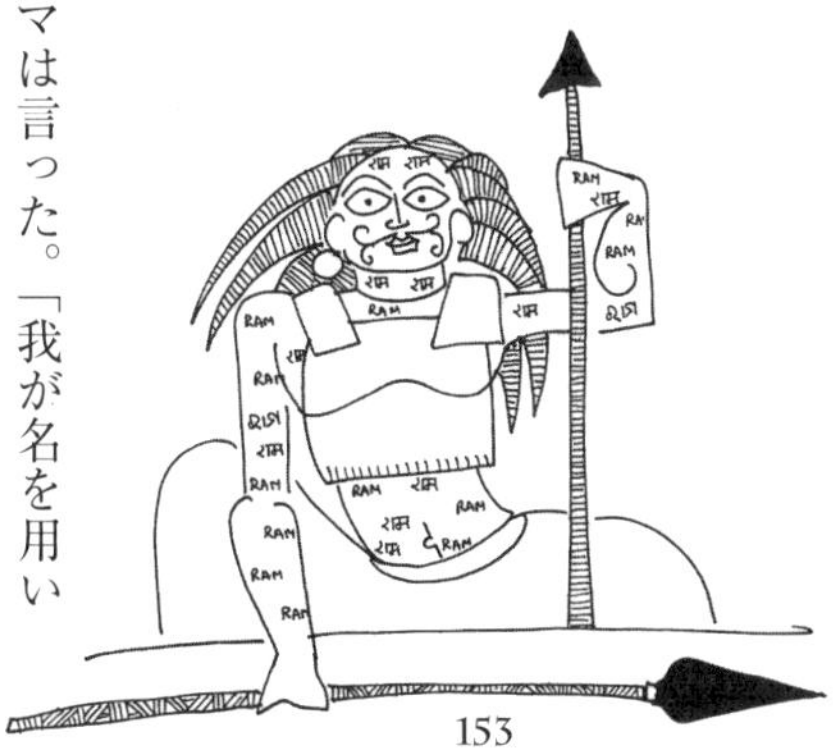

「しかし彼は、非常に信心深く私の名を唱えている」

「詠唱と詠唱の間の息継ぎのときに攻撃するのです」ヴィビーシャナは言った。

ラーマは言われた通りにした。そしてターランセーンは戦死した。

「この男もラーヴァナの息子か？」ラーマは尋ねた。

「違います」ヴィビーシャナの頬を涙が流れ落ちた。「私の息子です。非常に忠実なため伯父のもとを離れられず、非常に腹を立てていたため私を父と呼ぶこともできなかったのです」

Column

❖ターランセーンという登場人物はクリッティヴァーサーの『ラーマーヤナ』にのみ現れる。

❖『ダンディー・ラーマーヤナ』には、ラーヴァナの息子で偉大な戦士であると同時にラーマの熱心な信者でもあるヴィーラバーフという男が登場する。ヴィーラバーフはラーマと戦ってラーマを打ち負かすが、その後ラーマの足元にひれ伏し、自分を斬首してくれと請う。そうしたら彼はヴィシュヌの住まうヴァイクンタへ行って、輪廻転生から解放されるのだ。ラーマは断る。すると彼はラーマが斬首してくれるまでラーマを罵り続ける。これは､神を嘲ったり罵ったりすることで帰依を示すという、ヴィパリータ・バクティ（逆向きの帰依）の例である。

❖ラーマの名に力があるという考え方は、ラーマーナンダが特にインド北部でラーマ信仰を普及させた一四世紀以降に広まった。ラーマの名を唱えるのは、神の力を求めるのに最も効果的な祈りとなった。

マヒーラヴァナ

次にラーヴァナは、地下の国パーターラの王で友人のマヒーラヴァナに助けを求めた。マヒーラヴァナは女神カーリーを篤く信じる妖術使いである。女神に生贄として人間を捧げ、それと引き換えにシッダを得ている。「クンバカルナを殺したラーマを殺せ。インドラジットを殺したラクシュマナを殺せ。やつらを生贄にすれば、間違いなくもっと多くの力が手に入るぞ」ラーヴァナはマヒーラヴァナに言った。最初自分に何の危害も加えていない男を襲うのに躊躇していた偉大なる妖術使いも、ラーヴァナにそそのかされて、その気になった。

そのときヴィビーシャナはハヌマーンにこう言っていた。「クンバカルナとインドラジットが殺された今、ラーヴァナはきっとマヒーラヴァナに助けを求めるでしょう。ラーマ様とラクシュマナ様を守れるのはあなただけです。

あなたもシッダに恵まれているのですから」

それでハヌマーンは尾を伸ばして輪にし、砦を作った。そしてラーマとラクシュマナに、戦っていないときはその中で休んでおくようにと言った。ハヌマーンの許可がなければ、誰一人輪の中に入れないのだ。

マヒーラヴァナは何度もこの砦に入ろうと試みた。ジャーンバヴァトに変装し、カウサリヤーに変装し、ジャナカにも変装した。毎回ヴィビーシャナは変装を見破った。最後にマヒーラヴァナはヴィビーシャナに変装してハヌマーンを騙し、砦に入ることに成功した。ラーマとラクシュマナに呪文をかけ、地面に掘ったトンネルから二人をパーターラまで連れ去った。

拉致が明らかになると、ハヌマーンはトンネルに跳び込み、兄弟を助けるべくパーターラまでマヒーラヴァナを追った。

パーターラの入り口で、ハヌマーンは獰猛な戦士と会った。力は拮抗している。両者は長時間戦い、ハヌマーンは相手を圧倒するのは不可能だと悟った。「お前は誰だ？」彼は訊いた。

「マカラドゥヴァジャ、ハヌマーンの息子だ」相手は答えた。

「ありえない。私はハヌマーンであり、妻などいない。生涯禁欲を貫いている」

マカラドゥヴァジャはハヌマーンが本物であるという証拠を要求した。

「パーターラのそれぞれ異なる五カ所にランプが灯っている。それを全部同時に吹き消すことができたら、私はあなたが本当にハヌマーンだと信じよう」

　するとハヌマーンは新たに四つの頭を生やした。猪、鷲、馬、ライオンの頭だ。そして五つの口から激しく息を吐き、パーターラの五つのランプを吹き消したので、マカラドゥヴァジャは彼が本物のハヌマーンだと確信した。

　彼は自らの出生について明らかにした。ハヌマーンが海の上を飛んでランカーに向かっているとき汗が海中に落ち、それをマカラドゥヴァジャの母親である魚が飲み込んだために、マカラドゥヴァジャが生まれたのだという。彼は賢者たちからパーターラの門を守るよう命じられた。そこで父親に会うことになるからだ。

　マカラドゥヴァジャは父にお辞儀をして言った。「パーターラには、もう父上を止める者はおりません。私が父上をお通しいたします」

　その言葉通り、パーターラの者は誰一人ハヌマーンを止めなかった。彼は、ラーマとラクシュマナが鎖でつながれ

て生贄にされようとしている場所に行き着いた。二人は体にターメリックを塗られ、赤いハイビスカスの花で飾られ、おいしい料理を与えられていた。「お前たちは幸運だ。女神に捧げられるのだぞ」パータラの住人たちは言った。

ハヌマーンは蜂に変身してラーマのそばまで飛んでいき、この苦境から逃れる方法を教えた。生贄の祭壇に連れていかれたラーマは、頭を切り落とせるよう前屈みになれと命じられたとき、ハヌマーンに言われた通りのことを口にした。「私はラグ王家の長男、アヨーディヤーの王子である。生まれてこの方、一度も頭を下げたことがない。偉大な妖術使いに手本を見せてほしい」

生贄にされる者の願いはすべて叶えねばならないため、マヒーラヴァナはひざまずき、生贄の祭壇に首を置いてみせた。次の瞬間、ハヌマーンは電光石火のごとく動いた。生贄用の剣を拾い上げて、一撃でマヒーラヴァナの頭を切断したのだ。

こうして生贄の儀式は完了した。生贄に満足した女神は、ハヌマーンを祝福して言った。「ラーマがこの世から去ったときには、私の守護者として仕えよ」

「でも、ラーマ様は決してこの世をお去りになりません」ハヌマーンは言った。それを聞いて女神は微笑み、ラーマも微笑んだ。

ハヌマーンがラーマとラクシュマナを肩に乗せてパータラを出ようとしたとき、マヒーラヴァナの妻チャンドラセーナーが行く手に立ち塞がった。ハヌマーンは彼女を蹴りのけた。

チャンドラセーナーはマヒーラヴァナの子を身ごもっていた。母親が乱暴に扱われたことに激怒した胎児のアヒラヴァナは、完全に成長した戦士の姿で母親の子宮から出て、ハヌマーンに決闘を挑んだ。

ハヌマーンはアヒラヴァナを踏み潰し、パータープラを跳び出して地上に戻った。

Column

❖ラーマの拉致とハヌマーンの地下への旅の話は、サンスクリット語の『アドブタ・ラーマーヤナ』に由来する。これにはファンタジーの要素があり、そのため宗教的説話よりも娯楽色が濃くなっている。

❖ラーマはかつてランカーを炎上させたことでハヌマーンを叱責した。以来ハヌマーンは、決して出過ぎた行動をせず、ラーマに従うだけにすると決意した。ハヌマーンに方針を変えさせて再び積極的にさせるため、神々は彼をパータープラへ行かせるよう画策した。ラーマは囚われの身であるため、ハヌマーンは自分で決断を下さねばならないのだ。

❖トゥルスィーダースが一六世紀にアワディー語で書いた、ハヌマーンを称賛する四〇行の讃歌『ハヌマーン・チャーリーサー』によれば、ハヌマーンには八つのシッダの力があった。大きくなる力、小さくなる力、変身する力、敵を圧倒する力、きわめて重くなる力、きわめて軽くなる力、どこにでも移動できる力、そしてどんな願いも叶える力である。

❖ハヌマーンはその純潔さで高名であるため、ハヌマーンに子どもがいるというのは不都合な考えである。

❖インド中に、パーターール・ハヌマーン（地下世界へ行ったハヌマーン）、ダクシン・ムキー・ハヌマーン（死の方角である南を向いたハヌマーン）、パンチャ・ムキーまたはダーサ・ムキー・ハヌマーン（五個または一〇個の頭を持つハヌマーン）の寺院がある。こうして祀られるハヌマーンはラームダース（ラーマに仕える者）ではなく、独立したマハーヴィールまたはマハーバリー（偉大な英雄）である。

❖ライオン、馬、鷲、猪の頭を生やしたハヌマーンの像は、カルナータカ州のマドヴァ派の信者に人気がある。『マハーバーラタ』に登場するクリシュナの真の姿に外見が似ているからだ。

❖マヒーラヴァナがアヒラヴァナと呼ばれている物語もあれば、マヒーラヴァナはアヒラヴァナの父親だとする物語もある。

❖クリッティヴァーサーの『ラーマーヤナ』によれば、マヒーラヴァナの生まれたばかりの子どもは成長した戦士だった。息子は胞衣《えな》に覆われて裸だったが、それでも父親を殺した相手と戦った。

❖ギリダルによるグジャラート語の『ラーマーヤナ』では、マヒーラヴァナの妻チャンドラセーナーは、ラーマと結婚できることを当てにして夫を裏切る。ラーマは彼女との結婚を拒むが、自分がクリシュナとして生まれ変わったとき彼女はサティヤバーマーとして生まれ変わって彼の妻になることを約束する。

❖絵画では、ハヌマーンは女を踏んでいる姿が描かれることがある。女はシュールパナカーとされることもあれば、チャンドラセーナー、あるいはパンヴァティーとされることもある。パンヴァティーは占星術上の悪の力であり、ハヌマーンの力で打ち負かすことができる。こうしたハヌマーンの女嫌いの側面は、信者にあまり評判がよくない。

❖インドラジットやマヒーラヴァナにとっての主神（イシュタ・デーヴァター）は女神である。このように、『ラーマーヤナ』では女神信仰の存在が感じられる。

ラーヴァナの妻

地上に戻ったハヌマーンは、ラーヴァナが女神カーリーを呼び出そうとしていることを知った。ラーヴァナはマヒーラヴァナの敗北を知って恐れおののいているのだ。もしもラーヴァナが成功したなら、彼は戦いにおいて無敵になる。

ハヌマーンはアンガダを伴ってランカーに急行し、噂が真実であることを確認した。彼は暴れて、女神に捧げられた聖具や果物や花の籠を蹴散らした。ラーヴァナの気をそらそうと、吼え、叫んだ。しかしラーヴァナは瞑想に没頭していて、儀式を止めようとはしなかった。

とうとうアンガダはマンドーダリーの服をつかんで剝ぎ取り始めた。マンドーダリーは悲鳴をあげた。「どういうこと、ラーヴァナ？　あなたは、妻である私を猿がこんなふうに扱うのを許しておくの？」

ラーヴァナは妻の憐れな叫びを無視できなかった。儀式を

中断し、妻を助けに来た。アンガダはすぐさまマンドーダリーを解放し、ハヌマーンとともに戦場に戻った。任務は成功に終わったのだ。

Column

❖ラーヴァナがシヴァを呼び出す伝承もあれば、カーリーを呼び出す伝承もある。こうした話は地方版の『ラーマーヤナ』、とりわけベンガル地方のものによく見られ、シヴァ派やヴィシュヌ派と並んで女神信仰のシャクティ派が台頭してきたことを示している。

❖クリッティヴァーサーの『ラーマーヤナ』では、ハヌマーンはカーリーへの讃歌を記した文書の文字を消してしまい、そのためラーヴァナは女神を呼び出せなくなる。

❖この、マンドーダリーがアンガダに手荒な扱いを受けたというエピソードは、『アディヤートマ・ラーマーヤナ』をはじめとするいくつかの地方版『ラーマーヤナ』に見られる。しかし、インドの叙事詩において、敵の妻をもてあそぶことはあまり好まれない。これは、トロイの女が犯されて奴隷にされた例が多く見られる『イリアス』のような古代ギリシアの叙事詩とは対照的である。

❖東南アジア版では、ラークシャサの多くの女がハヌマーンと恋に落ちる。これはインド亜大陸では好まれなかった。

❖ハヌマーンがインドラジットやラークシャサの祭式や儀式を妨害したことは、シヴァがダクシャの祭式を台無しにしたことと呼応している。

❖祭式やプージャー（儀式）を妨害したために企みが失敗に終わったという話は、人々が行う過度の儀式や妖術に注意を向ける。魔法よりもバクティ（愛情のこもった帰依）を重んずる人々は、こういう慣習に眉をひそめていた。

青い蓮

ラーマは言った。「インドラジットはカーリーを崇めていた。マヒーラヴァナもカーリーを崇めていた。ラーヴァナもカーリーを崇めている。私もカーリーを崇めるべきかもしれない。だが、彼らが人間を生贄にして恐怖を捧げているのに対して、私は一〇八の蓮によって愛だけを捧げよう」

こうして一〇八の蓮の花が集められ、ラーマは女神への礼拝を始めた。女神の多くの名を唱え、名前一つにつき蓮の花を一つ捧げた。カーリーは自らへのラーマの献身を試すため、蓮の花の一つを消した。そのため、一〇八個目の名前を唱えているとき、ラーマは蓮が一つ足りないことに気づいた。

儀式を止めたくなかったラーマは、蓮の代わりに自分の目を捧げることにした。母は彼が蓮のような目をしていると言っていたからだ。彼は一本の矢を取って、自分の目をくり抜こうとした。そのとき女神がドゥルガーの姿となってラーマの前に現れた。ドゥルガーはカーリーと同じくらい荒々しく、ガウリーと同じくらい慎ましく、花嫁のように見えながら、ライオンにまたがって戦場に跳び込もうと身構えている戦士でもある。「止めなさい」女神は言ってラーマを祝福し、戦いにおけるラーマの勝利を保証した。

こうしてラーマは、シャクティであるドゥルガーの祝福を受けて戦いに臨んだ。ラーヴァナはシヴァの名を唱えながら戦いに臨んだ。

Column

❖ラーマがドゥルガーに自分の目を捧げるという話はベンガル地方で人気がある。ダシェラの祭では、ラーマが女神に一〇八の蓮を捧げたことを記念して一〇八個のランプが灯される。

❖春には九日間にわたって夜に女神への礼拝が行われる。ラーマは女神への礼拝を秋に移行させた。そのため、秋に行われるドゥルガーへの礼拝は、アカーラ・ボーダン（季節外れの祈り）と呼ばれる。

❖ヒンディー語の偉大な詩人スーリヤカント・トリパティ・〝ニラーラ〟は、ベンガル語の『ラーマーヤナ』に収められたこのエピソードをもとに、代表的な詩『ラーマ・キ・シャクティ・プージャー』（ラーマのシャクティ崇拝）を書いた。

❖このエピソードは、目標を達成するためには自分自身を犠牲にすることが必要であると述べている。

❖ドゥルガーはカーリーほどは荒々しくなく、ガウリーほどはおとなしくない。中間の立場にあり、花嫁であり戦士でもある。カーリーはラークシャサにより近く、ドゥルガーはラーマにより近い。文明を体現しているのはラーヴァナでなくラーマであることの表れである。

ラーヴァナ斃《たお》れる

ラーヴァナの息子たちは死んだ。弟たちは死んだ。友人たちは死んだ。兵士たちは死んだか、もしくは死にかけている。都は負傷者で溢れている。目を、耳を、手を、足を失った者。多くは身体的にも精神的にも傷ついている。猿の叫び声が響いて、人々は一晩中眠れずにいる。塔は焼け、壁は崩れた。堀は腐りかけた死体で溢れている。悪臭は耐えがたい。子どもたちは帰らぬ父親を恋しがって泣き続ける。かつて快楽の園だったランカーは、幽霊と未亡人の町と化した。彼らの不幸な顔が通りに並び、ラーヴァナはついに自ら敵と対決する決意を固めた。

「あの女を諦めてください」マンドーダリーは言った。

「だめだ」ラーヴァナは相も変わらず強情だった。

彼はいつも通り堂々と行進した。戦車は立派な馬に引かれ、両脇に象や兵士や楽師を従えている。

だが兵士の足取りは重く、音楽は自信を呼び起こしてくれない。それでも、ラークシャサの王が二〇本の腕に弓と矢を持ち、両側で旗がなびき、一〇個の頭が挑むように敵をにらみつけている姿は、壮観だった。

「猿たちをよく訓練したな」戦車もなく、ハヌマーンの肩に乗ったラーマを、ラーヴァナは嘲笑した。

「彼らは戦いたいから戦っている。お前の部下のラークシャサたちは、しかたがないから戦っている」ラーマは言った。

「ランカーは決してお前のものにならないぞ」

「これは侵略ではない。救出だ。私はランカーなどいらない。欲しいのはシーターだけだ。彼女を解放してくれれば事態は収まる」

「断る」ラーヴァナは弓を掲げた。

ラーマとラーヴァナが祝福を求めてシヴァに祈ると、シャクティはシヴァに尋ねた。「どちらの味方をするつもりか?」

「もちろん両方だ。ラーマは勝つ、彼はラーヴァナに理

を悟らせるからだ。ラーヴァナは勝つ、彼はついに目を開くからだ」シヴァは答えた。

戦場で双方の側から立派な矢が放たれた。ラーヴァナは自分の矢でラーマの矢の方向を変え、ラーマは自分の矢でラーヴァナの矢の方向を変えた。

ラーヴァナは思い出していた。鼻から血を出していたシュールパナカー、ハヌマーンの嘲るような尾、ランカーの炎上する塔、ヴィビーシャナの裏切り、インドラジットの火葬の薪に横たわるスローチャナー、ばらばらにされたクンバカルナの体、ターランセーンの引き裂かれた口、マンドーダリーの嘆き。思い出せば思い出すほど怒りは募った。一方ラーマは、壁の向こうのどこかで静かに彼を待つシーターのことを考え続けた。考えれば考えるほど心は落ち着いていった。

最後にラーマが放った矢は、ラーヴァナの頭の一つを胴体から切り離した。ところが驚いたことに、新たな頭が現れた。ラーマはもう一本矢を放って、その頭も切断した。だが、またもや別の頭が現れた。落ちた頭は馬鹿にするように笑った。

「ラーヴァナは臍に不死の霊薬を隠しています」ヴィビーシャナがささやいた。「ブラフマーから授かったものです」

ヴィビーシャナがささやくのを見て、ラーヴァナは怒りの咆哮をあげた。「我々は愛して信頼する相手に、自分の弱点を教える。お前はそれを利用して、この人殺しに私の弱点を教えている。自分が王になりたいがために！」

「私は兄上とは違います」兄に届くことを願って、ヴィビーシャナは声を張り上げた。だがラーヴァナは聞く耳を持たなかった。言葉を交わす時間は終わった。ラーヴァナは弟への悪態をつぶやきながら、ラーマに向かって矢を放ち続けた。

ラーマはラーヴァナの臍《へそ》を狙うのをためらった。戦争において将軍は相手の将軍の頭か心臓だけを狙うべきであり、それ以外の場所を狙ってはいけない、と父から言われたのを覚えている。それが正しいことなのだ。兄の頭の中で駆けめぐる思いを察知したラクシュマナは、ラーマとラーヴァナの間に入り、弓を掲げて矢を射た。それはラーヴァナの臍に命中して霊薬の壺を破壊し、ラーヴァナを無力にした。

「なぜそんなことをした？」ラーマは弟に向き直った。

「兄上はなさろうとしませんでしたし、誰かがする必要があったからです」ラクシュマナは言った。「さ、考えたり疑問を抱いたりせず、やるべきことをするのです」

ラーマは、ブラフマーの孫、バラモンを自称しながら決してブラフマンを見出そうとしない男を殺すため、ブラフマーの力が満たされた世界最大の矢、ブラフマーストラを放つことにした。

適切なマントラを唱えながら矢をつがえ、ハヌマーンの肩の上から矢を放つ。矢はラーヴァナの心臓を貫いた。ラーヴァナは地面に倒れた。皆が驚いたことに、ラーマの名を唱えながら。

唖然とした沈黙が広がった。ヴァーナラたちは、ラーヴァナがついに敗れたのが信じられなかった。ラークシャサたちは、偉大な無敵の指導者が本当に打ち負かされたのが信じられなかった。太陽は移動を止めた。雲はじっと動かなくなった。風はやんだ。ラーヴァナが斃れたのだ。そう、ヴィシュラヴァスの息子、プラスティヤとブラフマーの子孫は、二度と起き上がらないだろう。

Column

❖ヴァールミーキの『ラーマーヤナ』では、ラーヴァナが戦車の上に立たない戦士との戦いを拒んだだめ、インドラはラーマのために戦車とその御者を送り込む。

❖東南アジアの多くの物語と多くの民話で、ラーヴァナを殺したのはラーマでなくラクシュマナとされている。

❖ジャイナ教の聖典では、六三人の偉人（シャーラーカプルシャ）が存在するとされる。九組の英雄、一二人の王、悟りを開いた二四人の賢者である。英雄は必ず、暴力的な英雄（ヴァースデヴァ）、平和的な被害者（バラデヴァ）、悪人（プラティヴァースデヴァ）が一組になっている。『ラーマーヤナ』はそうした一組の英雄の物語である。バラデヴァはラーマ、プラティヴァースデヴァはラーヴァナ、そしてヴァースデヴァはラクシュマナ。そのため、ラーヴァナを殺すのはラーマでなくラクシュマナでなければならないのだ。

❖ビール語の『ラーマーヤナ』では、ラクシュマナはラーヴァナの生命が宿った蜂を殺す。

❖プラーナによると、ラーヴァナはあらゆる生きものから守ってくれるようブラフマーに求めたものの、人間を恐れていなかったので人間からの保護は求めなかった。この抜け穴をヴィシュヌは利用し、ラーマの姿を取ってラーヴァナを殺す。

❖カンバンによるタミル語の『ラーマーヤナ』では、ラーヴァナがシーターに抱いている愛や、彼がシーターを閉じ込めている心の中の場所を探して、ラーマの一本の矢がラーヴァナの体を何度か貫く。

❖ラオスの『ラーマーヤナ』では、プララム（ラーマ）は仏陀の前世、ラーヴァナは欲望の悪魔マーラだとされる。

❖賢者アガスティヤはラーマに、勇気と力を戦士に与えてくれる太陽神への讃歌、アーディティヤフリダヤムを教える。

❖テルグ語のある『ラーマーヤナ』によると、矢は敵の顔に向けてしか射てはならないという行動規範のため、ラーマはラーヴァナの臍を狙うのを拒む。それでハヌマーンは父親である風の神ヴァーユに頼んで矢の方向を変えてもらい、ラーヴァナの臍まで下降させる。

❖ダシャラーの祭の日、ラージャスターン州のムドゥガル・ゴートラ［ゴートラは同じ聖仙を始祖とするバラモンの氏族組織で、その聖仙の名をつける］のダヴェーというバラモン集団は、ラーヴァナの葬式（シュラーッダ）を執り行う。同じ日、カーンプルにあるラーヴァナを祀る寺院の扉が開かれる。その寺院は一九世紀に建立されたもので、ラーヴァナはシヴァとシャクティの祠の守護者と考えられている。

❖ラーヴァナはタイの多くの寺院において、恐れられ敬われる門番で守護神である。

❖ラーマもラーヴァナもシヴァの信者である。アヨーディヤー（ウッタル・プラデーシュ州）、チトラクータ（ウッタル・プラデーシュ州）、パンチャヴァティー（マハーラーシュトラ州）、キシュキンダー（カルナータカ州）、ラーメーシュワラム（タミル・ナードゥ州）など、ラーマと関係する場所にはすべて、シヴァを祀る寺院がある。ラーヴァナはゴーカルナ（カルナータカ州）、ムルデシュワル（カルナータカ州）、カキナダ（アーンドラ・プラデーシュ州）、バイディヤナート（ジャールカンド州）にシヴァ寺院を建立したと信じられている。

❖俗に、ヴィビーシャナは家族の秘密を明かした裏切り者として軽蔑されることが多い。だが同時に、ラーマの信者として敬われてもいる。

ラーヴァナから知識を得る

ラーヴァナは地面に横たわり、苦しげに息をして、死が訪れるのを待っていた。「急げ」ラーマはラクシュマナに言った。「ラーヴァナのところへ行って知識を授けてもらえ。彼は多くのことを知っている」

それでラクシュマナはラーヴァナのところへ行き、見下ろして言った。「私は、妻をさらった罪でお前を罰したラーマの弟、ラクシュマナである。兄には勝利者として、お前が所有するすべてのもの

を得る権利がある。お前の知識もだ。お前に少しでも徳義があるなら、死ぬ前にお前の知識を兄に伝えよ」

ラーヴァナは黙ってそっぽを向いたのでラクシュマナは腹を立て、ラーマに状況を報告した。

ラーマは言った。「彼は、自分の兄の住まいを奪い、他人の妻を奪った男だ。なのにお前は、無礼で横柄に自分の権利を振りかざし、要求したものを彼が素直に渡すことを期待した。お前はラーヴァナという者を理解していないようだ」

そこでラーマは自分の武器を外してラーヴァナのところまで歩いていき、ラーヴァナの足元に座り、合掌して、穏やかな口調で話しかけた。「気高きお方、ヴィシュラヴァスとカイカシーの息子、シヴァの信者、シュールパナカーやヴィビーシャナやクンバカルナの兄、インドラジットの父、ターランセーンの伯父、マヒーラヴァナの友、マンドーダリーの夫、私はあなたに平伏します。私はラーマ、あなたの妹を傷つけた者、その罪に対してあなたが当然の罰を与えた者です。私はラーマ、あなたに妻をさらわれた者、その罪であなたに当然の罰を与えた者です。今、我々に貸し借りはありません。しかし私は、あなたが遺産としてこの世に残すことを望んでおられる知識を、あなたから授かりたく存じます」

消えかけていたランプが新たに油を注がれて明るくなるように、ラーヴァナの目はパッと輝いた。

「私はあなたをきちんと見ていなかったようだ、ラーマ。私は、妹が憎む男、弟が尊敬する男、妃たちが称賛する男、シーターが愛する男しか見ていなかった。あなたは、私の知識を求めることによって、私がついに心を広げてヴェーダの本質を見出せるようになるのを望んでいるのだろう。私はあらゆる讃歌やあらゆる儀式を知っていながら、ヴェーダの本質を理解していなかった。あなたは、好奇心によって教師をさらに賢くしてくれる理想的な生徒だ。あなたには敬服する。受け取るためには与えねばならない、とブラフマーは言う。だがほとんどの者は、インドラと同じく、与えることなく受け取ろうとする。シヴァは何も求めていないので、与えたり受け取ったりすることに頭を悩ませていない。しかし、ヴィシュヌであるラーマだけは、率直に与えることによって受け取っている。だからこそシーターは、私でなくあなたについていくのだな」

そうしてラーヴァナは最期の息を吐いた。

Column

❖ラーマがラーヴァナの足元に座ったという話は、クリッティヴァーサーによるベンガル語の『ラーマーヤナ』などの地方版に見られる。ヴァールミーキの『ラーマーヤナ』にはない。

❖『ラーマーヤナ』も『マハーバーラタ』も、英雄の勝利でなく知識の伝授で終わり、戦争とは物でなく思想をめぐる争いであると指摘している。*

❖人を見ることを〝ダルシャン〟と言う。これは単に具象的で測定可能なものを見定めるだけの意味ではない。人の本質を深くまで見通して自分の本質に反映させることを意味している。『ラーマーヤナ』の中でラーマは何度も、感情の赴くまま拙速に判断を下すラクシュマナを、対象の真の姿を見ていないと戒める。

❖猿とラークシャサとの戦いは八日間続いたと言い伝えられており（一〇日間と言う者もいる）、九回の夜を意味するナヴァラートリの祭で祝われる。その祭のクライマックスは、一〇日目の勝利を意味するヴィジャヤダシャミ（ダシャラー）である。

ヴィビーシャナの戴冠

どれほど兄に対して道義的な怒りを抱いていても、やはりラーヴァナが死んだときヴィビーシャナは大きな喪失感を覚えた。彼は戦場で涙に暮れ、一方マンドーダリーは宮殿の中で号泣した。マンドーダリーが泣くのを聞いて、ランカーのすべての女は胸をかきむしり、地面の上でのたうち回り、どう

＊『マハーバーラタ』において敵軍の将軍ビーシュマがユディシュティラにさまざまな教説を残して死んだことを指している。

しようもない悲しみに沈んだ。そして、生まれてから一滴の涙も流したことのなかった男たちは、さながら親を亡くした幼児のように泣き喚いた。シーターはトリジャターを抱き締めて慰めた。

「あなたにとっては、今日は幸せな日なのでしょうね。ようやく解放されたのですから」トリジャターは言った。

「このような悲しみの海から、本当に喜びが生まれるの？」

ジャナカの娘の心に湧き上がったのは、そんな疑問だった。

葬儀が行われるとき、偉大な王に敬意を表するため都中の人々がランカーの城の外に集まった。ラーマは、ヴァーナラであろうとラークシャサであろうと戦死した者は皆きちんと荼毘に付すべきだと言い張った。「死者は誰の敵でもない」彼は言った。油漬けにして保管されていたインドラジットとクンバカルナの遺体は、ランカーを防御して死んだほかの兵士とともにラーヴァナの横に安置された。巨大な炎がラーヴァナとその臣下たちを包んだ。灰は海に撒かれ、烏には食べ物が与えられた。烏は喜んでカーカーと鳴き、ラーヴァナがついにヴァイタラニー川を渡って死者の国へ行ったことを皆に知らせた。

弔いが終わると、男たちは沐浴をして体についた血を洗い流した。女たちは涙を拭いて顔を洗い、髪を結い上げて花を飾り、きれいな服を着て体に香水を振りかけ、黄金で身を飾った。「古い王はいなくなった。新たな王を迎えるべきときだ。軍隊には常に指揮者が必要なのだ」

ターメリック水がヴィビーシャナに注がれた。彼は朱を塗られ、蓮の花の冠を与えられ、弓を持たされた。マンドーダリーはヴィビーシャナの銀の足環をラーヴァナの金の足環と取り替えた。この行為によって、ランカーの王妃はヴィビーシャナをランカーの新たな王として受け入れたのだ。ヴァーリの死後ターラーがスグリーヴァの隣に座ったように、マンドーダリーはヴィビーシャナの隣に座った。

「そなたが前王の妃を、戦利品としてでなく、愛情から受け入れることができるように。王国もそこに住む女たちも、そなたの所有物と見られることがないように。そなたが支配によって富を得ることがないように。そなたが苦行と祭式によって心を広げ、他の者にもそうさせられるように。そうして、そなたがラークシャサたちをジャングルの生き方からダルマに沿った生き方へと導いていけるように」ラーマは言った。

Column

❖ラーヴァナはナヴァラートリの祭の九晩目に殺され、一〇日目に火葬される。

❖アッサム州の民間伝承によれば、掌を丸めて耳に当てるとラーヴァナの火葬の炎がまだ燃えている音が聞こえるという。

❖スグリーヴァやヴィビーシャナがラーマを助けたのは、それぞれの兄を打倒するためだった、と論じることは可能である。しかし、そのような野心は『ラーマーヤナ』の根底に流れるテーマではない。それは『マハーバーラタ』に見出せる。

❖のちにヴィビーシャナはパーンダヴァのユディシュティラの戴冠式に出席するが、自分はラーマにしか平伏しないと言って、ユディシュティラの足に触れることは拒否する。するとクリシュナはユディシュティラに平伏し、すべての王はラーマに似つかわしくない行動を取らない限りラーマと同じである、と言う。ヴィビーシャナもクリシュナにならう。

❖ヴィビーシャナとハヌマーンはチランジーヴィー、すなわち〝永遠に生きる者〟である。

火の試練

シーターは弔いが終わって祝宴が開かれる様子に、辛抱強く耳を澄ませた。都が掃き清められて新たな王のために飾られるのを、辛抱強く見守った。道に水が撒かれ、旗が掲げられるのを、辛抱強く見つめた。陣太鼓が陽気な笛に取って代わられるのを、辛抱強く聞いた。ラーマが迎えを寄越すのを、辛抱強く待った。

だが何かがシーターに、ラーマの心は乱れていると告げていた。レーヌカーが不貞な思いを抱いたために斬首されたことが思い出される。アヒリヤーが不貞な行為をしたために石に変えられたことが思い出される。シーターは心でも体でも不貞を犯していない。でも、どうしたら潔白を証明できるだろう？　信頼している者に証拠は必要ない。信頼していない者はあらゆる証拠を拒絶する。そしてシーターが気に入ろうが気に入るまいが、彼女はラーマの評判にとっての汚点だ。ラーヴァナがシーターを拉致したのは、彼女がラーマの保護下にあるときだった。シーターはラーマの失敗を象徴している。世界はラーマほど寛容だろうか？　彼は本心を話してくれるのか、それとも彼が治める世界の意見を代弁するのか？

女たちが、ラーマが迎えを寄越したとの知らせをもたらした。兄が花嫁を花婿に渡すように、ヴィビーシャナがシーターをラーマに渡すことになる。シーターに付き添うため、ハヌマーンが花婿から遣わされた。彼は、森に投げ捨てられたのをヴァーナラた

ちが見つけたシーターの宝飾品を持ってきた。それに加えて、ランカーのすべての女が、大好きになった女性のために一つずつ宝飾品を届けた。彼女たちは、ついにラーマに会うときシーターには星空よりも輝かしくなってほしかったのだ。

ところが、口論が勃発した。何人かの女たちは言った。「ご主人は、ご自分と会えなかった間にシーター様がどうなったかを見るべきじゃない？　沈んで活気を失った様子を。シーター様がどれだけご主人を恋しがっていたかを、わかっていただきましょうよ」別の女たちは反論した。「だめよ。何カ月ぶりかでお会いになるのよ。シーター様の美しさで目をくらませましょう」こう論じる女たちもいた。「もしシーター様が輝いて美しく見えたなら、ご主人は幽閉中シーター様が幸せだったと誤解なさるわ。今のままお連れしましょう。体を洗わず乱れた姿で。花や葉が落ちて裸になった木のように」「ランカーがお客様を大切にしないなんて、世間に言わせないでおきましょう」サラマーが言った。「シーター様はお客様ではありません。捕虜だったのですよ」トリジャターはぴしゃりと言った。

結局シーターは、沐浴し、香水を振りかけ、宝石で飾り、上等なローブをまとい、結婚の歌に送られ、頭上にパラソルを掲げられて、アショーカの樹の庭園を出てランカーからラーマのもとへと向かった。

あらゆる人が、この大戦争の原因となった女性を

見ようと殺到した。彼らはシーターについてさまざまなことを聞いていたのだ。ラークシャサやヴァーナラは、シーターを一目見るため互いに相手の上に登ろうとした。群衆を制御するのに兵士が呼び集められた。男たちによるこうした短気で無礼な行為に、スグリーヴァもヴィビーシャナも憤慨した。だがラーマは言った。「放っておけ。この戦いが何のためだったのか、彼らにも見てもらおう」

「シーター様は人間、兄上の奥様です。見せ物にする戦利品ではありません」ラクシュマナは言った。

ラーマは答えなかった。

ついにラーマの前まで来たシーターが見たのは、まったく違う人間だった。目を輝かせて黄金の鹿を捕まえに出た若者ではない。戦いで傷だらけとなり、疲れて自信を失った戦士だ。彼はまるで潮流に逆らおうとしている小舟だった。ラーマには、ラクシュマナの顔に見える興奮も熱狂もない。彼は愛する人を待つ恋人ではなく、決断を下そうとしている王だ。

ラーマはようやく口を開いた。「ラグ王家の後裔たる私は、そなたを拉致したラーヴァナを殺した。こうして私は一族の名誉を挽回した。この戦いが行われたのはそのためであって、そなたを救うためでないことを、明らかにしておこう。目の前にそなたが現れても私に喜びはないことを、明らかにしておこう。そなたは我が目に入った砂、家名の汚点だ。なぜならそなたは、自殺するのではなく、雨季の間別の男のもとで生きることを選んだのだから。そなたはどこでも好きなところへ行くがいい、ヴィビーシャナのもとでも、スグリーヴァのもとでも、ラクシュマナのもとでも。私はそなたに対する権利を主張しない」

ラーマの言葉を聞いて、皆は愕然とした。これは、彼らがともに戦った男ではない。これは、妻のへアピンを眺め、彼女のことを思って毎晩泣いていた男ではない。この冷たく無感情な人間は、一体誰だ？

シーターは落ち着き払って、薪と藁束を持ってきて篝火《かがりび》を焚くよう求めた。誰もが、シーターはそのように侮辱されて焼身自殺するつもりだと考えた。ところが彼女が火の中に入ると炎は後退し、火の神アグニが言った。「私は不潔なものだけを焼く。この者を燃やすことはできない。心も体も純潔だからだ」

「評判はどうなのです？」ラーマは尋ねた。

「それは」アグニは答えた。「人間の判断基準であり、自然にとっては何の意味もない。この女を妻とせよ、ラーマ、彼女はお前以外を夫とはしないのだから」

それを聞くとラーマは子どものように満面の笑みを浮かべた。だがそれは一瞬のことで、すぐに厳粛な表情が戻った。「ではそういたします」彼は手を差し伸べ、自分の横に来るようシーターを招いた。

Column

❖ シーターが現れるまで、ラーマは愛する人を思って打ちひしがれていた。ところが実際に彼女が現れた途端、彼は冷酷になる。彼女が来るまでラーマは彼女の夫だったが、彼女の登場と同時にラグ王家の後裔に変わる。

❖ ヴァールミーキの『ラーマーヤナ』によれば、ラーマはシーターの姿を〝眼病の者の前で光るランプ〟のように有害だと言う。

❖タミル地方のヴィシュヌ派の言い伝えには、ラーマは自分に会いに来る前に沐浴して身を飾るようヴィビーシャナを通じてシーターに伝える、という話がある。シーターはそれに従うが、彼の言葉が真意でないことをシーターが理解するのを期待していたラーマは激怒する。シーターはラーマの真の望みを察知して、体を洗わず飾りもつけずにラーマと会うべきだったのだ。

❖ラーマが妻よりも家族を重んじることに、インド中の女性は深い憤りを感じている。伝統的な社会は、家の女主人になるまでは若き妻に低い地位しか与えない。妻が夫を自分の言いなりにして、息子に対する家族の支配権を奪うことを、男たちは懸念しているのである。夫は、家族と妻が争って取り合う領地となる。

❖カシミール語の『ラーマーヤナ』では、シーターは一四日間燃え続けたあと、黄金のごとく輝いて現れる。

❖『アドブタ・ラーマーヤナ』やエシュッタッチャンがマラヤーラム語で書いた『ラーマーヤナ』といった中世の『ラーマーヤナ』でよく見られるテーマの一つは、ラーヴァナに拉致されたシーターはチャーヤー・シーター（影のシーター）またはマーヤー・シーター（幻のシーター）、つまりそっくりだが本物ではない、というものだ。その正体はヴェーダヴァティーであり、火の試練を受けた理由は真のシーターを復活させることだった。この話は穢れという概念から生じている。ラーマの神格化が進むに従い、信者は彼の伴侶が悪魔によって穢されたという考えに耐えられなくなったのである。

❖偽者が拉致されて本物は純潔のままだという考えは、ギリシア神話にも見られる。パリスに拉致されてトロイに連れ去られたヘレネはよく似た他人であり、本物のヘレネは彼女をめぐってギリシアとトロイが戦っている間エジプトで悩み暮らしていた、とヘロドトスは論じる。そのためヘレネは貞淑であり、ホメロスが描いたような恥知らずの女ではない、とエウリピデスなどの劇作家は主張する。女性の純潔や貞節は、世界中のさまざまな文化で男性の名誉の価値を表すものになっている。おそらく、それは男性の自己イメージを満足させてくれるからだろう。

❖火の試練は浄化の儀式と考えられている。『マハーバーラタ』では、ドラウパディーは一人の夫から別の夫のところへ行くとき火の中を通って自らを浄化する。

❖しきたりとして純潔さを重んじる結果、清浄さや穢れの程度に応じた階層構造が生まれた。肉屋や靴職人や掃除婦といった特定の職業の人間、それに非菜食主義のものを食べる人間が差別されるというインド社会は、そうした階層構造によって形成されたのである。

❖『マハーバーラタ』中の『ラーマーヤナ』の物語「ラーマ・ウパーキヤーナム」では、シーターは不貞を責められて気を失い、彼女の貞節を証明したブラフマーによって息を吹き返す。

一〇〇〇個の頭を持つ悪魔

シーターがラーマの隣に立った瞬間、地平線のかなたから咆哮が轟き、一〇〇〇個の頭を持つ悪魔が丘の向こうから現れた。「あれはプシュカラ島に住む、ラーヴァナの双子の弟です」ヴィビーシャナは恐怖に震えた。「ラーヴァナすら、あいつを怖がっていました」

ラーマが弓に手をかけようとしたとき、すべての人は信じられない光景を目にした。シーターが突然変身したのだ。目は大きくなり、皮膚は赤く変わり、髪はほどけ、多くの腕が生えた。その手にはヴァーナラの木切れや石、ラークシャサの剣や槍が握られている。こうして武装したシーターは、どこからともなく現れたライオンに跳び乗り、突進して悪魔と戦った。それは激烈な戦いだった。多くの腕を持つ女神が、無謀にも彼女と夫との再会を妨害した悪魔を攻撃している。彼女は悪魔のはらわたを引きちぎり、手足を切断し、頭を潰し、膝を折り、血を飲んだ。そうして満足すると、再び慎ましやかなシーターとなり、穏やかな笑みを口元に浮かべ、ラーマの横に戻って座った。

どんな言葉も発されなかった。シーターがガウリーであり、またカーリーでもあることを知り、皆は絶句していた。彼女は自ら拉致されたのだった。そして自

ら救出されたのだった。彼女はラーマを頼れる神にした、自立した女神だった。

Column

❖一〇〇または一〇〇〇の頭を持っていてラーヴァナよりも巨大な悪魔がラーマでなくシーターに殺されるという話は、『アドブタ・ラーマーヤナ』に登場する。この物語は一五世紀、ヒンドゥー教のシャクティ信仰の台頭とともに生まれた。

❖サルラー・ダースによるオリヤー語の『ビランカ・ラーマーヤナ』にも、女神シーターの物語がある。

❖ヒンドゥー教のヴェーダ学派は至高の神を男性として描いているのに対して、タントラ学派は女性として描いている。どちらの学派も〝サグナ〟――神性を形に求める者――のもとで生まれた。多くの人々は〝ニルグナ〟の考え方――神には形がないという思想――を取ったが、大衆は形あるものを求めた。そのほうが理解しやすいからだ。そのため、神を性別のある姿で体現させることが必要だった。

❖『アドブタ・ラーマーヤナ』は女神の恐ろしい形（チャンディー・ルーパ）、と穏やかな形（マンガル・ルーパ）を何度も交互に登場させる。後者の形は馴化の結果生まれるものである。寺院では、女神は布と宝飾品を捧げられ、彼女が自ら進んで馴化して人類に恩恵を与えてくれるよう祈りが唱えられる。強制的な馴化は後々問題を起こすからだ。

❖『ラーマーヤナ』の第六巻「ユッダ・カーンダ」を、「ランカー・カーンダ」と呼ぶ物語もある。

❖テルグ語の『ランガナータ・ラーマーヤナ』では、ラーヴァナの父は瞑想中に、妻の月経が一〇回来なかったことを知る。彼は悲しみ、妻がようやく産んだ息子に、来なかった月経一回につき一個、合計一〇個の頭を与えた。

❖心理学的な観点からすれば、ダシャラタもラーヴァナも父親像を表している。一人は息子をアヨーディヤーから追放し、もう一人はシーターを誘拐して、二人ともラーマから喜びを奪う。ラーマはダシャラタに対して怒りを露わにすることができない。怒りは進化した人類に似つかわしくない卑しい本能と見られているからだ。だがラーヴァナに対しては、猿を通じて怒りを露わにできる。

❖ヴィシュヌ派の文献では、シーターは自分一人でラーヴァナを殺す力があるにもかかわらず、彼を殺すようラーマに命じられなかったため殺さなかった、とされている。

第七巻

自由

「彼は文化に束縛されているが、
彼女は自然によって解放された」

空飛ぶ戦車

戦いは終わり、ラーヴァナは死に、シーターは解放され、ランカーには新たな王が生まれ、スグリーヴァは恩を返し、一四年間の追放生活は終わった。故郷へ戻るときが来た。「急ごう」ラーマは言った。「歩くには長い道のりだ」

「どうして歩くのですか、飛ぶことができるのに？」ヴィビーシャナが言った。「この空飛ぶ戦車プシュパカ・ヴィマーナは、本来の所有者クベーラのところに戻りたがっています。そのためには、北のアラカーまで向かわねばなりません。しかし、その道中に、あなたたちをお国へ連れていってくれるはずです。何しろ、あなたたちがこの戦車をラーヴァナから取り戻してくださったのですから」

シーターはためらった。この戦車にはいやな思い出がある。「けれど、今はラーマ様とラクシュマナ様とご一緒なのですよ」ヴィビーシャナは言った。「何を恐れることがあるでしょう？　それに、我々もお供します。私と妻のサラマー、マンドーダリー、そしてあなたの友人トリジャターが」

「私たちも行きます」スグリーヴァ、ハヌマーン、アンガダ、ナラ、ニーラ、ジャーンバヴァトが言った。

そういうわけで、全員がクベーラの立派な空飛ぶ戦車に乗った。戦車は白鳥のごとく羽ばたいて空に舞い上がり、ランカーを出て、アヨーディヤー目指して北へと向かった。

Column

❖『パドマ・プラーナ』によれば、ラーマたちが戦車で空を飛んだのは、海に架けた橋が壊されていたからである。ヴィビーシャナは、他の者がランカーを侵略しないよう、ラーマに頼んで猿たちが架けた橋を壊してもらったのだ。

❖画家の描くプシュパカ・ヴィマーナの絵はさまざまである。驢馬や馬や白鳥の引く荷車や戦車のこともあれば、それ自体が翼を持つ構造物の場合もある。

❖伝統的なヒンドゥー教やジャイナ教の寺院もヴィマーナと呼ばれ、神々が天と地を行き来するのに用いる空飛ぶ戦車と考えられている。

❖ギリシア神話にも、空を飛ぶ神や英雄の話がある。ゼウスには鷲が、ベレロポンには空飛ぶ馬がいる。ヘルメスは有翼の靴を履き、メデイアは有翼の蛇が引く戦車を持つ。だが空から見た地上の描写はサンスクリット語の詩により多く見られ、その最初とされるのがヴァールミーキである。

ラーマの償い

旅の途中で、一行は何度も止まった。

まずはランカーまでの橋の出発地点ジャンブードゥヴィーパで止まり、ラーマとシーターはシヴァ、サンパーティ、ヴァルナへの祈りを捧げて戦争中の協力に感謝した。スヴァヤンプラバーの洞窟で小休止したあとはキシュキンダーの上空を通り、ラーマはヴァーリを殺した森の空き地、ハヌマーンと出会った場所のそばの巨岩を指差した。シーターは宝飾品を投げた木々や川岸に気づき、ラーマにメッセージを届けてくれた宝飾品に感謝した。

その後、彼らは以前訪れた聖仙たちの庵で止まった。アガスティヤ、アトリ、シャラバンガ、スティークシュナ、バラドゥヴァージャ。鳥や蛇がシーターの苦境を伝えていたため、聖仙たちは彼女の無事を知って喜んだ。ローパームドラーはシーターに、将来のことを考えるように言った。アナスーヤーは彼女に、過去にこだわらないよう助言した。

次にラーマは、アヨーディヤーを越えてヒマラヤまで行くようプシュパカ・ヴィマーナに指示した。

「私は、ヴェーダ讃歌に通じ多くの学問や芸術に秀でた男を殺した。こうした知識の伝達者を殺した

ことで、ブラフマ・ハティヤ（バラモン殺し）の罪を犯してしまった。人類に対するこのような害は償わねばならない」

「しかし、そいつは兄上の奥様を誘拐した男です」ラクシュマナは言った。

「ラーヴァナには一〇個の頭があった。九個は妄想に溢れており、そのため彼は短気で好色、強欲、傲慢、危険、怒りっぽく、嫉妬深く、無礼、そして威圧的になった。だが一つの頭は知恵と信義で満たされていた。九個の頭の不協和音が、その頭の妙なる調べをかき消したのだ。私は、その頭を殺したことを悔やんでいる」

そのため、ヴァーナラたちとラークシャサたちとラクシュマナとシーターは、ラーマがヒマラヤの山腹でラーヴァナの許しを求めるのを見守った。彼は地面に座って目を閉じ、戦争中の出来事について考え、一〇個の頭と二〇本の腕を持つ敵についての記憶を呼び覚ました。

すると、天空に住む二人の神がラーマの前に現れて言った。

「知るがよい。我々は天界ヴァイクンタの門番、ジャヤとヴィジャヤである。かつて我々は、四人の賢者がヴィシュヌの住まいに入るのを止めた。ヴィシュヌが眠っていたからだ。我々は三度彼らを止めた。そのため、彼らは我々が三度地上に生まれ変わるとの呪いをかけた。ヴィシュヌは、我々を死すべき生命から解放すると約束してくれた。最初我々は、アスラ魔族のヒラニヤークシャとヒラニヤカシプとして生まれた。ヴィシュヌは猪ヴァラーハと半分ライオン半分人間のナラシンハという化身となって、我々を解放した。次に我々は、ラークシャサのラーヴァナとクンバカルナとして生まれ変わった。ヴィシュヌは化身ラーマとなって我々を解放した。今度は、我々はシシュパーラとダンタヴァクラという人間に生まれ変わる。ヴィシュヌはクリシュナとなって、我々を解放してくれるだろう。ラーマよ、安心してアヨーディヤーへ行け。知るがよい、お前はなすべき運命にあったことをなしたのだと」

これを聞いて、ラーマはついにアヨーディヤーに向かった。

Column

❖ラーメーシュワラムでは、シヴァに祈って協力への謝意を伝えるため砂でシヴァ・リンガを作ったラーマとシーターにならって、人々は同じようにシヴァ・リンガを作る。

❖ラーメーシュワラムの寺院にはシヴァ・リンガが一つでなく二つある。言い伝えによれば、ラーマはハヌマーンをカーシに遣わせてリンガを取ってこさせようとしたが、ハヌマーンがなかなか戻ってこなかったため、ラーマはシーターに砂でリンガを作らせた。儀式が始まる直前にハヌマーンはリンガを持って戻ったが、誰も自分を待ってくれなかったことに腹を立て、シーターが砂で作ったリンガを尾で引き抜こうとした。しかし、うまくいかなかった。それでハヌマーンは、自分が必要不可欠な存在ではなかったことを悟った。ラーマはハヌマーンをなだめて喜ばせるため、シーターのシヴァ・リンガの横にハヌマーンの持ってきたシヴァ・リンガを置いて崇めたという。

❖ラーマがブラフマ・ハティヤ・パーパ（聖職者を殺した罪）を償うという考えは、中世に巡礼者の間で広まった。南部のラーメーシュワラムも北部のリシケーシュも、ラーマがラーヴァナを追悼して懺悔と儀式を行った場所とされている。

バラタを試す

コーサラの国境に近づいたラーマは、間もなく自分が帰還することをバラタに知らせるためハヌマーンを遣わせた。「バラタには、母親が手に入れたものに対する権利を彼が主張する時間はまだある、と伝えよ。もしバラタが王になることを選んでも、ラーマは彼を軽蔑しない、と言うのだ」

ハヌマーンがその通りに伝えると、バラタは言った。「兄上と同じく、私も王国を求めてはいない。自分を認めてもらうために、アヨーディヤーの王冠は必要ない。だが王国は、確かに良き王を必要としている」

「その良き王とは誰ですか？」常に好奇心旺盛なハヌマーンは尋ねた。

バラタは答えた。「良き王とは、王国を自分の価値を測る物差しと思わない者である。そのような王は王冠を求めて兄弟と争ったり、臣下の忠誠心を要求したりしない。良き王は自らの人生に責任を持つよう民に促し、彼らが人に頼るのではなく人から頼られるようにする。そうすれば幸せな王国が誕生するのだ」

「そんな王国は存在しません」兄弟が王冠を求めて殺し合ったキシュキンダー、国民が偉大な王に頼り切っていたランカーを思い出し、ハヌマーンは反論した。

「存在する」バラタは言った。「兄上が玉座に座ったならば。なぜなら、それは兄上が欲しがらず、自分の権利として主張もしなかった玉座、単に国民や父親や弟たちから求められたから座る玉座だからだ」

バラタがその見識ある言葉を発したと同時に、空飛ぶ馬車に乗ったラーマが、太陽のごとく地平線の黒雲の中から現れた。横にはシーターが座り、後ろにはラクシュマナが立っている。ヴァーナラやラークシャサがその周りを取り囲んでいる。バラタは喜びに目を見張った。追放の日々は終わりを告げた。王たる兄がついに帰還したのだ。

Column

❖ヴァールミーキの『ラーマーヤナ』では、ハヌマーンはバラタがラーマの帰還を歓迎するかどうか確かめに行く。彼は、バラタがナンディグラーマの村で苦行者のように暮らし、ラーマの

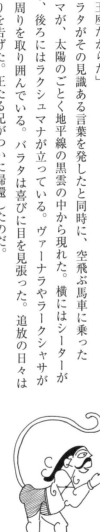

名のもとに王国を統治し、玉座にはラーマの履物が置かれていることを知る。カンバンはラーマの帰還をもっと大仰にするため、タミル語の『ラーマーヤナ』の中で、もしもラーマが時間通りに現れなかったらバラタはカウサリヤーをはじめとした家族の哀願にも耳を貸さず焼身自殺することを計画する、という様子を描いている。

❖『ラーマーヤナ』は基本的には、王家の兄弟三組の物語である。玉座を互いに譲り合おうとするアヨーディヤーの兄弟（人間）、父親が望んだように玉座を共有することができないキシュキンダーの兄弟（猿）、そして兄が正当な権利を持つ玉座を弟が求めるランカーの兄弟（悪魔）。バラタとラーマの関係は、あらゆる縄張り意識や兄弟の敵対意識を超越する兄弟愛を見せている。

❖『ラーマーヤナ』も『マハーバーラタ』も、王国は王の所有物なのかという疑問を提示している。そしてどちらも、そうではないと言っている。

ウールミラーの目覚め

母たちは最初、息子たちが見分けられなかった。一四年前に家を出た少年たちは、大人となって戻ってきた。髪は、長くてふさふさし、日に焼けて色褪せている。皮膚は浅黒くてざらざらだ。髭が生え、体は痩せ、顔はやつれている。

そして、少女だった義理の娘は、花嫁衣装をまとった花盛りの女性となって戻ってきた。かつて彼女を美しくしていた宝飾品は、逆に彼女から美しさを与えられている。

三人のまなざしは穏やかで、さながら人生の謎を解いて何ごとにも驚かなくなった隠者だった。森は彼らを野蛮人に変えなかった。それどころか、彼らの前では猿や熊さえ文明的になっていた。

彼らがアヨーディヤーの門の前で地上に降り立つと、あらゆる人が喜びの涙に暮れた。船頭のグハも、前王の戦車の御者スマントラもいる。

母たちもすっかり変わっていた。もはや王族らしい堂々としたたたずまいではない。背は曲がり、髪は白くなり、皮膚はしわだらけ。絶世の美女だったカイケーイーすら老いさらばえている。それを見てシーターは泣いた。

スミトラーはラクシュマナに言った。「ウールミラーを起こしに行きなさい。あの人はあまりに長い間眠り続けているわ」ラクシュマナが母の寝所に急ぐと、美しい女性が茣蓙《ござ》の上で眠っていた。これがウールミラーか?ラクシュマナは女性に触れた。彼女はハッと目覚めた。彼を見て悲鳴をあげたけれど、宮殿の女官たちが、この色黒で髭面の隠者こそラクシュマナその人であると請け合った。起き上がったウールミラーは興奮で身が震え、自分の髪を結うこともできなかった。ラクシュマナが代わって髪を結って

やると、ウールミラーは頬を染めた。

ラーマとラクシュマナは宮殿のベランダで、シーターとウールミラーは女性用の中庭で、体を洗った。大量の水、乳、ターメリック、香油、薬草や花から作ったかぐわしい膏薬が彼らの体に注がれて、汗や垢を洗い落とした。

家臣はラーマとラクシュマナの腕や胸についた切り傷やあざを見て、森での生活の過酷さを思い知った。二人の足の裏はたこだらけで、踵はひび割れている。ラクシュマナの胸にはインドラジットの矢で貫かれた黒ずんだ傷痕がある。二人の顎髭は剃り落とされ、口髭は油で整えられてカールされた。

シーターの体を、女たちは種々の宝石で飾った。アヨーディヤーの宝石、聖仙たちの妻からの贈り物、ランカーでできた多くの友人からの贈り物。シーターの腕には黒いあざがついていた。森での一四年間でただ一人彼女に触れた男――ラーヴァナ――の印だ。シーターは彼女たちの目を見た。そう、彼女たちはシーターがどんな目に遭ってきたかを耳にしている。彼女たちの頭を駆けめぐっているのは何だろう？　同情？　無関心？　嫌悪感？

母親たちが自らの手で追放者に食事を与え終わると、ラーマはアヨーディヤーの次の王妃たるシーターのために建てられた新たな寝所へと案内された。彼は大きなブランコにもたれて座らされた。シーターはビンロウの実を切ってキンマの葉で包み、ブランコがゆったり揺れている間にラーマの口に入れるように言われた*。

* ブランコは、古くは太陽神スーリヤと大地女神プリティヴィーの聖婚を表わした。またインド思想において一般に、男女の性交の暗喩である。

ラグ王室の最年長の娘シャーンターが祝宴に加わった。「この家の若い男女は、あまりにも長期間、陰気な隠者のように暮らしてきました。そろそろ宮殿に、喜びを取り戻し、愛の行為の音や、やがては子どもたちの笑い声を響かせましょう」シャーンターは、いかにも彼女らしい物言いをした。皆は、若い夫婦が恥ずかしそうに顔を真っ赤にしたのを見て楽しんだ。

やがてアヨーディヤーの人々はラーマに尋ねた。「私たちのために、森から何かを持って帰ってきてくださいましたか?」

「ああ、シャバリーの木の実を」ラーマは答えた。

Column

❖ラーマのアヨーディヤーへの帰還は、インド中でディワーリーの祭として祝われている。

❖テルグ族の女たちが歌う歌は、『ラーマーヤナ』で描かれる冒険よりも、人目につかない家の中でしか見られないことが多い男女関係と、それに対応する親密な感情に重きを置いている。そのため、ウールミラーが男性に起こされたとき相手が誰かわからなかったときの恐怖や、ラクシュマナが帰還したあとウールミラーの髪をとく様子などを歌う歌がある。

❖現代のポスター画では、ラーマは常にきれいにかみそりを当てられた一本の髭もない顔で描かれている。ほとんどの神に共通した特徴である。だがマハーラーシュトラ州のチットラカティーの絵やアーンドラ・プラデーシュ州のカラムカリのような伝統的な絵画、あるいは少数の細密画には、口髭を生やしたラーマを描いたものがある。ただし頬髭はないため、彼らは森で髭を剃っていたことになる。油で整えてカールした口髭は、昔からインド社会では男らしさの象徴だった。口髭を切り落とすのは、男性としてのプライドを傷つける侮辱を暗に示している。

❖トランスジェンダーであるヒジュラーの社会には、ラーマがアヨーディヤーに戻るとヒジュラーの集団が門の外でラーマを待っていたという口承文芸が伝わっている。彼らが一四年間待っていたことを知ったラーマは、その理由を尋ねる。「ラーマ様が追放され、人々がついていったとき、ラーマ様はアヨーディヤーの男女は戻るようにとおっしゃいました。我々もラーマ様についていきましたが、男でも女でもないため、どこへも行くことができず、ここでずっと立っていたのです」と彼らは言う。『ラーマーヤナ』の言い伝えを通じて、長らく軽視されてきたこれら性的少数者の存在にもスポットが当てられる。

ラクシュマナの笑い

長年延期されてきた戴冠式を行うため、ヴィシュヴァーミトラとヴァシシュタが森の聖仙たちとともにやって来た。ところが儀式が今にも始まるというとき、ラクシュマナが笑い出した。ラクシュマナが何を笑っているのかと、皆は不思議に思った。彼は、一四年間履物に頭を下げてきた宮殿政治の被害者であるアヨーディヤーをあざ笑っているのか？　息子が戴冠して王になることを願い続けてきたカウサリヤーをあざ笑っているのか？　王母になる計画が頓挫したカイケーイーをあざ笑っているのか？　王になる機会を自ら手放したバラタをあざ笑っているのか？　誰が王であろうと常に仕えてきた自らの母スミトラーや弟シャトルグナをあざ笑っているのか？　自分が王になれるようラーマに兄を殺させたスグリーヴァを、あるいは兄の敵に味方したことで王になったヴィビーシャナをあざ笑っているのか？　年老いてハヌマーンに勝てない熊のジャーンバヴァトをあざ笑っているのか？　ラーマの妻を助けるため尾を焼かれ、代わりに何も得ていないハヌマーンをあざ笑っているのか？　ランカーから解放されたあと、自分が貞節であることを証明するため火の試練をくぐり抜けねばならなかったシーターをあざ笑っているのか？　穢れた評判の妻と一緒になったラーマをあざ笑っているのか？

だが実際のところ、ラクシュマナは誰をあざ笑っているのでもなかった。彼はこれから起こるべき悲劇がもたらす皮肉を笑っているのだ。眠りの神ニドラーが近づいてくるのが見える。彼はかつてニドラーに、一四年後に自分のところへ来るよう頼んでいた。その一四年が終わったので、彼は約束を守って深い眠りに落ちなければならない。生涯で最も見たかったもの――

愛する兄ラーマが戴冠して王になるところ――を見ようとしている、まさにそのときに。

Column

❖ラクシュマナが笑う話はブッダ・レッディによるテルグ語の『ラーマーヤナ』に登場しており、テルグの民話や民謡にもよく見られる。

❖『アドブタ・ラーマーヤナ』では、ラーマは王国内で笑いを禁じる。ラーヴァナの嘲笑を思い出してしまうからだ。だがブラフマーがアヨーディヤーに現れ、笑いは幸福を示す、笑いがなければどんな儀式も成功せずどんな社会も繁栄しない、とラーマを諭す。

❖叙事詩『ラーマーヤナ』は非常に重苦しくユーモアに欠けていると一般に認識されているが、ヴァーナラやラークシャサはしばしば喜劇的な息抜きを提供している。ヴァールミーキが描いたシュールパナカーのエピソードではラーマが冗談を言っているが、その後の展開を考えると、この冗談はかなり趣味の悪いブラックユーモアに感じられる。

ラーマの戴冠

ダシャラタの宣言から一四年後、ラーマはついに、ラグ族の長、アヨーディヤーの支配者としてイクシュヴァークの玉座に座った。シーターが彼の膝に座って、彼を補完する。バラタは王家のパラソ

ルを掲げ持った。ラクシュマナとシャトルグナはヤクの尾で作った王のための蠅払いチャウリを振った。ハヌマーンはラーマの足元に座った。アヨーディヤーの人々は、待ち焦がれていたこの光景を見上げて喜んだ。嬉し涙はにぎやかな喝采と花吹雪に取って代わられた。

戴冠式の最中、アンジャナーは息子のハヌマーンに尋ねた。「あなたはとても強いわ。海を跳び越え、スラサーやシンヒカーを打ち破り、ランカーを炎上させ、山を北から南へと運び、マヒーラヴァナを倒したでしょう。あなた一人でもラーヴァナに勝てたはずよ。ランカーまで橋を架けてすべてのヴァーナラをラークシャサと戦わせる必要はなかったわ。だったら、どうして一人でやらなかったの？」

ハヌマーンは答えた。「ラーマ様にそう頼まれなかったからです。これはラーマ様の物語であって、私の物語ではありません」

これを聞いて、ラーマの膝に座ったシーターは微笑んだ。ハヌマーンの世界の見方がよくわかったからだ。ほとんどの人は、地球がその周りを回る太陽であろうとする。自分が誰よりも輝けることをよく知っていながら、他者を太陽にして自らは月であろうとする者など、めったにいない。ラーマの弟たちが兄に仕えたのは、王族の清廉さを維持するためだった。シーターも妻としての義務に縛られていた。けれど、純粋な愛からラーマに仕えたのはハヌマーンただ一人だ。だからこそラーマは、彼を最も近くに置いているのである。

Column

❖妻を横に、弟たちを周りに置いたラーマの戴冠式を意味する〝ラーマ・パッタ・アビシェーカム〟で、ヴァールミーキの『ラーマーヤナ』の第六巻、「ユッダ・カーンダ」は終わりを告げる。この構図は敬虔なヒンドゥー教徒にとっては非常にめでたいものであり、カンバンによるタミル語の『ラーマーヤナ』やトゥルスィーダースによるアワディー語の『ラーマーヤナ』の最終巻を飾っている。この結末に続くエピソードを拒絶する人は多い。

❖ヴィシュヌの化身の中で、王として描かれているのはラーマただ一人である。クリシュナも王だと誤解されることが多い。彼はドゥヴァーラカーの領主、ドゥワァールカーディーシャと呼ばれているからだ。しかし、呪いを受けたヤドゥの子孫たるクリシュナが王冠をまとうことはありえない*。高位の貴族、臣民の擁護者ではあっても、絶対に王ではない。

＊『マハーバーラタ』において、ヤドゥ王子は父ヤヤーティ王の「老い」を引き受けることを拒み、その子孫は「王になれない」という呪いを受けた。その後裔がヤーダヴァ族のクリシュナである。

❖ヤクの尾で作った蠅払いチャウリは、王族の印である。伝統的に、チャウリが振られているのはラーマの絵だけである。クリシュナは、王族に仕える貴族を表す、孔雀で作った扇モールチャーを身に飾っている。

❖ラーマ・ラージュヤム（ラーマの支配）は、完璧な時代として描かれている。雨季は正確に訪れ、女性は決して未亡人にならず、息子は父親よりも長生きし、飢えも病気もなく、芸術が繁栄する。

❖ナランバラム・ヤートラ［4つの寺院の巡礼の意］はケーララ州で広く行われる独特の巡礼で、ダシャラタの四人の息子を祀る四つの寺院を訪れるもの。トリプラヤールのラーマ寺院、イリンジャラクダのバラタ寺院、ムージクラムのラクシュマナ寺院、そしてイリンジャラクダ近くのパーヤンメールのシャトルグナ寺院である。

❖一〇世紀以降、ハヌマーンは生まれながらの神とされるようになった。威厳に満ちた超然としたラーマと違って、ハヌマーンはもっと親しみがあり、近づきやすい。彼の絵は街中や市場などでも見られる。崇高な哲学とは関連付けられていない。彼は問題を解決し、勇気を与えてくれる存在である。

❖『アディヤートマ・ラーマーヤナ』によれば、ハヌマーンは、我欲（ラーヴァナ）に打ち勝つことでジーヴァートマンすなわち個々の魂（シーター）がパラマートマンすなわち最高の魂（ラーマ）に会えるようにする献身を体現している

❖『アーナンダ・ラーマーヤナ』にはラーマを称える讃歌が多く収められている。「ラーマシャタナーマストートラ」（「ラーマの一〇八の御名」）、「ラーマストートラム」（「ラーマ讃歌」）、「ラーマラクシャ・マハーマントラ」（「保護を与えるラーマへの偉大なる讃歌」）、「ラーマカヴァチャ」

（「ラーマの慈悲の守り」）など。
❖ラージプート族の一部、とりわけ王族は、ラーマやラグ王家が祖先だとされる。

ハヌマーンの心

シーターはハヌマーンの尽力に感謝して、真珠のネックレスを贈った。ハヌマーンはそれが果物であるかのように真珠を一つずつ噛み、何も入っていないとわかると不愉快そうに投げ捨てた。これを王に対する不敬行為だと考えた人々は言った。「あの馬鹿な猿め、一体何をしているんだ？」

ハヌマーンは言った。「この馬鹿な猿は、中にシーター様やラーマ様が入っておられないかを調べているのさ。おられないなら、こんな真珠なんて役に立たない」ラーマとシーターが玉座に座っていて真珠の中に入っていないことは目の見えない人間でも知っている、と言って人々が笑い出すと、ハヌマーンは自分の胸を切り開いた。「嘘じゃないぞ。シーター様とラーマ様は私の心の中におられる。お前たちの心の中にはいらっしゃらないのか？」この信じがたい光景を見て、皆は言葉を失った。どう答えていいかわからない。自分たち

の心の中には何があるのか、と彼らは考え込んだ。胸を切り開く勇気はない。
ハヌマーンの心が満たされているのを見たヴィビーシャナは、ラーヴァナの心が空っぽだったことを思い出した。
ラーヴァナはシヴァが常にそばにいることを求めた。シヴァの存在が彼を元気付け、幸せにしてくれるからだ。だから彼は二〇本の腕でカイラーサ山を引き抜き、シヴァをランカーまで連れ帰ろうとした。シヴァの妻子はこのことに動揺し、止めてとラーヴァナに懇願した。ラーヴァナがその叫びに耳を傾けることを拒むと、シヴァは自分の大きな足の指を山の斜面に押し付けて強く押さえた。そのためラーヴァナは膝を折って地面に倒れ込み、山は彼の背中を押し潰した。ラーヴァナはお詫びとして、シヴァを称えるルドラ・ストートラという素晴らしい歌を作った。満足したシヴァはラーヴァナをカイラーサ山の下から引っ張り出し、ラーヴァナは恥じ入ってランカーに戻った。「シヴァは私よりもずっと強い」家に帰るなり、ラーヴァナは言った。彼はシヴァが伝えようとしていたことを理解できなかった。神は所有すべき外面的な戦利品ではない、ということを。神は悟るべき内面的な人間の可能性なのだ。ラーヴァナはシヴァのように世界を見ようとはしなかった。しかしハヌマーンは、ラーマのように世界を理解していたのである。

Column

❖ラーヴァナは教養ある聖職者の家に生まれ、王としての職務を果たしていた。しかし、多大な知識、多大な力、多大な富を有していながら、知恵を身に着けることはできなかった。ハヌマーンは猿として生まれ、太陽から教えを受け、社会的地位も財産も持っていないが、ラーマに仕えることとで知識や力の目的を見出し、それによって知恵の体現者となった。両者の対照性は偶然の産物ではなく、明らかに思考を刺激するために意図されたものである。

❖カンナダ語の『ラーマーヤナ』では、ハヌマーンはラーマの名が書かれた自分の骨を見せる。だがシーターとラーマの像がハヌマーンの胸に刻み付けられているというほうが、大衆の心をとらえた。

❖ラーマが人間（プルシャ）の象徴、シーターが自然（プラクリティ）の象徴という考え方は、一七世紀のラーマターパニー・ウパニシャッドに見られる。

❖ジャーンバヴァトにはラーマと格闘したいという強い願望があった。そのためラーマは、来世でクリシュナとして彼のもとを訪ね、意見の不一致を見たあと格闘すると約束する。『バーガヴァタ・プラーナ』において、クリシュナはジャーンバヴァトの娘ジャーンバヴァティーと結婚する。

❖あるオリヤー語の民間伝承では、スグリーヴァはシーターの足を見て、彼女のそれ以外の部分はどんなに美しいだろうと考える。ラーマは、来世でスグリーヴァはラーダーという女性と結婚をする、それはシーターの生まれ変わりだが、彼女はクリシュナと愛し合うためスグリーヴァとの結婚で床入りは行われない、と告げる。

ラーマの名

ハヌマーンはアヨーディヤーを訪れたすべての客の世話をした。客には、王侯、聖仙、ラークシャサ、ヤクシャ、デーヴァ、アスラ、ガンダルヴァ、バールカ、ヴァーナラ、ガルダなどがいた。その中に、騒ぎを起こすのが好きな賢者ナーラダもいた。

ナーラダはハヌマーンに言った。「シーターの額につけた朱色の点は、ラーマへの無条件の愛を象徴している。お前はどうやってラーマへの無私の愛を表現するのかね?」それに応えてハヌマーンは全身を朱の粉で覆った。一個の点では、いや複数の点でも、猿にとっては十分でないと感じたからだ。

するとナーラダはハヌマーンに言った。「あらゆる聖仙の足に触れるのは礼儀にかなっている。だがヴィシュヴァーミトラの足元に平伏する必要はない。あの男は本当の賢者ではないからだ――単に賢者のふりをしている王なのだよ」

ハヌマーンは言われた通り、すべての聖仙の足に触れたがヴィシュヴァーミトラにだけは触れなかった。ヴィシュヴァーミトラはひどく憤り、ハヌマーンを懲らしめるようラーマに求めた。「弓を持ち上げて、その偉ぶった猿の尾を地面に留めてやりなさい」

状況が緊迫したとき、ハヌマーンはナーラダの顔に面白がる表情が浮かんでいるのを見た。どんなに理不尽な要求であろうと、ラーマは師の言うことを聞くだろう。どうしたらラーマから身を守れるだろう、とハヌマーンは考えた。そのときヴィビーシャナの息子ターランセーンのことを思い出し、いいことを考えついた。

地面に座り込んだハヌマーンは、ラーマの名を唱え始めた。ラーマは矢を射たものの、ラーマの名を唱えることで作られた防御壁を破ることはできなかった。

ヴィシュヴァーミトラは真実を悟ってにっこり笑った。人間よりも偉大なのは、その人が体現する概念なのだ。ラーマよりも偉大なのは、ラーマが体現する概念だ。ヴィシュヴァーミトラの名前よりも偉大なのは、ヴィシュヴァーミトラが体現する概念である。「弓を下ろしなさい、ラーマ」たった今新しい教訓を学んだ老師は言った。「ハヌマーン

がラーマの名を唱えている限り、そなたはハヌマーンを打ち負かせない」

Column

❖ハヌマーンはしばしば真っ赤な姿で登場するが、それは女神を連想させる。美術史家の一部は、ヤクシャとして知られる古い土着の神は血に染まっていて、のちにそれが赤い染料に置き換わった、と主張する。現在では、ハヌマーンは禁欲を連想させるサフラン色で示されるほうが好まれている。

❖神とその信者との争いは、後世の宗教文学でよく用いられるテーマである。信者は神の名を唱えることで身を守る。こうした物語が伝えようとしているのは、思考(神の名)は物質(神の像)よりも重要であるという考え方だ。ゆえに、ラーマの名はラーマの形(ルーパ)よりも偉大なのである。それは究極のマントラであり、それを唱えるのは寺院を訪れるよりも大きな意味があある。これは、サグナ・バクティ(神の像の崇拝)よりもニルグナ・バクティ(形のない神の崇拝)が台頭してきたことを示している。

❖ラーマの名を唱えることが知恵と悟りを得るための最大の手段だとする人々を、ラームナーミー派と呼ぶ。彼らはたいてい、ガンジス川流域の平野部で最も低いカーストに属している。トゥルスィーダースの『ラーマーヤナ』を読むとき、彼らはしばしば、上位カーストに有利な記述を「ラーム・ラーム・ナーム」というフレーズに置き換える。

❖一五世紀から一八世紀にかけて盛んだったサント(聖者詩人)伝承におけるカビールやナーナクにとって、ラーマは人間というより神という概念であった。

❖インドの多くの地方で、人々は「ラーム・ラーム」と挨拶を交わす。
❖葬儀の祭、ヒンドゥー教徒は「ラーム・ラーム」や「ラーム・ナーム・サティヤ・ハイ」（ラーマの名こそ真実なり）と唱えることが多い。ここでの〝ラーム〟とは『ラーマーヤナ』の神聖な英雄（サグナ・ラーマ）のこともあれば、形のない神（ニルグナ・ラーマ）のこともある。

ついに結ばれた二人

アヨーディヤーの民はその日一日中、神と女神のごとくイクシュヴァークの黄金の玉座に就いた王と王妃を見つめていた。

その夜、皆が去り、雲が晴れて月光が新たな王妃の寝所に差し込んだとき、ラーマはようやく夫だけに許されたようにシーターを見、シーターはようやく妻だけに許されたようにラーマを見た。

追放生活はついに終わったのだ。

Column

❖瞑想を通じて自分の心の内にサケートと呼ばれる天国を見つけようとするラーマ信者を、ラームラスィク派と呼ぶ。サケートには閨房とカナック・バヴァン宮殿があり、善良な者はラーマとシーターの親密な行為を目にして平和を見出すことが許される。

❖多くのラームラスィクは、ラーマの追放とシーターの拉致は現実には起こらなかったと信じている。それらは、幸福だけでは飽き足りず冒険の興奮を求める人々を楽しませるために、シーターとラーマが作り出した幻想なのだ。

❖あるラームラスィクは、自分はジャナカの弟、ゆえにシーターの叔父であると空想し、一般的な慣習に合わせて義理の甥の国アヨーディヤーでは決して何も食べなかった。別のラームラスィクは、自分をシーターの弟だと空想し、彼女がお菓子を食べさせてくれることを願ってアヨーディヤーまで旅をした。また別のラームラスィクは、空想上は自分の娘であるシーターのためにおもちゃを買った。このような形で、聖なる夫婦への親愛の情が表されたのである。

❖クリシュナと違って、ラーマが性愛を連想させることはほとんどない。しかし、一七世紀にオリヤー語で非常に官能的な作品『バイデーヒー・ビラーサー』（シーターの夫の悦楽）を書いた、ウペンドラ・バーンジャーのような詩人もいた。

❖多くの人にとって、『ラーマーヤナ』とはラーマヴェーダ（偉大なる知恵）であり、ラーマとシーターの関係は言葉（マントラ）と意味（アルタ）の関係と同じだった。一方は他方なしでは存在しえないのである。

ラーヴァナの絵

　シーターが身ごもっていることに最初に気づいたのは、王室の猫だった。次は王室の犬。そして鸚鵡。最後に雄鶏。雄鶏は我慢できずに大声で鳴いてその知らせを告げたので、川の魚にまで聞こえた。魚は知らせを下流のミティラーまで届けた。知らせを聞いたジャナカは満面の笑みを浮かべたあと、王室の仕事に戻った。

　鷹は海を越え、知らせはランカーにも届いた。ヴィビーシャナは喜んだ。しかしシュールパナカーは嬉しくなかった。彼女はアヨーディヤーへ行って女性たちの区画まで入っていき、ヴィンディヤ山脈の向こうから来た髪結いだと自己紹介した。皆は大いに喜んだ。女たちは皆興味津々だった。「ランカーという場所のことを知っている？」

「もちろんよ。サファイア色の海の真ん中にある黄金の都で、以前はラーヴァナという世界一美男子の王が住んでいたわ」

「どのくらい美男子だったの？」女たちは訊いた。

「あなたたちの王妃以上にラーヴァナをよく知り、親しくしていた人はいないでしょう」シュールパナカーが含み笑いをしたので、女たちはますます興味を引かれた。

　女たちに質問されると、シーターは笑顔で答えた。「私にとってラーヴァナは、海の表面に映った揺れる影でしかないわ。彼の声は聞いた。歩みは感じた。だけど、顔は一度も見なかったのよ」

シュールパナカーにそそのかされた女たちは、ラーヴァナの影の輪郭を描いてくれとシーターにねだった。シーターは応じて、米の粉で床に絵を描いた。

一〇個の頭、二〇本の腕。寸分たがわぬ絵を見たシュールパナカーは、愛する兄を思い出して泣いた。涙が粉に落ちると、床に描かれた絵は固まった。どんなに頑張っても、ラーマの宮殿の床からラーヴァナの絵を拭き消すことはできなかった。

そうして噂が生まれた。

「シーター様は精力溢れるラーヴァナの絵をご自分のベッドの下に描かれたわ」

「シーター様は雨季の間ずっとラーヴァナと一つ屋根の下でお暮らしになったのよ」

「シーター様は一四年間森で夫と暮らしていたのに、ランカーから戻った今になって初めてお子様ができたのよ。ちょっと気にならない？」

一人の洗濯屋が、嵐のとき船乗りの家に避難していた妻にこう叫ぶ声が響いた。「出ていけ。ラーマ様は別の男の家で幾晩も過ごした奥様をおそばにおいていらっしゃるが、俺はそんなことをしないぞ」

Column

❖カシミール語の『ラーマーヤナ』では、物語の第一部は「シュリーラーマ・アヴァタール・チャリタム」、第二部は「ラヴァ・クシャ・ユッダ・チャリタム」と呼ばれる。

❖一二世紀、チョーラ朝の王はカンバンとオーットゥクータールという二人の詩人に『ラーマーヤナ』の物語を書かせたと言われている。カンバンの見事な作品に感銘を受けたオーットゥクータールは、自分の作品を破棄することにした。だがカンバンが何とか最後の一冊を救った。そのためタミル文学にはカンバンが書いた「プールヴァ・ラーマーヤナ」とオーットゥクータールが書いた「ウッタラ・ラーマーヤナ」があり、どちらも語り部によって完成された。

❖ヴァールミーキの『ラーマーヤナ』では、町の噂についての言及があるだけである。

❖サンスクリット語の『カターー・サリット・サーガラ』（一一世紀）とクリッティヴァーサーによるベンガル語の『ラーマーヤナ』（一五世紀）は、洗濯屋と妻との口論に触れている。

❖シーターがラーヴァナの影の絵を描かされるという話は、テルグ語、カンナダ語、オリヤー語の『ラーマーヤナ』に見られる。

❖シーターがラーヴァナの足の親指を描かされるという話はテルグ語の民間伝承にのみ存在する。

❖ラーヴァナの絵を描くようシーターを促すのは、シュールパナカー、シュールパナカーの娘、マンタラー、カイケーイー、宮殿の女の一人など、物語によって異なる。

ラーマの決断

噂は、最初はしずくだった。やがてそれは洪水となり、ラーマも無視できなくなった。ラグ族の王妃には、一つの汚点もあってはならない。なのにシーターには汚点がある。

「口実をもうけて彼女を森へ連れていき、そこに放置してこい。私の決断については、森の奥深くへ行くまで教えてはならない。抗議もできないほど私から遠く離れるまで」ラーマはラクシュマナに命じた。

「それは不公平です。兄上は民に、シーター様は火の試練によって貞節を証明したと話すべきです」

ラクシュマナは言い張った。

「これは貞節や忠誠とは何の関係もない」ラーマは言った。「こういう噂があると、民は王に対して優越感を覚えるようになる。私が厳しく行動規範を守っているため、民は自分が未熟で劣っていると感じているだろう。だから彼らは、私の選んだ妃を嘲ることで反撃しているのだ。シーターは純潔でないから私にふさわしくない、と民は言う」

「シーター様は穢れておられません。火をくぐり抜けたのですよ」

「確かに、肉体的、精神的には穢れていないだろう。しかし評判も穢れていないか？　その汚点は決して取り除けない。他人より優位に立ちたいという人間の願望を無視してはならない。裕福な者は富によって優位に立つ。教養ある者は知識によって優位に立つ。美しい者はその美しさで優位に立つ。何も持たない者は穢れがないことで優位に立つ。だから、汚れた街路を掃く掃除婦は穢れていると言われ、汚れた服を洗う洗濯屋は劣っていると言われ、月経中の女は汚染されていると言われる。その基準により、シーターは不潔だからラーマにふさわしくない、と民は言うのだ。私が抵抗すれば、私は永遠に嘲りの的になる。ほかに選択肢はない」

「選択肢ならあります。兄上は王です。民の下劣な欲望に屈してはなりません」

「良き王は民の言葉に耳を傾け、家族の掟を尊重する。その掟がどれほど不愉快なものであっても」

「王なら掟を変え、自分の意志を民に押し付けることができるでしょう？」

「キシュキンダーではそうだ。ランカーでもそうだ。しかしアヨーディヤーでは違う。私がラグ王家の後裔として玉座に座っている限りは。専制君主になるつもりはない。これは民意である。民意は尊重せねばならない」

「民は愚かです。民は残酷です。彼らに屈服しないでください」

「臣民は自分たちの残酷さをどう思うだろう？　自分たちがアートマンでなくアハムによって動いていることが、彼らにどうしてわかるだろう？　彼らはひたすら独善的

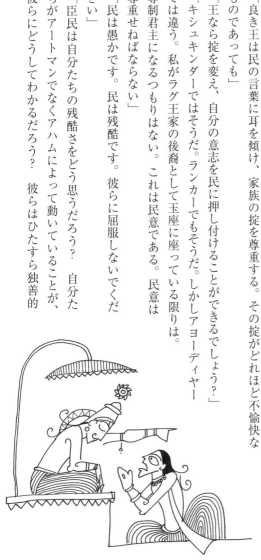

だ。自分たちには力がある、シーターを冷酷に扱ってラーマを自分たちの意志に従わせることができる、と思いたがっている」

「なぜシーター様はこんなことで苦しまねばならないのです？」

「彼女はジャナカの娘だからだ。彼女だけは、自分を被害者だと思わないだろう。カイケーイーのせいで追放されたとき私がそう思わなかったのと同じように。シーターならわかってくれる」

「ハヌマーンにやらせてください。私はやりたくありません」

「だが私は、お前にやってほしい。頼めるのはお前だけだ。王は命令を出さねばならないのか？　弟は従ってくれないのか？」

「兄上より年下なのを恨みます。結局のところ、私は従わねばならないのです」

「来世で私がクリシュナとなったとき、お前は私の兄バララーマとなるが、それでも私に賛成することになるだろう。私はすべきことをしているのだと、お前はわかっているからだ」

ラクシュマナは肩を落とした。「せめて、兄上の口からシーター様にはっきりとおっしゃってください。どうしてこのようにこそこそして、シーター様を追い出すのですか？」

「シーターは決して耳を貸さないからだ」ラーマは厳しく言った。「私が宮殿に留まるように言ったのに、シーターは一緒に森へ行くと言い張った。お前が森の中の小屋にいるように言ったのに、シーターは外へ出た。私がラーヴァナを殺したあとで激怒して彼女を結婚の義務から解放しようとしたのに、シーターは火をくぐり抜けて貞節を証明し、私とともにアヨーディヤーに戻ると言い張った。もしも私が、シーターは噂の種になっているためどんな形でも私とかかわることが許されないと言ったなら、彼女は私が答えられない難しい質問をいくつも発するだろう。こうするのが一番いいのだ。シーターなら理解してくれる。理解するはずだ」

Column

❖ヴァールミーキの『ラーマーヤナ』では、バドラという密偵が市井の噂をラーマに報告する。良いことだけを言うとラーマが咎めたとき初めて、バドラは下劣な噂話を明かす。

❖ラクシュマナはラーマの残酷さに怒りを覚える平凡な人間の代表である。

❖噂話を聞いたあと、ラーマはシーターと会うことも、ましてや話すことも拒む。彼は単に背を向ける。神であるはずの者のこんな冷たい反応は、残酷できわめて悲惨に感じられる。とりわけ、語り部がそれを〝正しい〟ことだと正当化したときには。ヒンドゥー教神話における行動は、決して〝正しい〟ものではない。それらは多くの場合必要、あるいは義務によってなされ、常に犠牲を伴う。

❖ラーマはプルショッタム、つまり理想的な男性と呼ばれる。だからこそ、理想的な男性がどうして女性をそんなに冷酷に扱えるのか、という疑問が生じる。しかしラーマは単なるプルショッタムではない。彼はマルヤーダー・プルショッタムだ。規則に従い、境界を尊重するという、理想的な行動を取る者。規則や境界は人間が作ったもので、元々残酷なのだ。そういうものが人工的な階層や礼儀にかなった行動という概念を形作るのだから。クリシュナもプルショッタムだが、彼はリーラー・プルショッタムだ。人生というゲームをし、その必要性を理解しながらも、それをあまり真剣に受け止めすぎない。それも理想的な行動である。

❖テルグ語の民謡では、シーターの妹たちがシーターの横に立ち、自分たちもラーヴァナのことを考えているので宮殿から追い出せと要求する。

再び森へ

「虎の乳が欲しいわ」妊娠がわかってから最初に欲しくなったものを、シーターは口にした。ラクシュマナがそれを取りに行かされた。

その後シーターは言った。「ランカーから戻るとき、海の真ん中に白檀の森に覆われた島を見たの。どの木にも蜂の巣がぶら下がっていたわ。あの特別な蜜を食べたいわ、白檀と海の風の香りがついた蜜を」ハヌマーンがそれを取りに行かされた。

「あらあら、森へ行った女の子は、立派な王妃になって戻ってこられたわね」宮殿の女官たちはこっそり言い合った。

シーターにはほかにも欲しいものがあった。アナスーヤーの庭園で育っていたタマリンドの実、アガスティヤの家の周りで育っていたバナナ、ラーマが詳しく話してくれたシャバリーの木の実。

だから、シャバリーの木の実が見つかる森まで連れていくため王家の戦車が用意されたと告げられたとき、シーターは驚き、また喜んだ。自分の手で木の実を摘めるのだ。

昨夜、シーターは森の夢を見ていた。野生の自由が恋しい。虎や蛇が恋しい。木や草、木の根や若木の味、山を流れる小川の水が恋しい。ただし今回は、ラーマと手をつなぎ、朝日で温まった岩にもたれる彼の胸に頭をもたせかけ、彼が髪を撫でるのを感じながら、それらすべてを楽しみたい。

自分の服とラーマの服を一日分だけ詰めて、軽い荷物を用意した。ラーマが明日には戻りたがるのはわかっている。職務を果たし、儀式を執り行い、牛を分配し、請願に耳を傾けねばならないのだから。

戦車は宮殿の者が誰も起きていない早朝に準備された。ラクシュマナが戦車の御者を務め、随行員は見えず、ラーマの姿もないことは、予想していなかった。ラクシュマナの顔に遠征の興奮はない。彼は馬の蹄や馬車の車輪を何度も調べて忙しく動き回っている。

そのときシーターは、ラーマの最悪の不安が的中したことを察した。民が噂をしているのだ。アヨーディヤーは王と王妃を嘲っている。

「ちょっと待って」シーターはラクシュマナに言った。「忘れ物をしたわ」

宮殿に戻った彼女は料理人に指示を出した。「ラーマの米にたっぷりギーを注いでね、たとえ彼が

抗議しても。彼は認めないでしょうけれど、それが好物なのよ」

ラーマの部屋を掃除する女にはこう言った。「ほうきで部屋を履いたあと、必ずモップをかけてね。彼は文句を言わないけれど、埃が苦手なのよ」

ラーマの服を整える男にはこう言った。「上着にはジャスミンの香水を振りかけるようにしてね。彼は決して要求しないけれど、その香水を気に入っているのよ」

庭師にはこう言った。「毎朝白い蓮の花と深緑色のカミメボウキの葉でラーマに花輪を用意してね。彼は恥ずかしがって、自分からは頼まないでしょうから」

ラーマ専属のマッサージ師にはこう言った。「彼は少し温めたオイルを好んでいるわ。それと、足を優しく揉んであげてね。彼はまだ王の靴に慣れていないのよ」

そうしてシーターは戦車に乗り込んだ。「行きましょう、ラクシュマナ。万事支障ないわ」

彼女は振り返った。さようならを言ってくれる人は誰もいない。妹たちはまだ眠っている。侍女たちも眠りの中だ。道路に人影はない。そんなに早い時間なのか？　けれども空は赤く、間もなく朝日が昇ろうとしている。そのとき法螺貝が鳴り響き、ラーマが玉座に就いて使者や臣民に会う用意ができたことを告げた。夜明けの空に、アヨーディヤーの明るい黄色の旗が誇らしげに翻っていた。

Column

❖ シーターが妊娠していろいろなものを欲しがったこと、森へ出発する直前にさまざまな指示を与えたことは、マラーティー語の民謡で歌われている。

❖民謡ではよく、女たちがシーターの幸せを妬んで彼女が苦しむのを願ったことが歌われる。こうして人々は自らの人生を『ラーマーヤナ』に投影するのである。

❖シーターはかつて追放生活に出るとき、ガンガー川に捧げものをすると約束していた。これも、シーターを宮殿から出して再び森へ連れていく口実として用いられる。

❖『パドマ・プラーナ』は、シーターは子どもの頃二羽の鸚鵡から『ラーマーヤナ』の話を聞いたと述べている。鸚鵡は話を全部は知らなかった。シーターは鸚鵡が嘘をついていると思い、残りの話を無理やり聞き出そうとしてうっかり一羽を殺してしまった。生き残った鸚鵡は、シーターも伴侶から引き離されることになるとの呪いをかけた。こうした物語は、シーターが追放されたのは自らの行動の必然的な結果だとしている。

ラクシュマナ、ラーマの決断を伝える

戦車が森に入っていくとき、ラクシュマナは黙り込んでいた。ここはコーサラ国の豊かな農場や果樹園を横切る王家の広い大通りではなく、狭い道だ。シーターがグハに会うことはないだろう。渡るべき川はなく、ただ人気のない山道が続いている。「森のこのあたりは見たことがないわ」シーターは言った。岩だらけの痩せた土地だ。一匹のトカゲが戦車の前を横切り、シーターはくすくす笑った。

ラクシュマナはぴくりとも動かなかった。

やがて戦車は止まった。シーターは木々の間を歩こうと戦車を降りた。ラクシュマナは席から離れない。彼が何か言おうとしているのを察知して、シーターは立ち止まった。

ついにラクシュマナは、目を地面に落としたまま言った。「シーター様の夫、我が兄、アヨーディヤーの王ラーマは、町に噂が溢れていることをシーター様に知ってほしがっています。あなたの評判が問題になっています。これについての規則は明確です。王の妻は、いかなる疑いも招くことがあってはならぬ。そのためラグ王家の後裔は、あなたがラーマから、ラーマの宮殿から、ラーマの都から離れるようにと命じました。あなたはどこへ行くのも自由です。けれど、かつてご自分がラーマの妃であったことは誰にも明かしてはなりません」

シーターはラクシュマナの鼻孔が膨らむのを見た。彼の戸惑いと怒りが感じられる。手を伸ばして彼を慰めたいと思ったが、シーターは自制した。「あなたは、ラーマが妻を見捨てたと思っているのでしょう?」彼女は優しく尋ねた。「でも、そうじゃないわ」自信たっぷりに言う。「そんなことはできないの。あの人は神。神は誰も見捨てない。そして私は女神。女神は誰からも見捨てられない」

「あなたのお言葉は不可解で、私には理解できません」

「ラーマは頼りになる、だから神。私は誰にも頼らず自立している、だから女神。彼は責務を果たし、規則に従い、評判を守らなければならない。私はそのような義務に縛られていない。私は自分のしたいように行動できる。彼が私を家に連れ帰ったとき彼を愛し、彼が森へ行くときも彼を愛し、彼と引き離されたときも彼を愛し、彼に助けられたときも彼を愛し、彼に抱かれたときも彼を愛し、彼に追放されたときも彼を愛しているのよ」

「でも、あなたは無実です」ラクシュマナの顔を涙が流れ落ちた。

「もしも無実でなかったとしたら？　そうしたら、夫が妻を家から放り出すのは社会的に適切で法的に正当なの？　そんな不寛容な社会よりは、ジャングルのほうがよほど好ましいわ」

　シーターの言葉に、ラクシュマナは顔を平手打ちされたような衝撃を受けた。ラーマは妻レーヌカーの首をはねたジャマドアグニとは違う。妻アヒリヤーに呪いをかけたガウタマとも違う。ラーマはシャバリーの汚れた木の実すら愛情を持って受け取ったのだ。

「あなたには、追放をはっきり告げられるだけの尊厳も認められませんでした。騙されて宮殿から追い出されたのです」ラクシュマナは言った。

「あなたはラーマを批判しているわ、ラクシュマナ。だけど私は彼を愛している。あなたはお兄様を理想の人間として見ていて、彼があなたの期待に応えていないから怒っているのでしょう。私は夫のありのままの姿を見ていて、彼の動機を理解している。彼は常に、最善だと思われるものになろうと努めているわ。私は、彼に期待という重荷を負わせたくない。そうやって、彼に愛を感じさせているのよ。彼は私という人間を見ていて、何があろうと私が彼を支持することを知っている。

彼が道を誤った子どものように、こんなずるい手段に出たときでも」シーターは笑顔になった。「家に帰って、ラーマをよく見ておきなさい。自分をシーターの夫と呼ぶ人は、決して再婚などしないわ。アヨーディヤーの王がどうするかは、私にはわからないけれど」

「こんなことは正しくない。こんな高潔さには耐えられない」ラクシュマナは叫んだ。

「ラーマが父親に従うのを拒んだらどうなるか、想像してみて。ラーマが妻を追放するのを拒んだらどうなるか、想像してみて。民はいつまでも彼を誹謗中傷するでしょう、たとえ彼の行動が正しいとみなされるものであっても。これは正しいかどうかという問題ではないの。どんな疑念も持たれない王でいられるかどうかという問題よ。そういう王になるために、彼は私たちの支持を必要としているの」

「あなたはこれからどうするのですか？　どこへ行くのですか？　私は、あなたが助けを求めることのできる賢者たちの庵のそばに、あなたを置いてくるようにと言われました」

シーターは義理の弟を見つめた。彼女よりも年上で、背も高く、戦傷だらけで疲れ果てた男が、恥にまみれた子どものように地面を見下ろしている。

シーターは笑顔で言った。「私は森をよく知っているわ、ラクシュマナ。宮殿よりも長い間、森で暮らしてきたのよ。私のことは心配しないで。この状況を喜んではいないけれど、私はそれを受け入れるし、その中でできる限りのことをする。こうして私は、ダルマを手放すことなくカルマに従うのよ」

ラクシュマナは戸惑いながらもアヨーディヤーに戻った。シーターは森に留まり、にっこり笑い、髪をほどいた。農民が畑を放棄したとき、畑はようやく野生の森に戻ることができるのだ。

Column

❖ガンジス川流域の平野部の民謡では、シーターはラクシュマナに水を汲んでくるよう頼む。ラクシュマナは近くに川はないと答える。するとシーターは、いつも森でしていたように矢を地面に刺して水を噴き出させるよう頼む。ラクシュマナは、戦車を止めたくないので自分でするようシーターに言う。シーターは自分の純潔の力を使って井戸を作る。これによって、シーターが本当に貞淑で火の試練以降ラーヴァナについて考えていないことが、ラクシュマナに証明される。

❖各地方の『ラーマーヤナ』では、多くの民話に見られるモチーフと同様、ラーマはシーターを殺してその証拠となる目玉か血を持ってくるようラクシュマナに命じる。だがラクシュマナはシーターの命を助け、代わりに鹿の目玉をラーマに届ける。

❖ビール語のある歌では、ラーマはラクシュマナにシーターを殺させようとするがラクシュマナは彼女が妊娠しているのに気づいて殺さない、とされる。テルグ語の歌では、ラーマはシーターが死んだと思い込み、葬儀を執り行うことまでする。

❖「ウッタラ・ラーマーヤナ」を公の場で詠むことは禁じられている。この悲劇がシーターの母たる大地を怒らせ、地震を誘発するかもしれないからだ。

❖宮殿に戻ったラクシュマナはこの現実の性質についてラーマと哲学的な会話を交わす。その会話は「ラーマ・ギーター」として『アディヤートマ・ラーマーヤナ』に収められている。

シーターは泣き、シュールパナカーはほくそ笑む

ついにシーターが泣いたとき、彼女はアヨーディヤーを憐れんで泣いた。人々は自らを無力だと思い込み、噂によって力を得ようとしたのだ。

森に入っていったシーターは、境界というものは存在しないことに気づいた。穀物と雑草を区別するものは何もない。あらゆるものに価値がある。自然には無垢も穢れもない。文化は価値が認められないものを排除する。自然はすべてを包含する。

笛の音が聞こえてきた。シーターがその音に誘われて進むと、森の中の闇夜のごとく暗い場所に出た。そこに輝く人影が見えた。一人の男が中央にいて、多くの女が彼を囲んでいる。男が音楽を奏で、女たちはその周りで踊っている。誰一人、法や慣習によって別の人間に束縛されてはいない。期待も義務もなく、あるのはたくさんの愛情と理解のみ。ここには多くの可能性がある、とシーターは思った。「いつの日か、別の人生で、ラーマはクリシュナとなり、シーターはラーダーとなる。二人は喜びに浸ってともに踊るだろう」木々が希望に満ちて叫んだ。

「だが義務が彼を召喚する。彼は村を出て都に向かう。彼女の心は再び張り裂けるだろう」草が言い、シーターを慰めようと葉を伸ばした。

暗闇は消え、代わりにまばゆい日光が現れた。木は泣いている。鳥は声を張り上げている。蛇は喚

いている。「ラーマはシーターを追放した」彼らは叫んだ。「アヨーディヤーは、シーターがこの国にふさわしくないと考えている」

シーターは木や鳥や蛇をなだめた。「規則に縛られて、宮殿の中では自由に呼吸もできないラーマのために泣いてちょうだい。私は森に戻ったわ。ここでは、何でもしたいことをしたいときにすることができるのよ。私はもう誰の妻でもない。今は子を持つ女。ガウリーはもう頭を下げて自分の足元を見つめなくてもいい。今の私はカーリー。さあ、川で泳いでシャバリーの木の実を食べましょう」

実のなる木の下にはシュールパナカーがいた。憎しみと怒りにまみれたシュールパナカーは自己満足している。「やつらは、私を拒んだように、お前も拒んだ。今のお前は地位を奪われ、美しさを奪われた私と同じように苦しんでいる」

シーターは微笑んでシュールパナカーに木の実を差し出した。「これは本当に甘いわ、マンドーダリーの庭園にあった木の実に負けないくらいよ」シュールパナカーは愕然とした。シーターの苦しみを見て楽しむつもりだったのだ。なのにシーターは苦しんでいない。「シュールパナカー、あなたはいつまで、自分が周囲の人を愛するように周囲の人が愛してくれるのを待つつもり？　自分の中にシャクティを見出して、たとえ相手が愛してくれなくとも相手を愛するようになりなさい。無条件に相手に差し出すことによって、自分の飢えを克服しなさい」

「だけど、私は正義の裁きを求めているのよ」シュールパナカーは言った。

「どれだけ罰を与えたら十分なの？　ダシャラタの息子たちがあなたを傷つけて以来、彼らの心に平和はなかったわ。それでもあなたは怒りにまみれ、容赦なく非難を続けている。人間は決して正義によって満足することがない。動物は決して正義を求めない」

「私は動物じゃないわ、シーター。動物扱いしないでよ」

「では人間になりなさい。怒りを手放して先へ進むの。あなたを傷つけた人は、自分の心を広げることができない。でも、あなたなら広げられるはずだわ」

「降参する気はないわよ」

「あなたは被害者意識で身動きできなくなっているのね。だったら、ラーヴァナのようになればいいわ。弟たちが死に、息子たちが死に、王国が燃えている間も、自分は偉いと思い込んでじっと立っている人間に。敗者は誰なの、あなた以外に？　文化は生まれ、やがて滅びる。ラーマもラーヴァナも生まれ、やがて滅びる。自然は続く。私なら自然を楽しむわね」

シュールパナカーはシーターの差し出した木の実を受け取った。それは確かに甘かった。どんな恋人の短気で好色な視線よりも甘かった。もう一つ木の実を食べたシュールパナカーは、笑みを浮かべた。「さ、川まで競走よ」シーターは叫び、川まで走った。シュールパナカーはくすくす笑って水に跳び込んだ。彼女は再び美しくなったと感じた。

Column

❖シュールパナカーのその後について考えた作家は数多い。多くの作家は、ラーマがシーターを拒絶した原因をシュールパナカーに求めている。一部の作家がシーターの運命を父権制の結果だと考える一方で、多くの作家は女の嫉妬の結果だと考えている。

❖古代インドの医学書『スシュルタ・サンヒター』に手術による傷ついた鼻の修復（鼻形成術）が載っていることから、人々はラーヴァナが外科手術によってシュールパナカーの鼻を修復したと結論付けた。

❖ラージャスターン州では、吟唱詩人がシュールパナカーの転生の物語を語る。シュールパナカーはプルヴァンティーに、ラクシュマナは民衆の偉大な英雄パーブージーに生まれ変わる。二人は結婚するよう運命づけられているが、パーブージーはありとあらゆる口実を用いて床入りを逃れる。ラクシュマナ同様、パーブージーも禁欲的な苦行者兼戦士のままでいる。シュールパナカーの愛は依然として報われない。

泥棒は詩人となる

全身を高価な宝飾品で飾ったシーターは、やはり王妃だった。森でたった一人、木の下で岩に座り、次の行動を考えている彼女は、あたかも孤独なニンフだった。当然ながら、彼女は盗賊の注意を引いた。その盗賊はラトナーカルといった。彼は剣を持ち、威嚇するようにシーターに歩み寄った。「お前の黄金を渡せ」彼は怒鳴った。

シーターは顔に少しの恐怖も浮かべることなく、一対の腕環を外して堂々とした優雅さで彼に渡した。

ラトナーカルが腕環を調べていると、シーターは尋ねた。「どうして盗みを働くのですか？」

「昔は農民だった。だが畑にするため森を焼くのが苦痛で耐えられなかった。猟師だったこともある。だが動物を殺すのが苦痛で耐えられなかった。だから今は盗んでいる。人間は自然から盗んだのだから、人間から盗むのは少しも苦痛じゃない」ラトナーカルは答えた。

「そもそもどうして盗まなくてはならないのですか？　シヴァのような苦行者になって、あらゆる飢えを克服してはどうですか？」

「家族を養わなくちゃならんのだ」ラトナーカルは、宝飾品で身を飾って森にいる奇妙な女性に興味を覚えた。

「それは絶好の言い訳に聞こえます。でも教えてください、あなたが盗んだものを享受しているご家族は、あなたが王に捕らえられて罰を与えられたら苦しむでしょうか？」

「もちろん苦しむさ」ラトナーカルは答えた。

「間違いありませんか？」シーターは訊いた。

盗賊は確かめることにした。すると妻はこう言って彼をひどく落胆させた。「どうして、あんたの罪のために私と子どもたちが苦しまなくちゃならないの？　あんたはこの家の長で、家族を養う責任があるのよ。そのためにあんたが何をしようと、そんなの私たちの知ったことじゃないわ」

「我が家族は家族などではなかった」盗賊は肩を落として戻ってきた。「私はひどく孤独だ」

「目を開き、心を広げなさい。そうしたらあなたは、自分の問題について世の中を非難するのを止め、家族を欠点ごと受け入れられるでしょう」シーターは言った。

「どうやればいいんだ？」

「座って、自然に口から出てくる一つの言葉を繰り返すのです」

盗賊は座った。口から出た言葉は〝死〟を意味する〝マーラ〟だ

けだった。何時間もその言葉を繰り返していると、やがて心は落ち着き、言葉は自然に順序が逆になった。「マーラ、マーラ、マ、ラ、マ、ラーマ、ラーマ、ラーマ……」

「俺の心をこんなふうに静めてくれるラーマというのは何者だ?」彼はシーターに尋ねた。

シーターはラーマのことを話した。彼の誕生、結婚、追放、戦い、勝利、帰還、そして戴冠。自分が一緒に森へ行った妻、ラーヴァナが拉致してラーマが救った妻、宮殿の噂のせいで追放された妻であることは明かさなかった。しかし、その口調が彼女の正体を物語っていた。この女性こそが、多くの旅人が話題にしているアヨーディヤーの王妃、ジャナカの賢い娘であることを、ラトナーカルは確信した。

「この物語は俺の乱れた心を静めてくれる。もう少しこの人の名前を唱えて、この人について考えさせてくれ」

「あなたが瞑想して人生の問題への答えを探している間、誰があなたの家族の面倒を見るのですか?」シーターは質問した。

「そろそろ家族には自分で自分の面倒を見させるべきだ。俺だって自分の面倒を見てきたんだからな。俺たちは自分自身の行動に責任がある。自分の選択の結果を受け止めるのは、自分だけなんだ」

そうしてラトナーカルは一カ所に座り込み、ラーマのこと、彼の物語のことを考えて心を静めた。何日もが経過した。彼はその場から動こうとしなかった。シーターは近くの木の実を食べ、川の水を飲み、岩の上で眠って、彼を見守り続けた。白蟻がラトナーカルの体を覆う塚を作った。彼は深い瞑想に入っていた。何の痛みも感じず、何の音も聞こえず、何のにおいも嗅がない。インドラが派遣したどのアプサラスも、彼を誘惑できなかった。盗賊は変身しつつある。内なる炎のタパスが、彼を賢者に変えようとしていた。

やがてある日、頭上の木の枝にインコのつがいが止まった。一本の矢が当たって、雌は地面に落ちた。雄は憐れに鳴きながら伴侶の周りを飛んで回った。その声が盗賊の瞑想を乱した。彼は目を開け、怒って蟻塚から現れて猟師を呪った。「つがいを別れさせた者が決して幸せを見つけませんように」

呪いの言葉は詩となって口から出た。苦痛から詩が生まれたのだ。

盗賊は、ラーマの物語を詩にして残りの生涯を過ごそうと決意した。「私はそれを『ラーマーヤナ』と呼ぼう」彼は言った。「ラーマの物語、と」

「それはヴァールミーキの『ラーマーヤナ』として知られるようになるでしょう」シーターは励ますように言った。

「ヴァールミーキとは誰ですか?」ラトナーカルは尋ねた。

「あなたです」シーターは言った。「ヴァール、つまり砂の塚から再生した人です」

「あなたは我が導師です。私の再生を可能にしてくださいました」ヴァールミーキはひれ伏し、額でシーターの足に触れた。「あなたがどなたかは存じません。けれど、私が自分の家族を見捨てたように、あなたはご

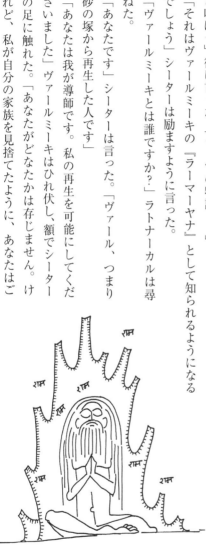

自分の家族から見捨てられたのでしょう。あなたのお世話をさせてください」

「自分の世話は自分でできます」

「では私の世話をしてください」

「あなたが心を広げて、奥様や子どもたちもその心に受け入れるのならば。家族はあなたを見捨てたかもしれませんが、あなたは家族を見捨ててはなりません」

ヴァールミーキはうなずいて家に帰った。シーターは彼についていった。

彼の妻ゴームティは夫を見て悲鳴をあげ、何週間もどこにいたのか、どうして灰にまみれて樹皮の服を着、苦行者のような格好をしているのか、と問い質した。自分の人生の悲惨さ、自分と子どもを養わねばならなかったこと、何日も食べ物がなかったこと、飢えた子どもを慰めたことを嘆いた。夫を、自分の運命を、神々を呪った。身も世もなく泣き崩れた。だがヴァールミーキは反応を見せなかった。ゴームティが泣き止むと、彼は謝罪して妻を抱き締めた。ゴームティはまたしても泣き始めた。

彼女の視線はシーターに移った。「この人、誰？」ゴームティは訝しげな顔になった。「あなたの愛人？」それから夫に目を戻した。彼は乱れ、汚れている。「まさかね」ゴームティは冷笑した。

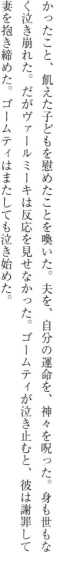

「私は夫に家から追い出されて放置されました。どこへも行くところがありません。ご主人が家に招いてくださいました。客として私を受け入れてくださいますか？」シーターは尋ねた。

「うちには何もないよ」ゴームティはうさんくさげにシーターを見た。夫に捨てられた人が、どうしてこんなに平然としていられるのだろう？「だけど、何もないのを皆で分けることはできるかもね」

シーターはにっこり笑い、王家のローブや宝飾品をヴァールミーキの妻に渡した。シーターは王家に嫁いだ者として、夫の家の評判を守るため、この花嫁用の美しい衣装を着ることを期待されている。今ようやく、その重荷から解放された。やっと、森の住人の木の葉と樹皮でできた服を着ることができる。ずっとこれを着たかったのだ。

ヴァールミーキの妻はしばらくの間シーターの服を着て楽しんだが、だんだんと興味を失っていった。シーターが人生において本当に大切なものを教えたからだ。それは、おいしい食べ物、雨露をしのげる家、そして愛と支えを与えてくれる家族である。

かつて盗賊の住処だったところは、徐々に詩人の庵に変わっていった。ヴァールミーキはラーマの物語を歌にするのに忙しく過ごし、その間シーターは、心行くまでシャバリーの木の実を味わった。

Column

❖ラーマがシーターを森に捨ててくるよう命じる話もあれば、賢者の庵のそばに置いてこさせる話もある。多くの場合、シーターは自立心をすっかり失い、打ちひしがれ、世話をしてくれる賢者に頼る女性として描かれる。

❖盗賊ラトナーカルがラーマの名を唱えたあと詩人ヴァールミーキに変わるという話は、五〇〇年前のバクティ運動の頃に生まれた。最も古い二〇〇〇年前のサンスクリット語の物語ではヴァールミーキをプラチェータの子孫としており、盗賊から生まれ変わったという話は含まれていない。二人の異なる人物についての二つの異なる物語が存在するが、一般には混同されて同一人物とされている。

❖ラトナーカルが賢者ナーラダの介入によってヴァールミーキに変わるという伝承もあれば、介入したのは七聖仙サプタリシだとする伝承もある。この話は最初『スカンダ・プラーナ』に登場し、のちに『アーナンダ・ラーマーヤナ』や『アディヤートマ・ラーマーヤナ』にも登場する。

❖サルラー・ダースによるオリヤー語の『ビランカ・ラーマーヤナ』では、ヴァールミーキはブラフマーの汗が川岸の砂（ヴァール）に落ちたことによって生まれたとされる。

❖インド北部で掃除夫や靴職人が属する下位カーストは、ヴァールミーキを自分たちの守護聖人としている。

❖ラーマはパティタ・パーヴァナ、穢れを清めてあらゆる汚染を取り除く者と呼ばれる。この表現は、〝穢れ〟という概念を基準とした階層制度から生まれている。この階層制度により、不潔で卑しいと思われる仕事に就くカーストの者たちは尊厳や財産を持つことができない。社会改革者の中には、ラーマをカースト制度からの解放の象徴とみなす者もいれば、『ラーマーヤナ』こそがカースト制度の源だと考える者もいる。

❖七世紀、チャンパ（現在のベトナム）にヴァールミーキを祀る寺院が建立された。そこでは、彼は聖者詩人、そしてヴィシュヌの生まれ変わりとして敬われている。

❖伝統的に、ヴァールミーキの庵はウッタル・プラデーシュ州のバーンダー地方にあると言われている。

❖ヴァールミーキの最初の叙事詩と、のちの完全な『ラーマーヤナ』は、アヌシュトゥブという韻律を用いて書かれている。

シャンブーカ

ラトナーカルがヴァールミーキという聖仙になった話を聞いて、アヨーディヤーの多くの人が家庭生活を捨てて隠者になることを決意した。聖職者は隠者になった。戦士は隠者になった。農民も、牛飼いも、職人も、商人も、隠者になった。アヨーディヤーは危機に陥った。「我らが王はお妃をジャングルに捨て、臣民は家族を捨ててジャングルに向かっている」民は嘆いた。

ある日、一人の聖職者がラーマの宮殿に来て叫んだ。「見てください、幼い息子が死にかけています。治してくれる医師はどこにもおりません。誰もが苦行に忙しくて、祭式を行うことができないのです。慣れ親しんだ社会構造や階層制度や仕組みが崩壊しつつあります。このような世界では、平凡な生活の秩序が崩れるのは必至です。若者は年寄りよりも早く死ぬことになります。ラーマ様、このような混乱を引き起こしたのは陛下です。これ以上事態が悪化する前に、元に戻してください」

それでラーマは森へ行き、苦行者を統率する者を見つけた。それはシャンブーカという男だった。「ここでは、私は誰の臣下でもない。森のあらゆる生きものと対等である。私は都会よりも森を好んでいる。ここには知恵がある」シャンブーカは言った。

「森を理想化してはいけない」ラーマは言った。「ジャングルでは、誰も無力な者を助けてくれない。自分の面倒を自分で見、絶えず飢えや捕食動物を恐れて生きねばならない。最強の者がすべての雌を独り占めするのを許し、季節が変わるごとに住む場所を変えねばならない。だが都会には弱者を養うのに十分な食べ物がある。そして、人に生きる意味や目的、正当性を与えてくれる社会構造がある」

「私は誰にも劣った存在になりたくない。都会では、ラーマよ、私は商人や戦士や聖職者より劣った存在だった。なぜだ?」

「階層がまったく存在しないのは、シヴァの住むカイラーサ山だけだ。あらゆる願いが叶うのは、インドラの極楽スヴァルガだけだ。私ラーマは、アヨーディヤーをヴィシュヌの天界ヴァイクンタのような場所にしようと努めてい

る。階層を必要とせず、願いを叶えることができる場所に。〝力〟としての現実と、それに対抗する〝力〟としての想像とを、生活に組み込みたいと願っている。だがアヨーディヤーの都が存続するには、義務は果たされねばならぬ。あらゆる家庭人が隠者になるのを許すことはできない。家に帰れ、シャンブーカ、務めを果たせ。お前の持つ技術を次の世代に伝え終えてから、森に戻ればいい。そうしないなら、私はお前を殺す。お前に従おうとする者を思いとどまらせるために」

「殺すがいい、ラーマ。私は戻らない」

それでラーマは剣を振りかぶり、シャンブーカの首をはねた。パラシュラーマがレーヌカーの首をはね、カールタヴィーリヤの腕を切り落としたように。王や臣下が社会の規則に賛成であるかどうかにかかわらず、完璧な王は規則を守らねばならないのだ。

ラーマが家に帰ると、息子を亡くした聖職者がラーマに駆け寄って言った。「息子は奇跡的に死者の国から生還しました。死の神が、シャンブーカの生贄に満足したと言って、息子を返してくれたのです」

ラーマは少年を見て言った。「父親のようなバラモンになるのだぞ」

「父のようにではなく、シャンブーカのようになります」その息子は言った。「父はヴェーダの讃歌を人々に伝えていますが、その意味を理解していません。人の上に立って優越感を覚えて楽しんでいるだけです。父のようになりたくはありません。私はバラモン・ジャーティよりもバラモン・ヴァルナになるほうを選びます。シャンブーカのような苦行者になって、アヨーディヤーを地上のヴァイクンタにしたいのです」

手にシャンブーカの血をつけたまま、ラーマは安堵を覚えた。シャンブーカが生まれ変わったことがわかったからだ。

Column

❖シャンブーカの話はヴァールミーキによる『ラーマーヤナ』の「ウッタラ・カーンダ」に収められている。

❖シャンブーカの物語は、バヴァブーティなどによる多くの古代のサンスクリット劇や、中世の各地方版『ラーマーヤナ』に見られる。劇では、ラーマの行動は王族の義務として正当化される。バクティ運動の文献では、シャンブーカは殺されたことで恩恵を被る。殺したのが神だからだ。シャンブーカは輪廻転生から解放されたのである。

❖現代では、シャンブーカの物語は『ラーマーヤナ』のカースト偏向を露わにする劇になっている。政治活動家E・V・ラーマスヴァーミーは、これはラーマが一般に言われるほど善良な王ではなかったことを示す物語だと考えた。政治家B・R・アンベードカルは、ラーマの性格についてというより、力で強要しないと持続できないカースト制度についての物語であると考えた。

❖『ラーマーヤナ』は、あるカーストが他のカーストより優れていると主張しているわけではなく、現状を維持しようとしているのである。昔から、カーストにおける変化は社会の安定を脅かすと恐れられているからだ。それでもインドの歴史上、カーストの線引きや階層構造は常に変化してきた。そうした動きはバラモン内部に限られない。一般的な地主階級が、さまざまな村を支配し、菜食主義など社会的に認められた慣習を採用して、より上位のカーストを目指すことがある。こうした動きをインドの社会学者は〝サンスクリット化〟と呼ぶが、西洋の社会学者の一部は〝バラモン化〟と呼ぶほうを好む。

❖『ラーマーヤナ』には社会的に劣ったカーストの者も何人か登場する。船頭グハ、部族の女シャバリー。ヴァールミーキもそれに含まれることに同意する者もいるだろう。また、ヴァーナラやラークシャサもいる。ラーマと彼らとの関係は一つ一つ異なっており、それは規則よりも感情によって決まる。ただし、ラーマが王になったあとのエピソードに登場するシャンブーカの場合は例外である。

双子

シーターは森で一人きりで出産した。宮殿にいたなら、これは大きな出来事だっただろう。シーターは妹や義理の母や産婆や召使いに囲まれただろう。音楽が奏でられ、旗が掲揚され、菓子が配られただろう。

けれどもここでは、シーターは独りぼっちだった。岩の後ろ、柔らかな緑の草の上に横たわり、一晩中星を見つめて痛みに耐えた。やがて夜明けの神アルナが空に現れて、最後に一度いきむよう励ました。

宮殿ではきわめて大切である清潔と不潔の規則は、ジャングルには当てはまらない。シーターは出産後すぐに後始末をするため立ち上がり、赤ん坊に授乳するのに十分な栄養を得るため果物や木の実や根や茎を食べねばならなかった。ヴァールミーキは歌を書くのに忙しかったので、彼の妻は自分の子どもたちのために食べ物を集めなければならず、シーターや新生児の食べるものまで用意してくれなかった。

ヴァールミーキは生まれた男の子をラヴァと名付け、ラヴァが眠っている間見守った。おかげでシーターは少し体を休め、沐浴し、薪を集め、水を汲み、ささやかな菜園の世話をし、鍋や釜を作るための粘土を川岸へ集めに行くことができた。

やがてラヴァは這い這いするようになった。ある日、シーターが家を離れ、ヴァールミーキがラーマの戴冠前夜を描写する完璧な詩節を書くのに没頭しているとき、ラヴァは勝手に家を出ていった。ヴァールミーキは急に不穏な静寂を感じて、赤ん坊がいなくなったのに気づいた。自分の小屋にもシーターの小屋にも赤ん坊の姿はない。籠の後ろにも鍋の陰にもいない。背の高い石の塀を超えていったのか？　狐か鷲がさらっていったの

か？　ヴァールミーキは不安と恐怖に包まれた。そのときシーターがお気に入りの子守歌を歌いながら帰ってくるのが聞こえた。狼狽したヴァールミーキはクシャ草を集め、束ねて人形を作り、何カ月もにわたる苦行を通じて集めたシッダの力を使ってラヴァそっくりの子どもに変えた。

シーターはラヴァを抱いて帰ってきた。「この子、川まで私のあとを追ってきたのですよ」彼女は笑顔で言った。そのとき、ヴァールミーキの膝に置かれたラヴァそっくりの赤ん坊が見えた。「その子は誰ですか？」

「これは」ヴァールミーキはきまり悪げに言った。「あなたのもう一人の息子、クシャです」

シーターは異議を唱えず、ヴァールミーキを非難もしなかった。素直にクシャを抱き上げてラヴァに言った。「ほら、あなたには弟がいるのよ。双子の弟が」

Column

❖ヴァールミーキの『ラーマーヤナ』ではシーターが双子を出産したことになっているが、『カター・サリット・サーガラ』やテルグ語の民謡では、ヴァールミーキがクシャ草から二人目の息子を作ったとされる。

❖ヒンドゥー教では対称という概念が非常に重視される。神々は二人の妻を持ち、左右に一人ずつ侍らせる。女神は二人の息子に（ガウリーはガネーシャとカールッティケーヤに）、二人の兄弟に（プリーでスバドラーはジャガンナータとバラバトラに）、あるいは二人の戦士に（インド北部のシェールヴァーリーではバイラヴァとラングルヴィールまたはハヌマーンに）挟まれている。シーターの二人の息子も対称という感覚を生み出している。ラーヴァナの一〇個の頭は視覚上非対称を感じさせる。中央の頭の片側に四個の頭、反対側に五個の頭がついていて、不安定を暗示しているのである。

母なるシーター

ラーマの息子たちは森の闇の中、木の下、岩の上で育ち、川で沐浴し、鹿と遊んだ。しばしば詩人が言うように、これを牧歌的な生活と呼ぶこともできるだろう。けれども森が火事になったり、土砂降りの雨が降ったり、飢えたけだものの咆哮が響いたり、シーターもゴームティも十分な果物や根菜を見つけられなかったりしたとき、生活はまったく牧歌的ではなかった。だから子どもたちは、頑健で、責任感を持ち、頼もしく、森の周期をよく知り、ヴァールミーキが常にハミングする調べに精通した人間に育った。

双子はヴァールミーキを父親だと思い込んでいたが、それを知っ

たゴームティの子どもたちは憤慨して叫んだ。「その人は僕たちのお父さんだ。お前たちは自分の父親を探せ」

それで双子は泣きながらシーターのもとへ行き、自分たちの父は誰かと尋ねた。シーターはサティヤカーマのことを話した。彼はウパニシャッドに来て、集会に参加することを望んだ。その場にいた聖仙たちは、父親は誰かと尋ねた。サティヤカーマは、母から聞いたことを話した。母はサティヤカーマの父が誰か覚えていないので、人は彼を母親ジャーバーラーの息子ジャーバーリと呼べばいい、という話だ。彼が恥ずかしがりもきまり悪がりもせず正直に話したことに満足した聖仙たちは、彼をサティヤカーマと名付け、喜んでウパニシャッドに受け入れたという。「あなたたちにもサティヤカーマのようになってほしいの」シーターは言った。「シーターの息子だということで満足してちょうだい」その日以来、少年たちは父親を恋しがらなかった。

二人はシーターに森の秘密を学んだ。あらゆる行動には――それが善でも悪でも――結果が伴うことを学んだ。「よく聞いて」シーターは言った。「鹿は毎日食べるけれど、絶対に満腹するまで食べることはできない。満腹では走れないから。虎は一〇日に一度しか食べないけれど、食べるときには満腹するまで食べる。こんなふうに、自然は獲物と捕食動物のどちらかを贔屓しないのよ」ラヴァとクシャは捕食動物の飢えと獲物の恐怖を理解できるようになった。木の性質、木に葉や花や実ができる理由を学んだ。夜には母がデーヴァやアスラの話をし、ヴァールミーキが聖仙のことを歌うのに耳を傾けた。

二人は母の一挙手一投足を見て育った。毎朝シーターは川まで歩いていき、体を洗って水を汲む。

昼間はずっと家の修理や掃除をし、食べ物を蓄え、炎を燃やし続ける。家には常に食べ物を供するために新鮮なバナナの葉が置かれ、川の甘い水を満たした中空の瓢箪があり、いい香りの花輪が皆の首に飾られていた。シーターは決して休まなかった。いつも微笑んでいた。家事は決して重荷ではなかった。

ゴームティと違ってシーターは髪を結わず、風になびかせていた。いつも文句を言ってヴァールミーキとけんかばかりしているゴームティとは異なり、シーターは自分の人生に対する憤りを一度たりとも表さなかった。「人生に満足する生き方もあるでしょう。でも、望むならもっと多くを求めることもできるわ。それだって人間の特徴よ」ゴームティはラヴァとクシャにそう言い続け、シーターは反論しなかった。

二人が十分大きくなると、シーターは石を打ち合わせて火を熾《おこ》す方法、森に落ちている乾いた枝を集めて薪を集める方法、狩りに使う尖った道具の作り方、罠の作り方、剣の振るい方、槍の投げ方、そして最後に、弓の作

り方と使い方を教えた。「食べ物を得るために狩りをしなさい。生きていくために狩りをしなさい。でも絶対に楽しみのために狩りをしてはいけません」彼女は息子たちに言った。「そして、常に自分が狩ろうとしているものを確認しなさい。茂みの向こうで水音が聞こえたからといって、鹿が水を飲んでいるのだと決め付けないで。少年が甕に水を汲んでいるだけかもしれないから」

二人の性格はまったく違っていた。ラヴァは数式が大好きなのに対して、クシャは文法を覚えるのを楽しんだ。ラヴァが追跡を楽しむのに対して、クシャは待ち伏せを楽しんだ。ラヴァが話好きなのに対して、クシャは黙っているほうを好んだ。二人とも弓の腕に優れていたが、ラヴァは動いている的を射るのが得意で、クシャは遠くの的を射るのが得意だった。シーターは決して二人を比べなかった。「森の木々は一本一本違っているけれど、どれも木であることに違いはないわ」また、こうも言うのだった。「植物は日光を求めて争い、動物は伴侶を求めて争う。人間は恵まれているわ。私やあなたたちだけが、競争心を捨てる力を持っている。それがダルマというものなの」

シーターは息子たちに火の値打ちを教え、彼女が第一のヤジュニャ・シャーラーと呼ぶ厨房の炉の中に火を留めておけることを教えた。どこでもいつでも望むときに人が水を飲めるようにしてくれる甕を崇めるように教えた。ウパニシャッドの聖仙たちから学んだ讃歌を教えた。夜には星占いの方法を教えた。少年たちは、自分たちが空腹のとき、シーターの手にはいつも果物か木の実があることを知っていた。シーターがそばにいれば、誰一人飢えることはないのである。

Column

❖シーターはシングルマザーだ。『マハーバーラタ』のクンティー、ウパニシャッドのジャーバーラー、インドがその名にちなんでバーラタと呼ばれるようになったバラタ王の母シャクンタラーも、シングルマザーである。

❖ほとんどの作家は森でのシーターの暮らしを悲劇的に書いている。彼らは森の生活を知恵ではなく貧困と結び付けているからだ。彼らは、財産とは実利的なものであって人間の価値を示すわけではない、というインドの知恵を忘れている。賢者は、たとえ何も持っていなくても貧しくないのだ。

❖『マハーバーラタ』には、アシュターヴァクラが叔父のシュヴェータケートゥに誤りを正されるまで祖父のウッダーラカを父親だと誤解していた、というエピソードがある。これはヴァールミーキの息子たちがラヴァとクシャの誤りを正すのと似ている。

❖サティヤカーマとジャーバーラーの話は、紀元前七世紀のチャーンドーギヤ・ウパニシャッドに由来する。

❖ケーララ州ワヤナード地方には、息子二人を連れたシーターを祀る寺院がある。その地方の『ラーマーヤナ』には、ヴァールミーキの『ラーマーヤナ』にはない波乱万丈のエピソードが多く見られる。地元民は、『ラーマーヤナ』の出来事はワヤナード近辺で起こったものだと信じている。

ガンダルヴァ

ある日、シーターは弦楽器の音を聞いた。ラーヴァナの作ったルドラ・ヴィーナーの音に似ている。記憶が蘇ったが、彼女はそれが湧き上がるに任せた。思い出すと笑みが浮かぶ。記憶とは過去が産んだ子どもであり、今は独立して、時々訪れてくるのだ。彼女は歌を書くのに忙しくしているヴァールミーキのもとにラヴァとクシャを残して、音の源を探しに行った。

弦楽器を弾いているのは、一人の美しい男だった。ラークシャサか？　ガンダルヴァか？　聖仙か？　彼は、若い頃のラーヴァナならこんなふうだっただろうと思わせる顔立ちをしていた。

「ああ、ようやくいらっしゃいましたね。あらゆる蜂や蝶、あらゆる蟻や白蟻、あらゆる渡り鳥や鹿が、あなたの穏やかな美しさを語っています。私はそれに霊感を得て、この音楽を作り、あなたのために演奏しているのです。音楽があなたの心をとらえて、あなたを私のもとへ引き寄せることを願っていました」

「素敵な音楽ですね。あなたはどなたですか？　自己紹介してください。私のことはご存じのようですから」

「名前などどうでもいいのです。私があなたに音楽を捧げている男であることだけを知ってください。我が心はあなたのものです。我が命はあなたのものです。私をあなたのものにしてください」

「私はラーマのもので、彼は私のものです。私たちはお互いがいて完全になれるのです。他の人は必要ありません」

「だが彼はあなたを捨てたでしょう。あなたは結婚の縛りから自由になっている。あんな男に固執しないでください。私のもとへ来てください」

「彼が私を縛っているかいないかは関係ありません。私がそれを望むかどうかです。そして私は縛られたくありません。その必要もありません。ラーマがいようといまいと、私は自分一人で完璧な存在です。ラーマは私の完璧な姿を映す鏡、私は彼の完璧な姿を映す鏡。不完全なあなたは、私が森に一人でいるというだけの理由で私を不完全だと決め付けるべきではありません」

音楽がやんだ。男は眉をひそめ、その後シュールパナカーのように冷笑した。だがシーターは恐れなかった。それは記憶、過去の産んだ子ども、今は成長して現在を馬鹿にするため時々戻ってくるだけなのだ。

Column

❖現代では、貞節は、たいていの場合男によって女に課される重荷だと解釈される。だが多くの男女にとって、それは愛の表現でもある。

❖ジャナカの娘シーターは知恵を体現している。知恵とは、飢え——肉体的なものでも、精神的なものでも、知的なものでも、社会的なものでも——を克服することである。

❖ジャイナ教の聖典には、ティールタンカラ（ジャイナ教の祖師）の一人ネーミナータの妻、ラージャマティーの物語がある。ラージャマティーは苦行者となった夫を恋しがり、深遠な知恵の言葉で彼女を誘惑しようとする若者たちに言い寄られても拒絶する。似たようなものにマッリカの話がある。マッリカは自分との結婚を望んだすべての男性を拒絶した王女で、ティールタンカラのマッリナートとなる。

❖『ブリハッド・アーラニヤカ・ウパニシャッド』には、完璧さ（プールナマダハ　プールナミダン）を称える讃歌がある。この歌は、ブラフマンを、完璧であり、完璧さを作り出し、完璧さを生み出したあとも完璧なままのものと表現している。

ハヌマーンの『ラーマーヤナ』

ついにヴァールミーキは『ラーマーヤナ』を完成させた。それをシーターに見せると、シーターは非常に気に入った。妻に見せると、妻は称賛した。天と地を行き来する賢者ナーラダに見せたが、ナーラダは感心しなかった。「よくできているが、ハヌマーンの『ラーマーヤナ』のほうがもっと優れている」ナーラダは言った。

「あの猿も『ラーマーヤナ』を書いたのか！」ヴァールミーキは不機嫌になり、どちらの『ラーマーヤナ』のほうが優秀だろうと考えた。それでハヌマーンを探しに行った。

ナーラダは、アヨーディヤーからそう遠くないカダリー・ヴァナ（プランテンの木立）を指し示した。そこにハヌマーンがよく現れるという。その木立にあるバナナの木の大きな葉七枚に、ハヌマーンの『ラーマーヤナ』が書きつけられていた。それを読んだヴァールミーキは、非の打ちどころがないと感じた。きわめて精妙に選び抜かれた文法、語彙、韻律、諧調。ヴァールミーキは思わず泣き始めた。

「そんなにひどいか？」ハヌマーンは尋ねた。

「いや、そんなに素晴らしいのだ」ヴァールミーキは答えた。

「だったらどうして泣いている？」ハヌマーンは訊いた。

「なぜなら」ヴァールミーキは答えた。「ハヌマーンの『ラーマーヤナ』を読んだあとは、誰もヴァールミーキの『ラーマーヤナ』など読みたがらないからだ」それを聞いたハヌマーンは、ラーマの物語を書いた七枚のバナナの葉を破り捨てた。「何をする！」ハヌマーンが葉の断片を風に飛ばすのを見て、ヴァールミーキは叫んだ。「これで、もう誰もハヌマーンの『ラーマーヤナ』を読めないではないか」

ハヌマーンは言った。「私が私の『ラーマーヤナ』を必要とする以上に、お前はお前の『ラーマーヤナ』を必要としている。お前は世界にヴァールミーキを覚えてもらうために『ラーマーヤナ』を書いた。私は自分がラーマ様を覚えていられるよう『ラーマーヤナ』を書いたのだ」

その瞬間ヴァールミーキは、自分が作品を通じて認められたいという欲望の虜になっていたことを悟った。この作品によって、認められないという恐怖から解放されようとしたわけではなかった。自分の心のもつれをほどいてくれるラーマの物語の本質を理解していなかった。彼の『ラーマーヤナ』は野望の産物だった。ハヌマーンの『ラーマーヤナ』は愛情の表れだった。だからこそ、ハヌマーンの『ラーマーヤナ』のほうが遥かに優れていたのだ。

ヴァールミーキはハヌマーンの足元にひれ伏して言った。「肉体が精神から我々の気をそらすように、言葉は概念から我々の気をそらす。今、私は悟った、ラーマよりも偉大なのはラーマという概念であることを」

Column

❖多くの物語は、ハヌマーンこそ『ラーマーヤナ』の作者だとしている。ヴァールミーキはハヌマーンが話したことの一部を書いたに過ぎない、と言われている。

❖あらゆる物語は不完全であり、ゆえに誰も自分の作品についてうぬぼれてはならない、という考えは、インドの物語によく見られるテーマである。

❖一部の伝承では、ハヌマーンは『ラーマーヤナ』を岩に刻んだとする。彼は椰子の葉に『ラーマーヤナ』を書き、風がその葉をインド各地に運んだ、とする伝承もある。

シャトルグナは『ラーマーヤナ』を耳にする

ヴァールミーキは、『ラーマーヤナ』の歌を通じてラーマという概念をラヴァとクシャに教えた。彼は、二人が成長して自分たちの父親である男を尊敬し、ラーマの取った行動の理由を理解することを望んでいた。ラーマの歌を学んだラヴァとクシャは驚異の念に打たれ、学識があることと賢明であることの違いを知った。

ある日、ラヴァとクシャがもうすぐ一四歳になろうという頃、一人の戦士がシーターの庵に近づいてきた。スーリヤ・ヴァンシャとラグ王家の幟を持った兵士を引き連れている。シーターはその戦士が義理の弟シャトルグナであることに気づいた。彼はラクシュマナにそっくりだ。思い出が胸に蘇る。彼女は庵に引っ込んでいることにした。

「一晩泊めていただけませんか？」シャトルグナは尋ねた。彼はラーマの権威に挑んだマトゥラーの恐るべき王ラヴァナを成敗した帰り道だという。ヴァールミーキは彼を歓迎して果物と水、そして双子がその日早くに捕まえた魚を供した。シャトルグナが食べ終えると、ヴァールミーキは少年二人に、彼が教えた歌を歌うよう命じた。

二人は弦楽器を手に、夜を徹して歌った。シャトルグナはその詩句と声にうっとりとした。「君たちが持つその楽器は何だ？　フィドルに似ているが、かなり違うようだ」

「リュートのようであり、ヴィーナーのようでもありますが、指で弦をはじくのではなく、弓を弦の上で滑らせて音を出すのです」少年たちは言った。「僕たちはこれを〝ラーヴァナの手〟を意味するラーヴァナ・ハッタと呼んでいます。ラーマ様からシーター様を盗んだ手が、

今はラーマ様を称える歌の音楽を奏でているのです」

「我々が矢を射るのに使う弓を、君たちは音楽を奏でるのに使っている。二人とも本当に才能に恵まれているな」シャトルグナはヴァールミーキに向き直った。「この少年二人をアヨーディヤーに連れてきて、王の前で歌わせてください。これは王の人生を非常に美しく歌っています。今はちょうどいいときです。王は馬祀祭を執り行っておられます。あなたもご存じでしょうが、儀式の間、吟唱詩人や吟遊楽人や踊り子などが、人々を楽しませるため都に呼ばれているのですよ」

Column

❖ヴァールミーキの『ラーマーヤナ』では、ラーマは弟たちにそれぞれ独立した王国を建てるよう促す。ラクシュマナとバラタはラーマのそばを離れることを拒む。シャトルグナは遠征し、アスラであるラヴァナを倒して王国を設立する。帰り道でヴァールミーキの庵に立ち寄り、二人の少年が賢者の作った歌『ラーマーヤナ』を歌うのを耳にする。彼はアヨーディヤーでそれを歌うよう少年たちを招待する。シャトルグナは彼らが自分の甥だと気づいたのか？　再会を企画したのか？　それが『ラーマーヤナ』におけるシャトルグナの唯一の役割だったのか？

❖シャトルグナは『ラーマーヤナ』でそれほど活躍していない。バラタに付き従ったのと、「ウッタラ・ラーマーヤナ」でアスラたるラヴァナを滅ぼしただけである。

❖民話では、ラクシュマナはしばしば秘密裏にシーターを訪ねたとされる。彼は一度ラーマを連れてきて子どもたちを見せたが、ラーマに気づいたシーターは彼にゴミを投げつけた。それは大衆が激しい怒りを表す行動である。
❖ラーヴァナ・ハッタは民俗楽器で、ラージャスターン州の演奏家が使う、椰子の殻を一方の端に用いたフィドルである。ルドラ・ヴィーナーは古典的な弦楽器で、両端に瓜をつけたもの。弦楽器はラーヴァナを連想させる。彼はしばしば弦楽器の生みの親だと言われる。

アヨーディヤーの芸人たち

シャトルグナが出発すると、ヴァールミーキはくすくす笑った。「偉大なる王子は、平凡な芸人のように都の大通りで踊ったり歌ったりするよう実の甥を招待したことに、気づいていませんぞ」

「それは悪いことですか?」シーターは、ヴァールミーキが最初から彼女の正体を見抜いていながらシーターの沈黙を尊重して何も言わなかったことを知った。「芸人は王子よりも劣っていると思うのですか?　あなたがそう考えている限り、ブラフマーは絶対に真のバラモンとならないでしょう。なぜなら、階層制度は他人より優位に立ちたいという動物的な欲望から生まれるからです。バラモンになろうと心を広げる人間の能力から生まれるのではなく」

彼女に非難されるのももっともだと思ったヴァールミーキは、シーターの息子たちをアヨーディヤーへ連れていき、王の前で『ラーマーヤナ』を詠唱させることにした。「この子たちを父親に紹介すべきでしょうか?」ヴァールミーキは考え込んだ。

「ラーマに父親という重荷を負わせないでください。そんなことをしたら、アヨーディヤーは騒然となるでしょう。だって、この子たちは王位を狙う存在になってしまいますから」シーターは言った。

「しかし、それは彼らにとって生来の権利ではないのですか？」ヴァールミーキは尋ねた。

「王国は王の財産ではありません。そもそも財産というのは、人から人に与えられる人間の幻想です。子どもたちは誰のものでもありませんし、本当の意味でラーマのものというのはないのです」

　シーターの息子たちは初めてアヨーディヤーを訪れることを思って興奮した。この名高い都にまつわる話ならいくらでも知っている。北コーサラ国の王と南コーサラ国の王女が結婚してコーサラ国が生まれたこと、民衆がラーマを追って森の端まで行ったこと、彼らがラーマをたいそう愛していること、先王のダシャラタは息子や臣下が誰も周りにいないとき宮殿の敷居で一人きりで死んだこと。出発の準備をしていると、シーターがヴァールミーキに自分のヘアピンを渡した。「これをラーマの新しいお妃に差し上げてください」

「新しいお妃？　ラーマに新しいお妃などいませんよ」

「彼は祭式を執り行っているのでしょう。妻を横に置かずに儀式を行うことはできません。そのご婦人に、私からの愛を込めてこれを渡してください。きっと寂しい女性でしょう。だって、ラーマは彼女を尊敬しても、私を愛したように彼女を愛することは決してないのですから」シーターは言った。なぜ彼女はこんなに平静でいられるのか、とヴァールミーキは不思議に思った。彼の思いを察して、シーターは言った。「これは予測された結末でした。私はそれを潔く受け入れています。悲しみは、夢を求めて現実に抵抗するとき生まれるのです」

子どもたちは母親の足に触れて挨拶したあと、ヴァールミーキに付き従って森を抜け、アヨーディヤーに向かった。都には門が四つあった。王と戦士のための門、聖職者と詩人のための門、農民、牛飼い、職人、商人のための門、召使いと芸人のための門。シーターの息子たちは四つ目の門から入った。

門をくぐった直後に、ラヴァとクシャは歌い、踊り始めた。足につけた鈴が鳴る。皆が立ち止まり、片手にラーヴァナ・ハッタ、片手に弓を持った少年たちを眺めた。彼らは弓術家の腕を持ちながら、芸人のように動いている。声は美しく、歌詞はさらに美しい。人々は拍手喝采し、王が大々的な祭式を執り行っている宮殿前の広場まで少年たちについて歩いた。

ヴァールミーキは、虎皮の敷物に座ったラーマを見た。固めた口髭は頬のあたりでカールし、まなざしは穏やかで、火に捧げものをしている。

儀式の合間、神々は眠っていて休憩が必要だと聖仙たちが宣言したとき、ラヴァとクシャは王にヴァールミーキの歌を捧げるために呼ばれた。今、ラーマは黄金の玉座に就いている。バラタは背後でパラソルを掲げている。ラクシュマナとシャトルグナはヤクの尾の蠅払いでラーマをあおいでいる。

黄金とダイヤモンドで身を飾った宮殿の女たちは彼らの後ろに座り、三人の年老いた王母は未亡人の装束で離れたところに座っている。ラーマの足元には一匹の猿がいた。「あれはハヌマーンだ」ヴァールミーキは少年たちに言った。「見よ、海を跳び越えてランカーを炎上させた偉大なる生きものが、ラーマの足元に座ってどれほど満足そうにしているかを」

少年たちは六夜にわたって『ラーマーヤナ』の六巻を歌った。それぞれの巻の終わりに、王は少年一人ずつに糸でつないだ金貨を渡した。六巻目が終わると、すべての人がその歌と演奏を褒め称えた。するとラーマは、皆を驚かせることを言った。「これは誰の物語か？　お前たちがこれほどまでに美しく歌いあげた人生を送った高潔な男は、一体誰なのだ？」

少年たちはこれを聞いて仰天した。「陛下の物語、アヨーディヤーの王の物語です。それを僕たちの母が、この歌の作曲者である師のヴァールミーキに語ったのです」

「そうなのか？　お前たちが歌うラーマは、私ではありえないほど高潔だ。そしてお前たちが歌うシーターは、私の記憶にあるほどには素晴らしくない」王が目を閉じて深呼吸し、笑みを浮かべるのを、皆はじっと見つめた。彼が妻のことを考えているのはわかっている。「今私が与えた贈り物だけでは不十分だ。お前たちには、もっと多くを受け取る値打ちがある。何が欲しい？」

ラヴァは言った。「お妃様にお会いできますか？　僕たちがここにいる六日六晩の間、お妃様は一度たりとも宮中からお姿を現しておられません」

「だが彼女は常に私の横にいるぞ。見えないのか？」ラーマが左を向いたとき、少年たちはその像を見た。そのときまでは黄金製の人形だとばかり思っていたものを。「これが我がシーターだ。黄金のように純粋。彼女は一度たりとも私のそばを離れたことがない」

「それは人形でしょう。僕たちは本物のシーター様にお会いしたいのです」クシャが言った。

「これこそ我が妻シーターである。アヨーディヤーの王妃だったシーターは、ずっと昔に追放された」

　少年たちは自分の耳が信じられなかった。「陛下はシーター様をお捨てになった！」二人はぎょっとして叫んだ。

「なぜ？　お妃様は火の試練をくぐり抜けて純潔を証明なさったのではありませんか？」

「不貞は人を捨てる理由にはならん」

「だったら、どうして？」

「彼女は図らずも王家の評判を穢し、民が王を嘲る原因を作ってしまった。穢れは洗い流さねばならなかった」

　ラーマの発言の冷酷さに激怒したラヴァとクシャは、与えられた金貨の束を投げ捨てた。楽器も捨てた。「僕たちは二度とあなたの歌を歌いません」そう言うと、弓だけを持って走り去った。王の弟たちはこの不遜な行動を

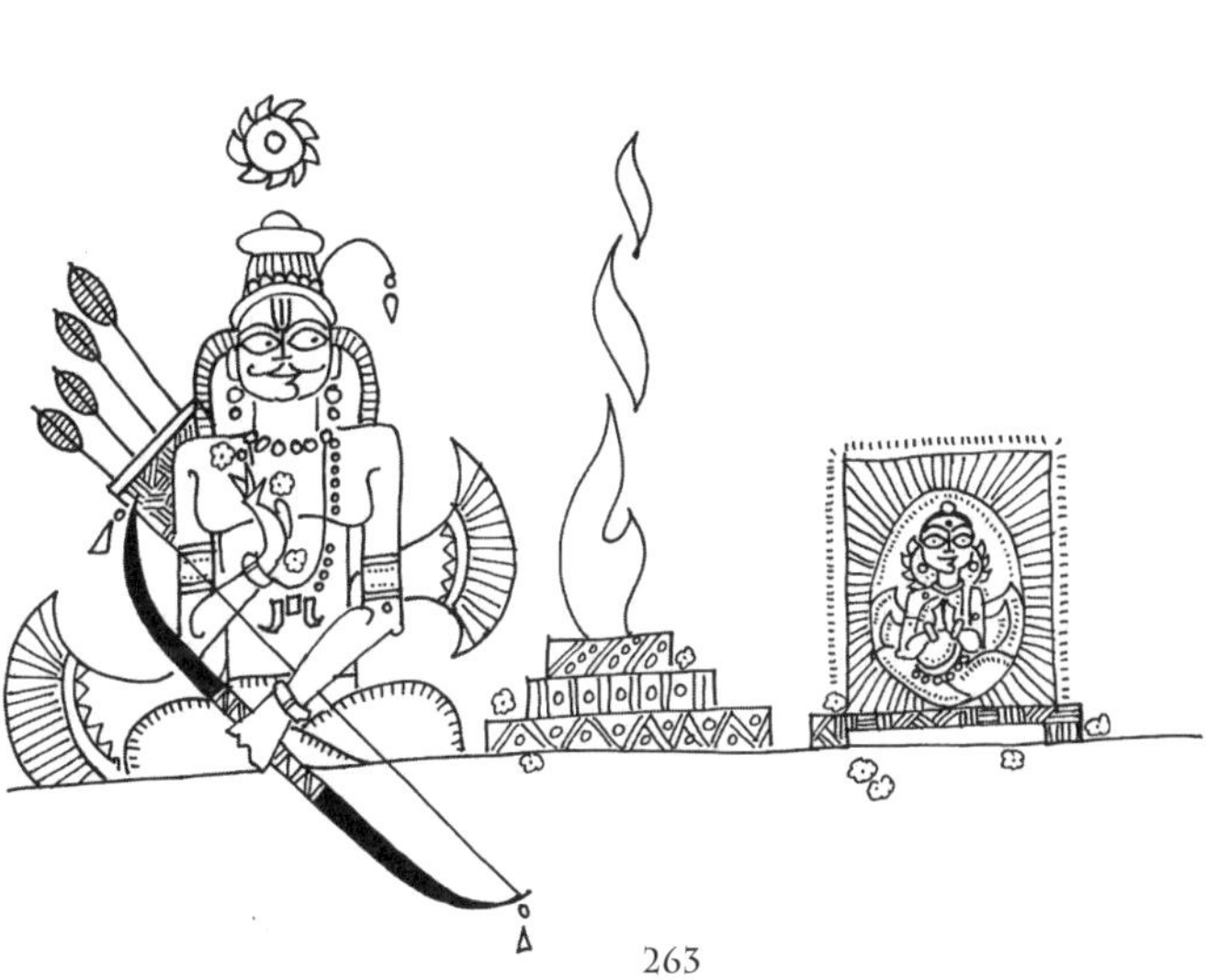

見て、剣に手をかけた。

ヴァールミーキは事態が手に負えなくなる前に謝罪した。「彼らはまだ子どもで、我々は芸人です。私たちに王様のお考えは理解できないのです。どうぞお許しください」

ラーマは手で制して弟たちを落ち着かせた。「謝ることはない。理解してもらえるとは思っていない」

民はラーマに、再婚し、世継ぎを得るため父親と同じように複数の妻を――少なくとも儀式のために一人を――娶るように懇願していた。しかしラーマは拒否していた。「ブラフマーには二人の妻――ガーヤトリーとサーヴィトリー――がいるだろう。ヴィシュヌには二人の妻――シュリーデーヴィーとブーデーヴィー――がいるだろう。シヴァには二人の妻――ガウリーとガンガー――がいるだろう。カールッティケーヤは二人の妻――ヴァッリーとセーナー――を娶るだろう。ガネーシャは二人の妻――リッディとシッディ――を娶るだろう。クリシュナはラーダー、ルクミニー、サティヤバーマーと結ばれるだろう。だが私には、シーターただ一人なのだ」

Column

❖金は最も純粋な金属である。ラーマがこの金属でシーターの像を作ったことには大きな意味がある。

❖吟遊詩人のことを〝クシーラヴァ〟と呼ぶ。『ラーマーヤナ』を詠唱した吟遊詩人は、妻を捨てるというラーマの決断に疑問を呈した最初の〝ラーマの息子たち〟だった。ラーマがシーターを捨てたのは、彼女を疑っていたからか？　単に民を満足させるためなのか？　あるいは、社会に、その根底に流れる憶測について疑問を抱かせるためなのか？

❖伝統的な『ラーマーヤナ』を描いた絵では、ヴァールミーキと、シーターの息子たちは、ラーマの歌を歌う隠者として表現されている。彼らはまるで聖職者のように見える。だが実際には吟唱詩人、社会の最下層に属する根無し草だ。インドの多くの地方で、芸人（ナット）というのは嘲りの言葉である。ラーマの息子をこの集団の人間とすることによって、ヴァールミーキは王夫妻の悲劇と社会における品行の犠牲を劇的に描いている。

❖ヘーマチャンドラがサンスクリット語で書いたジャイナ教の『ラーマーヤナ』である『ヨーガシャーストラ』では、ラーマはシーターを連れ戻そうと森まで追いかけていくが、彼女の姿はどこにもない。彼女が野生動物に殺されたのだと思い込んだラーマは葬儀を執り行う。

❖テルグ語の民謡では、シーターの黄金の像は宮殿の女官が洗わねばならない。ラーマの姉に率いられた女官たちはそれを拒む。

ラーマの馬

馬祀祭の一環として、王家の馬が放たれ、王の戦士がそれを追った。止められることなく馬が通った土地は、すべて王の支配下に入る。こうしてラグ王家の帝国と影響力は流血を見ることなく広げられた。

馬が森に入ってヴァールミーキの庵のそばまで来たとき、ラヴァとクシャは馬を捕まえ、放そうとしなかった。「僕たちは決してラーマの臣下になりません」二人はラーマの戦士と戦う決意をして弓を持ち上げた。

「馬を返せ。あるいは放して走らせろ。これは遊びではないのだ、子どもたち。言う通りにしなかったら、我々は攻撃し、お前たちを子牛のように鎖につないで王の牢獄まで引っ張っていくぞ」戦士はラヴァとクシャに言ったが、二人は譲歩しようとしなかった。

戦士たちの驚いたことに、少年たちは武術に通じており、矢を槍に変える呪文を知っていた。アヨーディヤーの戦士たちは突然、蛇、鷲、熊、鼠、鷹、ライオンの力を秘めた矢を浴びた。矢は王家の戦車を炎上させ、風を起こして兵士を空へと飛ばした。反撃されるのにも、ましてや打ち負かされるのにも慣れていない戦士たちは、すっかり途方に暮れた。

アヨーディヤーに知らせが送られた。王は少年たちを捕らえるべく弟たちを派遣した。だが、シャトルグナも、ラクシュマナも、バラタも敗れた。ハヌマーンすら少年たちに捕らえられ、ペットのように木に縛りつけられた。

それを聞いて驚いたラーマは自ら森に入っていった。黄金の甲冑に身を包み、王家の旗をなびかせた黄金の戦車に乗り、立派な弓と、矢筒一杯の立派な弓を持って。少年たちを懲らしめようと、彼は弓を持ち上げた。少年たちも、もはや自分たちにとっての英雄でなくなった男を殺そうと弓を持ち上げた。

「やめて！」シーターが少年たちと王の間に立ちはだかった。「あなたはこの子たちに勝てません。勝てる人間はいないのです。シーターとラーマの子どもなのですから」

Column

❖馬のエピソードはヴァールミーキの『ラーマーヤナ』には見られない。これは八世紀のバヴァブーティによるサンスクリット劇『ウッタラ・ラーマチャリタ』や、一四世紀の『パドマ・プラーナ』の「パーターラ・カーンダ」など後世の作品に登場する。

❖ラーマとその軍隊全体がシーターの息子に勝てなかったことは、不公平な社会の拒絶、反抗を象徴している。

❖カタカリという舞踏劇では、シーターの不在に打ちひしがれたハヌマーンは彼女を探して森に入っていく。シーターの息子たちがハヌマーンを捕まえて縛り上げ、ペットとして飼う。彼らが容易にハヌマーンを制圧できたことから、ハヌマーンは彼らがシーターの子どもに違いないと結論付ける。

❖アッサム語とベンガル語の一部の『ラーマーヤナ』では、子どもたちはラーマを打ち負かすに留まらず、彼を殺してその王冠を母親のところへ持っていく。シーターは息子たちのしたことを知って恐怖におののく。そして彼を生き返らせてくれるよう神に祈る。このエピソードは、シーターになされた不当な仕打ちを正そうとするものだ。ある意味では、シーターの復讐である。けれども彼女は許し、皆を蘇らせる。

❖馬祀祭によって、王は力の行使を最低限に抑えて他の王国を支配できるようになる。ラーマが支配の拡大を望み実の息子に抵抗されるという事実は、人間による支配の限界を表現している。完全に公平な支配というものはなく、常に誰かがそのせいで苦しむ。そして苦しむ人間は抵抗する。ガウリーは決して君主になれない。なれるのはカーリーだけである。

❖一〇世紀のサンスクリット劇『チャリタ・ラーマ』(『騙されたラーマ』)は、『ラーマーヤナ』の後続部分をもとにしている。現在は劇全体を見ることができず、作者も不明である。ここでは、悪魔ラヴァナがカイケーイーとマンタラーに変装したスパイを送り込み、シーターの性格について中傷する。ラヴァとクシャは森でラーマの馬を捕まえるが、それに続く戦いの中でラヴァは捕虜となってアヨーディヤーに連行される。そこで彼はシーターの黄金の像を見て、自分の母親だと気づく。

❖一一世紀の『カター・サリット・サーガラ』では、ラクシュマナはラーマのための生贄にするのに、体に聖痕のある人間を探す。彼は森でそういう聖痕のある少年ラヴァに出会って捕虜にする。クシャは直ちに兄の救出に向かい、それに続く戦いでラーマの兵士、ラーマの弟たち、そしてラーマをも打ち破る。誰何されたクシャは、シーターとラーマの息子だと名乗る。それを聞いたラーマは大喜びし、一家は集結してアヨーディヤーに戻り、いつまでも幸せに暮らす。

シーターは母のもとに帰る

突然、少年たちが強い理由が明らかになった。無敵のラーマはついに敗北を認めねばならなかった。ラーマは言った。「この子たちはラグ王家の馬を捕まえた。馬を殺すこともできるし、それに乗ってアヨーディヤーに戻り、先祖代々の玉座で父親の横という正当な権利のある場所に就くこともできる」

二人は、ラーマに失望し続けるべきか、彼が父親だと知って喜ぶべきかわからなかった。ラーマを抱き締めるべきか、それとも母のもとに留るべきか？

「お父様のところへ行って、言われた通りにしなさい」シーターは言った。

「その子らの母親もラーマ様に受け入れられるようにしてください」ヴァールミーキは懇願した。

ラーマは言った。「この子たちの母親に告げよ。ラーマはアヨーディヤーの王妃を拒絶したのであって、自分の妻を拒絶したのではないと。宮殿で暮らしたこの一四年間は、森で

の一四年間よりも悲惨だったと告げよ。彼女は荒野を素晴らしい場所に変えた。私は彼女とともに、夏の暑さ、冬の寒さ、雨季の湿り気を楽しんだ。彼女とともにいれば、食べ物のない日々も、眠れない夜も平気だった。彼女とともにいれば、踵に刺さる鋭い石も、皮膚を裂くとげも、肉をかじる蟻も、骨まで凍える風も平気だった。彼女がいなければ、絹や香水に溢れた宮殿は耐えがたい牢獄であり、食べ物に味はなく、音楽にリズムはなかった。それでも私は耐えねばならなかった。私は王であり、民の期待にそむくつもりはなかったからだ。王家の長男として儀式や祭式を執り行い、民が幸福になるよう心を砕いた。誰もが仕事を全うし、引退して次世代に道を譲れるようにした。暮らしを可能な限り秩序立って波風の立たないものにしようと努めた。私は王国を幸せにしようと努力したが、私自身は決して幸せでなかったことを、彼女に知らしめよ。彼女がアヨーディヤーに戻ったなら私は初めて幸せになれる、と彼女に伝えよ。だが王妃として戻るためには、彼女はアヨーディヤーの民の前で貞節を証明する必要がある。そうすれば、民は二度と王を嘲らないであろう」

ラーマはシーターを見なかった。シーターはラーマのほうに顔を上げなかった。二人とも、今の発言の持つ重要な意味を理解していた。

ヴァールミーキの庵で起こっていることを聞いて、アヨーディヤーの民は庵に殺到した。歌と踊りで皆を楽しませた少年たちがラーマの息子であったことを、彼らは今理解した。

民が着いたとき、ラーマは戦車の上に立ち、シーターは地面に座っていた。双子はその中間にいた。シーターは言った。「大地は愛を持って、すべての種を受け入れます。愛を持って、子どもたちの批判に耐えます。私のラーマへの愛も大地の愛と同じくらい真正であるなら、大地が割れて私を呑み込

んでくれますように」

　すると、前触れもなく、その通りのことが起こった。山は震え、川の流れは止まり、大地は割れて、シーターは地下へと入っていった。

　この出来事に驚愕したラーマは妻を止めようと突進し、手を取って引っ張り出そうとした。ところが彼が行き着く前に地面は閉じた。ラーマにつかめたのはシーターの髪の先端だけで、それは草の葉に変わった。

　シーターが消える前にラーマを非難したなら、苦痛はましだったただろうか？　彼女が消える前に二人がせめて言葉を交わしたなら、苦痛はましだったただろうか？　彼女が消える前にせめてラーマを見たなら、苦痛はましだったただろうか？　だが、シーターは何の義務も負っていなかった。ラーマはずっと前に、彼女をラーマの妻という重荷から解放していた。それでも彼は、いつまでもシーターの夫でいるだろう。

　ラーマにできるのは、息子たちを連れてアヨーディヤーに帰り、シーターである黄金の人形とともに残りの生涯を過ごすことだけだった。

Column

❖ラーマのもとに帰るのを拒むことによって、シーターはサンスクリティ（文化）や社会の規則に背を向ける。社会という構造に地位を与えてもらう必要はない。彼女が選んだのは、境界も規則もない大地だった。

❖現代版『ラーマーヤナ』の多くはラーマによるシーター追放に焦点を当てはするが、ラーマが再婚を拒み、シーターが地下に消えたあとは生きることすら拒んだという事実には触れようとしない。女性の視点とされがちな、こうした不完全な物語は、意図的に従来とまったく異なるラーマ像を浮き彫りにしようとしている。こういう作品は西洋で多くのファンを生んだが、おそらくはインドやインド人に関する特定のイメージを補強したからだろう。

❖ゴービンドの『ラーマーヤナ』では、ラーマはラヴァとクシャに敗れたあとシーターとともにアヨーディヤーに戻って一万年統治するが、宮殿の女官たちがシーターにラーヴァナの絵を描かせ、嫉妬して不安に駆られたラーマは再び貞節を証明するようシーターに要求する。そうしてシーターは地中に入っていく。

❖別の民話では、シーターは呼ばれてもアヨーディヤーに戻るのを拒んだため、ラーマが死んだと告げられる。彼女は都へ急ぐが、ラーマが生きていて自分は騙されたのだと知ると、割れて自分を呑み込んでくれと大地に頼む。

❖あるアッサム語の『ラーマーヤナ』では、ハヌマーンがシーターを捜して地下世界へ行き、説得してラーマのもとに戻らせる。

❖ハリヤーナー州カルナールにあるシーターマーイー寺院は、地面が割れてシーターを呑み込んだ場所とされている。

ラーマの孤独

「一人にさせてくれ」ラヴァとクシャを寝かせたあと、ラーマは言った。

その夜、宮殿で過ごす初めての夜、双子は床に敷いた葦の茣蓙《ござ》で眠ることにした。ラーマはそれを許した。彼らがベッドやクッションに慣れるまでには、しばらく時間がかかるだろう。

宮殿の女官は一晩中双子の周りに座って、彼らが眠るのを見守った。ランプの光に照らされた双子は、一人はラーマに、一人はシーターにそっくりだ。月光の下で見ると、ラーマに似ていたほうはシーターに似、シーターに似ていたほうはラーマに似ていた。

シーターが去ったあとラーマと口を利いていなかった年老いた母たちは、泣き続けていた。この子たちは孫息子なのに、苦行者のようにやつれていて、とてもラグ王家の次の王には見えない。

「私はドアの番をします。誰にも兄上の邪魔をさせません。兄上の部屋のドアを開けようとする者は殺してやります」ラクシュマナはいつものように大仰に言った。だが今回、ラーマは微笑まなかった。

ラクシュマナは剣を手に持って閉じたドアの前に座り込み、一晩中見張り番をした。

すると、夜明けの直前、賢者ドゥルヴァーサスが駆けてきた＊。「通してくれ。今すぐラーマ様に会いたい」賢者はうなるように言った。

「兄上は一人になることを求めておられます。もう少しお待ちください」ラクシュマナは短気で知られる聖仙に頭を下げた。

「だめだ。今だ。すぐに会いたいのだ。今この瞬間に」

「兄上には時間が必要です。ほんの少しの時間が。昨日何があったかご存じでしょう？」ラクシュマナは賢者に理を説こうとした。

「今だ。今。今すぐ」賢者は言い張った。「今ラーマ様に会いたい。ドアを開けないなら、私はアヨーディヤーの都を呪い、怒りで燃やしてやるぞ」

ラクシュマナはうろたえてラーマの部屋のドアを開け、ラーマの足元にひれ伏した。「どうしてもドアを開けねばなりませんでした。兄上の孤独の邪魔をしなければなりませんでした。兄上に逆らわねばなりませんでした。アヨーディヤーのために」そう言って振り返ると、驚いたことにドゥルヴァーサスの姿はなく、見えるのは無人の廊下だけだった。ドゥルヴァーサスなど来ていなかった。あれは

＊ ドゥルヴァーサス仙はシヴァの化身とされ、その激情と短気によってよく知られている。

幻に過ぎなかった。どういうことだろう？

ラーマはラクシュマナを立たせた。「ようやく理解したのだな、弟よ」だがラクシュマナは、自分が理解したかどうかわかっていなかった。「ラーマよりもアヨーディヤーのほうが大切なのだ。私の行動はすべてアヨーディヤーのためであり、我が妻のためでも、子たちのためでも、父上のためでも、息母上のためでもない。民のためだけだ。しかし、お前の行動はすべて私への愛から生まれている。お前は私に忠実だった。私のために忠誠心を求めた。だが私が求めたのはアヨーディヤーの民への愛だけだった。彼らにどんな欠点があろうとも。それこそが、弟よ、同胞愛なのだ」

「そのためには、大きな犠牲を払わねばなりません」

「泣いている子どものために眠りを諦めるのは犠牲か、ラクシュマナ？」ラーマは尋ねた。「お前がいなくなったら寂しくなるな、ラクシュマナ」

「でも、私はどこへも行きませんが」ラクシュマナはラーマの発言に当惑した。

するとラーマは指摘した。「部屋のドアを開けて私の孤独を妨げる者は首をはねてやる、とお前は言わなかったか？　約束を守れ、ラクシュマナ、ラグ王家の子孫として」

ならないのだ」

「それで兄上は満足なのですか?」

「私のためではないぞ、ラクシュマナ。家族の評判のためだ。誰にもラグ王家の清廉さを疑わせては

「しかし、私は兄上の弟です」

「そしてシーターは私の妻、シャンブーカは私の臣民だった。規則は規則だ、ラクシュマナ。私は常に規則を守る。それがどれだけ忌まわしくとも。お前もそうしてくれることを期待している」

ラクシュマナが顔を上げてラーマを見ると、兄はランカーでシーターが現れたときと同じ表情をしていた。ラクシュマナはその表情を気に入らなかったが、今ようやく理解した。理解すると同時に心は静まった。彼は心安らかに後ろを向き、森へと歩いていった。シーターと同じく恐れることなく、自らの首をはねて死の神ヤマの腕に抱かれるために。

ラーマが自らの孤独を痛感して玉座に座り込んだとき、アヨーディヤーの門の向こうからヤマの叫び声が聞こえた。「彼女は行ってしまった。彼は行ってしまった。今度はお前が行ってしまうときだ。だがハヌマーンがアヨーディヤーの門を守っている限り、それは実現しない」

どんな法も破らないラーマが、自然の法を破ることはない。あらゆるものには終わりがある。森での追放生活も、シーターと過ごした喜びも、そしてラーマの統治も。そう、今こそサラユー川に入ってヴィシュヌの天界ヴァイクンタに戻るのだ。

だからラーマは指環を宮殿の床の割れ目に落として、大声で呼んだ。「ハヌマーン!」

Column

❖忠誠心は美徳か？　ヴァールミーキの『ラーマーヤナ』は、この一般的な考え方に疑問を投げかける。ラクシュマナの行動は兄への愛に基づいたものだ。彼は規則やアヨーディヤーのことは気にかけていない。一方ラーマにとっては、アヨーディヤーは規則よりさらに大切である。この非常に残酷な処置によって、ラーマはラクシュマナに、ラーマに盲目的に従うのではなくダルマを理解するよう強いるのである。

❖犬は忠誠心のある愛すべき動物だが、ヒンドゥー教の聖典は犬を縁起のいい生きものとしては扱っていない。忠誠心は不安を糧にしており、ヴェーダ聖典の狙いは心を広げることによって不安を克服することだからであろう。

❖ラーマは頼りがいがあり、ラクシュマナはラーマに頼っている。この話の中で、ラーマはラクシュマナに依存心を克服させて、もっと頼もしくならせようとしている。彼の言う〝首をはねる〟は、いつもと同じく心を広げることを示す比喩である。

❖ジャイナ教の物語では、ラクシュマナが死ぬとラーマは泣くが、一人のジャイナ教の僧が岩に水をかけ始め、いくら水をかけても岩に実は生らないのと同じく、いくら涙を流しても死者を目覚めさせることはできないのだと諭す。

❖ある意味、『ラーマーヤナ』は規則に過度に頼ることの危険を我々に警告しているのだと言える。この物語から、何よりも規則を重んじる人間の性質が明らかになる。その人は予測可能で頼りがいはあるが、あまり愛すべき人間ではない。これは、規則よりも意志を、そしてさらに重要なことには愛情を重視するクリシュナと対照的である。愛すべきクリシュナと比べると、ラーマは冷たくよそよそしく感じられる。両者が合わさって、世界の守護者ヴィシュヌとなる。

❖『ラーマーヤナ』も『マハーバーラタ』も、死と、その死に伴う知恵で終わる。その知恵こそがスカム、すなわち真の幸せな結末である。

エピローグ

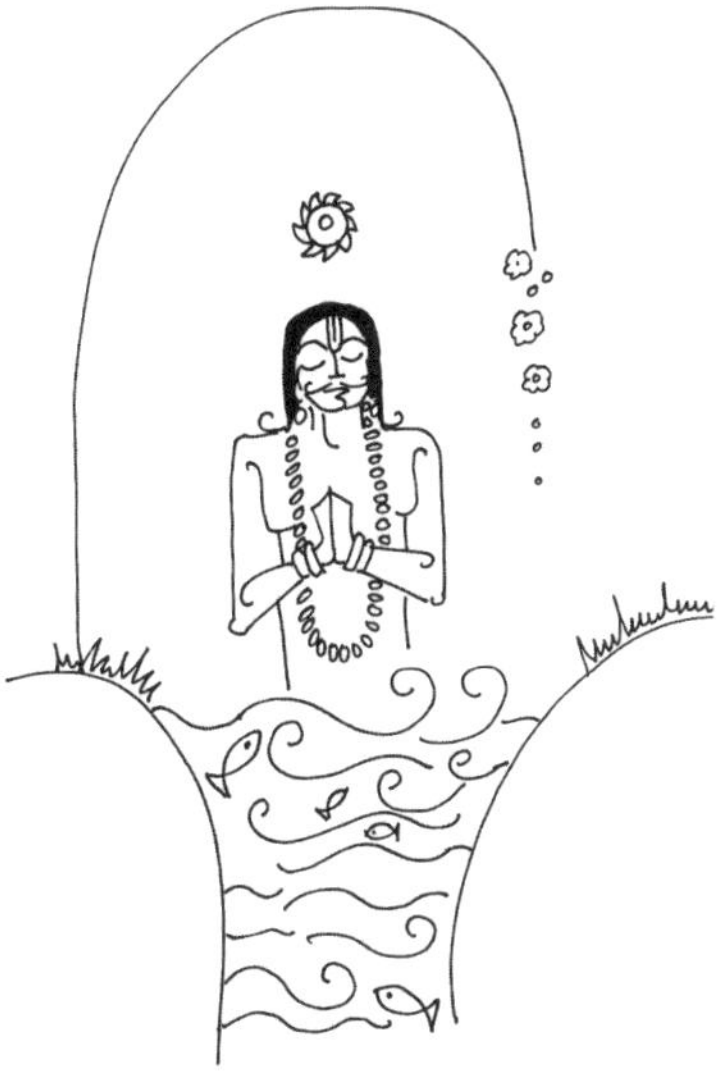

地下から再びアヨーディヤーへ

ハヌマーンは話を止めた。今話しているのは自分が目撃していないことだと、不意に気づいたからだ。この物語は、彼の前に座って聞き入っているナーガたちのためであるのと同じく、ハヌマーン自身のためだった。ヴァースキの宝石の光を浴びたとき、ハヌマーンは、自分が受け入れがたいことを命じられていたのだと悟った。

「ラーマ様のシーター様について、私が知っているすべてのことを話しました」ハヌマーンは言った。

「さあ、シーター様のラーマ様の指環がどこにあるか、どうか教えてください」

「なぜシーターのラーマと呼ぶ？　どうして単にラーマと呼ばない？　なぜラーマのシーターと呼ぶ？　どうして単にシーターと呼ばない？」ヴァースキはハヌマーンの苛立ちを無視して尋ねた。

「ラーヴァナの怒りがシーター様をラーマ様から引き離しました。アヨーディヤーの噂がラーマ様をシーター様から引き離しました。けれどハヌマーンの舌は、絶対にシーター様をラーマ様から、ラーマ様をシーター様から離さないのです」

「だがお前は、死の神ヤマが二人を一緒にするのを止めようとしているのではないか？」

ハヌマーンはハッとして黙り込んだ。川の向こう岸にいるシーターに対するラーマの思慕を感じたとき、ハヌマーンの肩は落ち、心は沈んだ。彼は大きく息を吸った。「それでも、私は任務を遂行せ

ねばならないのです。私は話を語りました。さあ、指環はどこですか？」

「そこにあるぞ」ヴァースキはナーガ・ローカの中央にある巨大な山を指し示した。

ハヌマーンは山まで駆けていったが、驚いたことにそれは山ではなく、指環を積み上げた巨大な丘だった。どの指環もラーマの指環とそっくりだ。「この不思議はどういうことですか？」ハヌマーンはヴァースキに訊いた。

ヴァースキが話しているうちに、七つの頭から一〇〇〇の頭が生えた。「一つしかないと思っていたのか？　この指環の数だけ、ラーマがいるのだ。一つの指環がナーガ・ローカに落ちるたびに、一匹の猿が指環を追って地下に下り、地上のラーマは死ぬ。これが最初ではない。これが最後でもない。世界が目覚め、トレーター・ユガが始まるたびに、ラクシュミーはシーターとして大地から生まれ、ヴィシュヌはラーマとして天から降臨する。トレーター・ユガが終わるたびに、シーターは大地に、ラーマは天に戻る。そういうことは以前にも起こった。これからも起こる」

宇宙の無限さ、ラーマの物語の無限さが、突然ハヌマーンの目の前に開けた。「なぜこの物語は何度も繰り返されるのですか？」

「あらゆる世代が、人間の存在の意味を理解するように」

「その意味とは？」

「恐怖は不変であり、信仰は選択である。恐怖はカルマから生まれ、信仰からはダルマが生まれる。恐怖によってカイケーイーやラーヴァナのような人間が出現し、町は噂で溢れ、厳格な規則と脆弱な評判を持つ家族が生まれる。彼らは常に存在する。信仰によってシーターやラーマのような人間が出現する。たとえ世界が我々を見捨てたとしても我々は世界を見捨てないと思えるくらい心を広げられると我々が信じるときのみ、シーターやラーマは存在するのだ」

ハヌマーンは、シーターとラーマが常に平穏を保っていたことを思い出した。宮殿でも森でも、一緒にいるときも離れているときも。深く結び付いている二人は、その結び付きを破ろうとする力を恐れなかった。確かに疑念や不安や心配はあったが、それらはさらなる知恵を生む助けとなった。彼らは世界のあり方と生きとし生けるものの本質を理解し、無条件に愛した。ハヌマーンは暗黙の真実を明らかにしてくれたヴァースキに平伏した。

ハヌマーンはラーマの指環をナーガ・ローカに残し、トンネルを通ってアヨーディヤーに戻った。王を失ったアヨーディヤーは荒れ果てていた。彼はラーマの足跡を追ってサラユー川の岸まで行き、主人がシーターの名を唱えながら川に身を沈めたこと、アヨーディヤーの民が皆泣きながら川岸に立っていたことを知った。ラーマは二度と浮上しないだろう。

玉座にはラヴァとクシャが座った。彼らは玉座を共有するだろうか？　それができる者がいるとしたら、彼らに違いない。

ラーマを呑み込んだ水は、シーターを呑み込んだ大地に染み込み、種に芽を出させた。葉が生え、花が咲き、実が生った。ラヴァとクシャは心行くまでその実を味わった。

Column

❖一般にヴェーダーンタとして知られるヴェーダの思想は、常に関係性という観点から語りかける。一つで存在するものはなく、すべてものは二つある。これはヴェーダーンタにおける二元論、ドゥヴァイタと呼ばれる。一方は他方がいなければ存在せず他方は一方がいなければ存在しない、という考え方もある。これはヴェーダーンタにおける不二一元論、アドゥヴァイタ*である。

❖シーターが去ったあとラーマは失意に陥り、世俗的な問題に徐々に関心を失い、ついには川に身を沈める。その経過はヴァールミーキの『ラーマーヤナ』の「ウッタラ・カーンダ」で克明に描写されている。

❖王が自ら死を選ぶというのは、現代的な感覚では嫌悪すべきことである。合理主義者はこれを自殺と解釈するが、信者はこれをサマーディと考える。悟りを開くことによって肉体を拒絶する自発的な行為、という意味である。この自発的な肉体の拒絶という慣行については、ジャイ

* 語頭のアが否定辞としてドゥヴァイタにかかっている。

ナ教の僧や、ドゥニャーネーシュワルのような多くのヒンドゥー教の聖者が述べている。

❖ラーマは子宮から生まれた人間なので、いずれ死ぬ運命にある。世界において、永遠のものは存在しない。だがハヌマーンはチランジーヴィン（不老不死）である。おそらく禁欲しているからだろう。家庭人ラーマは死ぬが、隠者ハヌマーンは死なない。インドの神話ではどんなことも可能である。

❖『ラーマーヤナ』が聖なる書として朗読されるときは、必ず聴衆の中で一つだけ空席が確保される。それはハヌマーンの席である。

❖多くの物語で、ラヴァとクシャはそれぞれシュラーヴァスティーとクシャーヴァティーという都を受け継いだとされている。のちにラヴァがアヨーディヤーに戻ると、そこは荒廃し、かつての輝きは失われていた。彼はアヨーディヤーを再建し、もとの栄光ある都に戻す。ジャイナ教版では、ラヴァとクシャは苦行者となる。クシャは母親のあとを追うがラヴァはアヨーディヤーを受け継ぐ、という伝承もある。

❖カーリダーサによる『ラグ・ヴァンシャ』は、ラーマの子孫のことを語っており、アグニヴァルナの話で終わる。アグニヴァルナは甘やかされた快楽主義の王で、妃たちとともに過ごしてばかりいる。民に拝謁を許すよう頼まれた彼は、ベッドから出るのも億劫だったので、窓から足だけを見せる。最後に彼が死ぬと、身ごもっている未亡人が玉座に就く。

❖一七世紀、中南米原産のバンレイシ属の果物がインドに伝えられた。それらにはインド名がつけられて人気を博した。そのためインドには〝シーターの果物〟シーター・ファル（シュガーアップル）や〝ラーマの果物〟ラーマ・ファル（ギュウシンリ）がある。ラクシュマナ・ファルやハヌマーン・ファルという果物もある。

❖ケーララ州のヒンドゥー教徒は雨季にラーマーヤナ月を祝う。その期間には、エシュッタッチャンが一六世紀にマラヤーラム語で書いた『ラーマーヤナ』が最初から通して家族の前で朗読される。

❖無数のラーマと無数の『ラーマーヤナ』が存在するというのは、インド神話によく登場するテーマである。これは、人生とは直線的なものでなく、完全な終わりはない、という考えを示している。人生は循環しており、行ったものは一回りしてまた戻ってくる。こういう時間の捉え方は、決して歴史を歴史として考えない。過去は未来でもあるからだ。ゆえに、インドの多くの言語で明日と昨日は同じ単語で表される。たとえばヒンディー語では、それは〝カル〟である。

❖伝統的に、ラーマに祈りが捧げられるのは常にシーターに祈りが捧げられたあとである。そのため、シーターのラーマに勝利を、という意味の「ジャイ・シーヤ・ラーム」といったフレーズがある。ところが多くの地方で、女性の要素が除外されて「ジャイ・シュリー・ラーム」というフレーズのほうが好まれるようになっており、排他的な文化の台頭を示している。ただし、シュリーはミスターのような敬称ではなく、富の女神ラクシュミーのヴェーダにおける名前であると論じる者もいる。

❖『ラーマーヤナ』は『マハーバーラタ』と同じくイティハーサ*と呼ばれる。これは二通りの解釈が可能である。一つ目は、歴史、過去の出来事の記録という意味。二つ目は、時間に依存しない物語、時間を超越した物語という意味。そのため、特定の時代（紀元前五〇〇〇年以前）

＊ 語義は物語の終わりの文句「で、あったとさ」で、一般に古伝を意味する。

に特定の場所（ガンジス川流域平野部）で起こった出来事を一人の詩人（ヴァールミーキ）が書いたと考えることもできるし、各登場人物が人の性格のさまざまな側面を象徴しているという心理学的な解釈をすることもできる。

謝辞

・母親たちと父親たち、祖母たちと祖父たち、伯母や叔母たちと伯父や叔父たち、教師たち、使用人たちに。あなたたちの語る『ラーマーヤナ』が、おそらくはインドのほとんどの子どもたちにとって、他の再話に接するずっと前に初めて接する『ラーマーヤナ』なのです。
・子どものような無垢と驚異に溢れた叙事詩のエピソードに基づいた素敵な劇を舞台で上演するよう励ましてくださった、ムンバイのチェンバーにあるアワー・レディ・オヴ・パペチュアル・サッカー・ハイスクールの恩師たち（ミズ・ピント、ミズ・ペレイラ、ミズ・ロボ、ミズ・ロドリクス、ミズ・フェルナンデス、ミズ・クティノー、ミズ・グルヴァリー、ミズ・ゲールサーペー、ミズ・チャーリーに。当時は、政治のことなど誰も考えていませんでした。
・『ラーマーヤナ』関係の莫大な資料を備えた、ポンディシェリのアーディ・シャクティ舞台芸術研究所に。
・ムンバイ大学サンスクリット学部のチンマイ・デーオーダルとマーダヴィー・ナルサーレーに、ブラーフミー文字に属するアショーカ文字とグプタ文字でのラーマの名の書き方を教えてくださったことに。
・原稿作成を手伝ってくれたルパとパルトー（友人）に、そしてイラストを清書して濃淡をつけてスキャンするのを手伝ってくれた、またしてもパルトーと、シャミー（妹）、ジャナールダンとアニケート（助手）、ディーパック（運転手）に。

・三〇〇〇年間にわたって『ラーマーヤナ』の歌や物語を書き、語ってきた語り部たちに。
・美術や演技を通じて『ラーマーヤナ』を可視化してきた芸術家たちに。
・私のような人々が種々の『ラーマーヤナ』を読めるようにしてくれた翻訳家たちに。
・歴史上さまざまな時代のさまざまな地域のラーマの絵や像を見られるようにしてくれた美術史家や学芸員たちに。
・『ラーマーヤナ』に関する論文によって、この叙事詩の意味をどう考えるべきか、どう考えるべきではないかを教えてくれた学者たちに。
・ヒンドゥー神話のさまざまな側面に関する作品によって『ラーマーヤナ』の文脈が理解できるようにしてくれた研究者たちに。
・インド的思考パターンと世界のほかの地域での思考パターンの違いを理解できるようにしてくれた文化専門家たちに。
・神話の本質や、物語やシンボルや儀式がどのように人間の真実を構築するかについて考えた思想家たちに。

参考文献

Bulke, Camille. *Ramkatha and Other Essays.* Delhi: Vani Prakashan, 2010.

Dodiya, Jaydipshinh K. (ed.). *Critical Perspective on the Ramayana.*Delhi: Sarup & Sons, 2001.

De Selliers, Diane (ed.). *Valmiki Ramayana: Illustrated with Indian Painting from the 16th to the 19th Century.*Paris: Editions Diane de Selliers, 2011 (French).

Hawley, J.S., and D.M. Wulff (eds.). *The Divine Consort.*Boston: Beacon Press, 1982.

Hiltebeitel, Alf (ed.). *Criminal Gods and Demon Devotees.*New York: State University of New York Press, 1989.

Hopkins, E. Washburn. *Epic Mythology.*Delhi: Motilal Banarsidass, 1986.

Jakimowicz-Shah, Marta. *Metamorphosis of Indian Gods.*Calcutta: Seagull Books, 1988.

Jayakar, Pupul. *The Earth Mother.*Delhi: Penguin, 1989.

Kinsley, David. *Hindu Goddesses.*Delhi: Motilal Banarsidass, 1987.

Knappert, Jan. *An Encyclopedia of Myth and Legend: Indian Mythology.*New Delhi: HarperCollins, 1992.

Kulkarni, V.M. *Story of Rama in Jain Literature.* Ahmedabad: Saraswati Pustak Bhandar, 1990.

Lutgendorf, Philip. *Hanuman's Tale: The Messages of a Divine Monkey.* Delhi: Oxford University Press, 2007.

Lal, Malashri and Namita Gokhale (eds.). *In Search of Sita.* Delhi: Penguin, 2009.

Layle, P.G. *Curses and Boons in the Valmiki Ramayana.* Delhi: Bharatiya Kala Prakashan, 2008.

Macfie, J.M. *The Ramayana of Tulsidas.* Reprint, Varanasi: Pilgrims Publications, 2006.

Mani, Vettam. *Puranic Encyclopedia.* Delhi: Motilal Banarsidass, 1996.

Meyer, Johann Jakob. *Sexual Life in Ancient India.* Delhi: Motilal Banarsidass, 1989.

Nagar, Shantilal (trans.). *Adbhut Ramayana.* Delhi: B.R. Publishing, 2001.

——(trans.). *Ananda Ramayana.* Delhi: Parimal, 2006.

——(trans.). *Jain Ramayana-Paumacaryu.* Delhi: B.R. Publishing, 2002.

——(trans.). *Madhava Kandali Ramayana in Assamese.* Delhi: B.R. Publishing, 2000.

——(trans.). *Miniature Paintings on the Holy Ramayana.* Delhi: B.R. Publishing, 2001.

——(trans.). *Sri Ranganatha Ramayana in Telgu.* Delhi: B.R. Publishing, 2001.

——(trans.). *Torvey Ramayana in Kannada.* Delhi: B.R. Publishing, 2004.

Nagar, Shantilal and Tripta Nagar (trans.). *Giradhara Ramayana in Gujarati.* Delhi: Munshiram Manoharlal, 2003.

Nath, Rai Bahadur Lala Baij (trans.). *The Adhyatma Ramayana.* Delhi: Cosmo, 2005.

O'Flaherty, Wendy Doniger (trans.). *Hindu Myths.* Delhi: Penguin, 1975.

Ohno Toru. *Burmese Ramayana.* Delhi: B.R. Publishing, 2000.

Phalgunadi, Gusti Putu. *Indonesian Ramayana: The Uttarakanda.*Delhi: Sundeep, 1999.

Richman, Paula (ed.). *Many Ramayanas. The Diversity of a Narrative Tradition in South Asia.*Berkeley: University of California Press, 1991.

Richman, Paula (ed.). *Questioning Ramayanas: A South Asian Tradition.* Delhi: Oxford University Press, 2003.

Sanyal, Sanjeev. *Land of the Seven Rivers: A Brief History of India's Geography.*Delhi: Penguin, 2012.

Saran, Malini and Vinod C. Khanna. *The Ramayana in Indonesia.*Delhi: Ravi Dayal Publisher, 2004.

Sattar, Makhan Lal. *The Ramayana of Valmiki.*Delhi: Munshiram Manoharlal, 1978.

Singh, Avadhesh Kumar (ed.). *Ramayanas Through the Ages.*New Delhi: D.K. Printworld, 2007.

Singh, N.K. (ed.), Bolland, David (trans.). *The Ramayana in Kathakali Dance Drama.*New Delhi: Global Vision Publishing House, 2006.

Singh, Upinder. *A History of Ancient and Early Medieval India: From the Stone Age to the 12th Century.*Delhi: Pearson Longman, 2009.

Subramaniam, Kamala. *Ramayana.*Mumbai: Bharatiya Vidya Bhavan, 1992.

Sundaram, P.S. (trans.). *The Kamban Ramayana.*Delhi: Penguin, 2002.

Whaling, Frank. *The Rise of Religious Significance of Rama.*Delhi: Motilal Banarsidass, 1980.

Williams, Joanna. *The Two-Headed Deer: Illustrations of the Ramayana in Odisha.*Berkeley: University of California Press, 1996.

監訳者あとがき

本書はインドの神話学者デーヴァダッタ・パトナーヤクによる“*SITA an illustrated retelling of the RAMAYANA*” (Penguin Books India, 2013) の全訳である。邦題は『インド神話物語　ラーマーヤナ』とし、原著では一巻本であるが、読者の便宜のため翻訳本では上下の二巻に分けた。これは二〇一九年に原書房より刊行された『インド神話物語　マハーバーラタ』の姉妹本となっている。本書の完成をもって、パトナーヤクの再話による古代インドの二大叙事詩を日本に紹介することが可能となった。インドの知識を、欧米の知識層を介さずに直接日本に伝えることができるのは、これまでの学問の動向などを顧みても、画期的なことと言えるだろう。

『ラーマーヤナ』とは「ラーマの足跡」という意味のサンスクリット語である。聖仙ヴァールミーキの作とされ、原典は全七巻よりなる。その成立年代はおよそ紀元後二世紀頃と考えられている。ラーマ王子が皇太子即位を目前に王国を追放され、弟ラクシュマナと妻シーターとともに森を放浪するが、シーターを羅刹王ラーヴァナに攫われ、苦難の捜索の末、猿のハヌマーンらの助けを得て妻を取り戻す、というのが大まかな筋書きである。

ラーマがシーターを取り戻したところで大団円だったはずが、その後、民衆の噂のためにラーマが王の義務としてシーターを森に追放し、別離のまま終わるという第七巻がのちに加わった。この悲劇をどう読み解くかも、書き手と読み手双方の手腕が問われるところであろう。

パトナーヤクの描く『ラーマーヤナ』の特徴は、ヴァールミーキによる原典に基づきつつ、既刊の『マハーバーラタ』と同様に多種多様な地方の伝承を収集・研究して反映させているところにある。また、インドに根付く女神信仰をくみ取り、女主人公であるシーターの自立性、独立性、そして強さにも着目している。例えばラーマの追放が決まった時、シーターは夫に従って森に行くと言うが、ラーマに反対される。すると彼女は「あなたの許可はいりません。重荷にもなりません」とはっきりと自分の意志を主張する。誘拐されてラーヴァナの支配下にあっても「何があっても、私は決して冒されない」と毅然としている。ラーマによる救出の直後に魔物に襲われそうになると、自ら女神カーリーとしての姿に変わり悪魔を退治する。彼女は自ら拉致されたが、自ら救出された、自立した「女神」であるのだ。

そしてパトナーヤクは最後のラーマによるシーター追放すら悲劇にはしない。シーターは、「ラーマがいようといまいと私は自分一人で完璧な存在」と言って、ラーマへの愛を貫きながらも、森での生活、その自由を、静かに受け止める。そもそも原著のタイトルが"SITA"であることを、今われわれは強く重く受け止める必要があるだろう。これはラーマの物語である以上に、シーターの物語なのだ。

日本における『ラーマーヤナ』の紹介状況としては、中村了昭によるサンスクリット語からの全訳がある（『新訳　ラーマーヤナ』全七巻、東洋文庫、平凡社、二〇一二～二〇一三年）。ほかに子どもから読めるものとしてレグルス文庫の『ラーマーヤナ』（上下、河田清史、第三文明社、二〇一一年～二〇一三年）もある。その中で本書は、全訳を読むよりもずっと手軽だが、子ども向けのものよりもはるかに充実した読書を提供できるものであると確信している。原著者によるコラムも充実しており、古代から現代までのインドの宗教や慣習、思想など様々な領域について知識を深めることができる。

翻訳にあたっては、翻訳は上京恵さんが、内容とサンスクリット語の表記については沖田が担当した。上京さんの卓越した技術による流れるような訳文は分かりやすく魅力的だ。また本書にはサンスクリット語以外の多くのインドの現代語が使われており、それについては亜細亜大学教授の小磯千尋先生にご教示いただいた。監訳者が東海大学文学部に在籍のころからお世話になっている小磯先生に、この場を借りて深謝申し上げる。

最後になったが、本書の企画から編集までお世話になった原書房の大西奈己さんにお礼申し上げる。昨年の『インド神話物語　マハーバーラタ』の出版から、「次はラーマーヤナですね！」と二人で楽しみにしていた企画がこうして実現したのも、大西さんのおかげである。

二〇二〇年一〇月

沖田瑞穂

◆著者
デーヴァダッタ・パトナーヤク（Devdutt Pattanaik）
1970年生まれ。神話研究者、作家。物語、象徴、儀式が世界中の古代および現代の文化の主観的な真理（神話）をどのように構成しているかを研究。40冊以上の著書がある。主な著作に、『インド神話物語　マハーバーラタ　上下』（原書房）、『ヒンドゥー神話ハンドブック　*Myth = Mithya: A Handbook of Hindu Mythology*』、『オリュンポス　ギリシア神話のインド式再話　*Olympus: An Indian Retelling of the Greek Myths*』などがある。また、神話学の視点を通しての現代インド社会と文化に関する言論活動も活発に行っている。TED India 2009のカンファレンスで行った講演「東と西—煙に巻く神話」*East vs. West — the myths that mystify* は動画配信されている。
http://devdutt.com/

◆監訳者
沖田瑞穂（おきた　みずほ）
1977年生まれ。学習院大学大学院人文科学研究科日本語日本文学専攻博士後期課程修了。博士（日本語日本文学）。現在、日本女子大学、白百合女子大学非常勤講師。専攻はインド神話、比較神話。著書に『マハーバーラタの神話学』（弘文堂）、『怖い女　怪談、ホラー、都市伝説の女の神話学』（原書房）、『マハーバーラタ入門』（勉誠出版）、『世界の神話』（岩波ジュニア新書）、『マハーバーラタ、聖性と戦闘と豊穣』（みずき書林）、『インド神話』（岩波少年文庫）。監訳書に『インド神話物語　マハーバーラタ　上下』（原書房）、共編著に『世界女神大事典』（原書房）などがある。

◆訳者
上京恵（かみぎょう　めぐみ）
英米文学翻訳家。2004年より書籍翻訳に携わり、小説、ノンフィクションなど訳書多数。訳書に『最期の言葉の村へ』（原書房）ほか。

◆カバー画像
Devdutt Pattanaik

インド神話物語《しんわものがたり》
ラーマーヤナ
下《げ》

●

2020年11月16日　第1刷

著者……………デーヴァダッタ・パトナーヤク
挿画……………デーヴァダッタ・パトナーヤク
監訳者……………沖田瑞穂《おきたみずほ》
訳者……………上京《かみぎょう》 恵《めぐみ》
装幀……………岡 孝治＋森 繭
発行者……………成瀬雅人
発行所……………株式会社原書房
〒160-0022 東京都新宿区新宿 1-25-13
電話・代表　03(3354)0685
http://www.harashobo.co.jp/
振替・00150-6-151594
印刷……………新灯印刷株式会社
製本……………東京美術紙工協業組合

ISBN 978-4-562-05864-8, printed in Japan